Hamburg, Sommer 2019. Alina ist neu an ihrer Schule, aber trotzdem gleich das coole Nerdgirl, denn sie hat eine eigene App programmiert: ein Mini-Social-Network nur für die 13. Klasse. Hätte ein perfekter Einstieg sein können – wäre ihre Mutter nicht gleich nach dem ersten Elternabend mit Herrn Carstensen im Bett gelandet, dem Vater des idiotischen Klassensprechers Corvin. Noch blöder, dass Alina und ihre Mutter, die als Berufs-Clown ihr Geld verdient, kurz darauf aus ihrer WG fliegen. Bei Dad ist kein Platz für sie, der hat noch drei andere Kinder und keine Lust, sich auch noch um Alina zu kümmern. Also muss sie mit Mama bei den Carstensens einziehen, was vollkommener Irrsinn ist: Bei Corvin wohnen Spinnen und Riesentausendfüßler, seine Schwester Nina hat eine zweite Identität, und dann gibt es noch ein weiteres, dunkles Familiengeheimnis, das bald schon alles auf den Kopf stellen wird.

SEBASTIAN STUERTZ, geboren 1974 und aufgewachsen am Steinhuder Meer, war jahrelang Musiker mit überschaubarem Erfolg, bevor er sich dem Schreiben widmete. Er animiert Grafiken für Film und TV und arbeitet als Dozent für Motion Design. Seit Beginn des Jahrtausends lebt er mit seiner Familie in Hamburg. Sein Debütroman von 2020, »Das eiserne Herz des Charlie Berg«, wurde mit dem Hamburger Förderpreis für Literatur ausgezeichnet und war Finalist beim Klaus-Michael-Kühne-Preis. 2021 erschien die Audio-Miniserie »Ruslan aus Marzahn«, nominiert für den Deutschen Hörbuchpreis.

Sebastian Stuertz

Da wo sonst das Gehirn ist

Roman

btb

Penguin Random House Verlagsgruppe FSC® N001967

1. Auflage
Taschenbuchausgabe Juli 2024
Copyright © 2022 by Sebastian Stuertz
Copyright © der deutschsprachigen Erstausgabe 2022
by btb Verlag in der Penguin Random House Verlagsgruppe,
Neumarkter Straße 28, 81673 München
Covergestaltung und -motiv: semper smile, München
Satz: GGP Media GmbH, Pößneck
Druck und Einband: GGP Media GmbH, Pößneck
MN · Herstellung: sc
Printed in Germany
ISBN 978-3-442-77432-6

www.btb-verlag.de
www.facebook.com/penguinbuecher

*Für alle Patchworkfamilien, Alleinerziehenden,
Halbwaisen und Stiefkinder.*

Inhaltshinweis

Themen dieses Romans sind Mobbing,
Suizid und häusliche Gewalt. Einige
Figuren bedienen sich misogyner, rassis-
tischer, homophober und antisemitischer
Sprache. Zudem werden Alkohol und
andere Drogen konsumiert, von Jugendlichen wie von Erwachsenen.

Zum Alkohol- und Drogenkonsum befindet
sich eine ausführliche Anmerkung im
hinteren Teil des Romans.

Inhalt

TEIL 1

Alles muss raus

mit dem Taxi vorfahren

Alinas Mutter sprüht Parfum auf ein Seidentuch, setzt einen weiteren Stoß in die duschfeuchte Badezimmerluft, dreht mit geschlossenen Augen eine Pirouette in der niedernieselnden Wolke. Dann noch etwas Parfum auf das Handgelenk, das an den Hals getupft wird. Am Tag, an dem Dad sein Leben in Kartons gepackt und runter in den Honda getragen hat, saß Mama heulend in ihrem Zimmer und füllte den Online-Fragebogen zu *Vorlieben und Charaktereigenschaften* aus. So wie sie manchmal stundenlang auf der BMW-Website Neuwagen konfiguriert oder auf mytheresa.com den Warenkorb mit Designerzeug vollballert, ohne je etwas zu kaufen. Dad drückte zum Abschied unten zweimal auf die Hupe – Mama drückte auf BEZAHLEN: Ein maßgeschneidertes Duft-Unikat für fünf-fucking-hundert Euros – *»so einzigartig wie Ihre Persönlichkeit«*.

Und dann nie benutzt, weil zu gut für die Welt.

Seit fünf Jahren steht es im Schrank, flüssiges Gold quasi, und ausgerechnet heute dieselt sich Mama damit ein. Das wird böse enden, so viel vorweg.

»Ey, Mama. Das ist ein Elternabend, keine Singlebörse. Vielleicht ein bisschen weniger Brustausstellung?«

Alinas Mutter trägt ein Oberteil mit viel zu tiefem Dekolleté, nennt es »Herrenkino« und findet das witzig.

»Ach, lass mich doch«, sagt Mama, schüttelt ihre blonden Locken, drückt sie hier und da an den Kopf, um sie an anderer

Stelle wieder rauszuzupfen. Dann reißt sie die Augen auf und geht ganz nah an ihr Spiegelbild heran.

Alina drückt derweil rot-weiße Streifen aus der Tube und putzt sich die Zähne. Wenn sie ehrlich ist, und das ist sie jetzt mal, wenn auch nur zu sich selbst, muss sie zugeben: Soo scheiße ist das mit diesem *Klassenabend* gar nicht. Während alle anderen in der Stadt den ersten Schultag komplett absitzen müssen, trifft sich die *Freie Kreativschule Sternschanze* erst um 18:00 Uhr. Lehrer, Schüler und Eltern. Kleine Ansprache von der Direktorin in der Pausenhalle, dann alle in die Klassenräume. Es stehen ein paar Wahlen an, auch im Kreis der Erziehungsberechtigten, weil das zur neuen Schule dazugehört, dass sich die Eltern voll einbringen in die Orga.

Anschließend wird über ein ominöses »Sozialexperiment« abgestimmt, für das alle aus der Klasse ein Konzept einreichen mussten. Hoffentlich wird nicht ihrs gewählt, denkt Alina. Hoffentlich gibt es keine dummen Kennenlern-Spielchen und hoffentlich keine Arschlöcher. Und am allerhoffentlichsten huscht die Dreizehnte einfach nur schnell an ihr vorüber, was nach dem letzten Horrorjahr auf dem Suder-Gymnasium mehr als angebracht wäre.

Sie spuckt ins Becken, nimmt die Brille ab, bückt sich zum Wasserhahn und spült den Mund aus.

Scheiß Wyndi.

Spuckt gleich noch mal aus.

Der dummen Bitch nur *einmal* in die Fresse hauen, das wär so schön. Oder: Wyndi hat Krebs, und dann im Krankenhaus besuchen und sagen: »*Kriegst du jetzt Chemo? Och, du Ärmste ... Aber Glatze steht dir bestimmt!*« Nein, in die Fresse wäre schon gut. Als Alina plötzlich von allen geghostet wurde und sie Wyndi im Klassenraum deswegen zur Rede stellen wollte, tat die einfach so, als ob Alina nicht da wäre. Sogar als sie anfing rumzuschreien, tat Wyndi weiter so, als wäre Alina Luft (da gab es noch keine Dr. Mannteufel), und schließlich flog ihre Faust von ganz allein in Richtung von Wyndis stummer, dummer Fresse. Die duckte sich weg, schlug aber wenigstens mit den Zähnen auf die Tischkante, und die Zähne waren raus, oben, alle beide, fette Zahnlücke, scheiße, sah das geil aus. Leider kein Foto gemacht. Und leider glaubten auch alle Wyndis Story: *Alina hat mir die Zähne ausgeschlagen!* Also muss sie das definitiv noch nachholen, sonst stimmt doch irgendwas nicht mit dem Universum.

Immerhin eins hat Alina aus der Sache gelernt: Sie kann niemandem trauen. Dr. Mannteufel ist zwar anderer Meinung, aber die ist auch Therapeutin und will nicht umsonst studiert haben.

Alina spült ihre Zahnbürste aus, klopft sie am Waschbeckenrand ab und setzt die Brille wieder auf.

Mama spielt mit dem Seidentuch. Legt es sich aber nicht um. Oh nein.

»Ey, Mama …«

Ihre Blicke treffen sich im Spiegel. Mama dreht den Kopf zu Alina.

»Kannst du mir einen Gefallen tun, Mama?«

»Alles, Lini, was denn?«

»Keine Zaubertricks heute Abend? Bitte?«

Mama sieht sie geradezu empört an. »Aber Lini, wo denkst du hin?«

Dabei stopft sie sich nebenbei das Seidentuch in die linke Faust, bis es verschwunden ist. Öffnet die Faust und präsentiert einen kleinen gelben Ball. Haut ihn sich ins Gesicht, wo er quietschend auf der Nase stecken bleibt und auf einmal rot ist. Und während ihre Mama sie weiterhin entrüstet ansieht, als wäre es die absurdeste Idee überhaupt, dass sie im Beisein von Alinas neuer Klasse *Zaubertricks* vorführen könnte, steigt aus ihrem Mund eine Seifenblase.

Alina schließt die Augen und denkt an Frau Mannteufels neue Liste mit den verfickten Tipps. Erstens, das rote Stoppschild, das sie sich vorstellen soll, um die scheiß Wutexplosion zu stoppen (was für ein Schwachsinn), zweitens, das tiefe, ruhige Atmen durch die Nase in den Bauch (sie schnauft wie ein Schwein), und kurz bevor sie schreiend die Faust in Mamas dämliche Clownsfresse im Spiegel schlägt, fällt ihr, drittens, der Kälteschock ein – sie reißt den Hahn nach rechts, hält die Handgelenke und Unterarme drunter, und tatsächlich: Das hilft.

Uff.

Alina atmet aus, Mama schaut sie ernst an. Und nickt.

»Okay, Mausi. Keine Tricks, Ehrenwort.«

Sie nimmt die Clownsnase ab, Mutter und Tochter tauschen einen Spiegelblick, Mama versucht ein versöhnliches Lächeln, Alina nicht.

»Ich wäre dann so weit«, sagt sie, macht Kussmundlippen und prüft abwechselnd beide Wangen im Spiegel. »Und du? Hast du saubere Fingernägel?«

»Ich weiß nicht, kannst du mal kucken?«, fragt Alina, hält Mama ihre Hände hin und klappt die Finger langsam ein, bis nur noch die beiden Mittelfinger aufragen.

Es geht ihr schlagartig besser. Sie grinst.

»Ach, Lini …«, seufzt Mama enttäuscht. »Ein bisschen mehr Benehmen stünde dir von Zeit zu Zeit ganz gut.«

Sie verlassen das Badezimmer.

Im Flur dreht sich Mama zu ihr um, mit einem Gesicht, das für ein viel zu übertriebenes Weihnachtsgeschenk reserviert ist, so eins, das man sich eigentlich nicht leisten kann, und sagt: »Komm. Ich bestell uns ein Taxi!«

Und bis auf das Weihnachtsgeschenk stimmt es ja auch, es ist völlig übertrieben, und leisten können sie es sich auch nicht, aber entweder hat Mama gerade wieder Geld auf dem Konto oder ein schlechtes Gewissen wegen gerade oder beides, und natürlich hofft Mama auch, dass es die anderen Eltern sehen. Wie sie mit dem Taxi vorfahren.

Mama stirbt

»Ich nehme die Wahl zur Leiterin des Festkreises an.«

Mamas Wangen leuchten rot, und es ist nicht das Make-up.

»Vielen Dank für das Vertrauen, welches Sie mir entgegenbringen, ohne mich wirklich zu kennen. Ich freue mich sehr darauf, mit Herrn Carstensen ein paar tolle Feten auf die Beine zu stellen.«

Fuck, ernsthaft, Mama? FETEN?

Alinas Mama lächelt Herrn Carstensen an, der direkt neben ihr sitzt und zurückstrahlt wie ein Lottogewinner, im echten Leben aber der Vater von einem Geek namens Corvin ist. Welcher kurz zuvor einstimmig zum Klassensprecher gewählt wurde. Kunststück, er war der einzige Kandidat. Und, als wären Herr Carstensen und ihre Mutter nur zu zweit im Raum, sagt der Klassensprechervater: »Ich bin übrigens der Urs, wir können uns gern duzen«, dabei glotzt er ins Herrenkino, Film mit Überlänge, dann hält er ihr den Zeigefinger hin, und aus irgendeinem Grund weiß Mama, was zu tun ist, und drückt ihren Zeigefinger dagegen, und gemeinsam machen sie zwei kurze, kreisende Bewegungen, Fingerkuppe an Fingerkuppe.

»Fein, ist mir auch lieber. Ich bin die Ulli.«

Mama leuchtet wie ein Filmscheinwerfer.

Alina schließt die Augen und versucht, sich ein Jahr in die

Zukunft zu beamen, in eine Welt, in der sie Abi und ein Stipendium im Silicon Valley hat, aber das mit dem Beamen ist genauso Science-Fiction wie das mit dem Stipendium.

Sie öffnet die Augen, weil Corvin engagiert zu klatschen anfängt, um das neue Partykomitee zu beglückwünschen, alle Eltern müssen notgedrungen mitmachen. Der eine von den beiden Gebärdendolmetschern, der gerade dran ist, wedelt neben den Ohren mit den Händen. So geht also Gebärden-Applaus. Es sind gleich zwei Dolmetscher mitgekommen, die einer gehörlosen Mutter gegenübersitzen und sich jede Viertelstunde abwechseln müssen, so anstrengend ist das für die. Die Tochter der Gehörlosen, Johanna, sitzt neben ihr, kann aber hören, und gebärden kann sie auch, nur dass es bei ihr nicht so hektisch und schwitzig nach Arbeit aussieht wie bei den Dolmetschern, sondern wie ein verträumter Fingertanz. Johanna ist nämlich eine Elfe oder Fee oder so was, für einen Menschen jedenfalls eindeutig zu schön.

»Gut, wäre das also erledigt, ich danke Frau Beinert für ihr Engagement. Bei der Weihnachtsfeier sehen wir dann, was sie draufhaben, hahaha …«, Herr Kujawa lacht ein dröhnendes Schnurrbartlachen, von dem man nicht glauben kann, dass es echt sein soll.

»Kommen wir zum nächsten Punkt: Das Sozialexperiment.«

Kujawa sortiert seine Blätter, findet, was er sucht, schaut auf.

»Im letzten Schuljahr haben wir ja *Die Welle* gekuckt und gesehen, wie so etwas fürchterlich schiefgehen kann.« Er blickt sich um, strahlt in die Runde.

Alina folgt seinem Blick, versucht, sich an die Namen zu erinnern, eigentlich nicht so schwer, sie sind ja nur elf in der Klasse. Anja, die alle Ganja nennen, hat sie immerhin freundlich angelächelt, als sie reinkam, offensichtlich komplett *lash*, sie hatte noch frischen Grasmock in den Dreads hängen. Semmel scheint ein Arsch oder zumindest ein Idiot zu sein, der so auf ironisch die dumme Grölstimme von GZUZ nachmacht und »CL500« im Treppenhaus singt, aber das natürlich trotzdem irgendwie voll feiert. Bitzer ist der Witzbold. Aus Topmodel Johanna wird sie noch nicht schlau, dürfte aber eine Bitch sein, so überhübsche Menschen sind ja grundsätzlich suspekt, hatten es viel zu leicht im Leben dank Goldener-Schnitt-Visage. Corvin ist safe ein Vollbrot, unkontrolliert umherschlenkernde Arme, Billobrille, und auf der Nase so ein Pickel mit kleiner gelber Haube drauf. Trotzdem kommen die meisten irgendwie okay rüber. Echt ein anderer Vibe hier an der Schule, und in der Klasse sowieso, so zu elft.

Herr Kujawas Rundblick bleibt bei Alina hängen, die dummerweise nicht rechtzeitig wegkuckt.

»Alina. Haben Sie den Film in den Ferien denn auch sehen können?«

Sofort zappelt das Herz wie bescheuert. Sie bekommt nur ein »Nee« über die Lippen.

»Nein?«, fragt Herr Kujawa mit verwundert-interessiertem Blick, *soso, das geht ja gut los,* will er mit all seinem Gesichtshaar sagen, den Augenbrauen, die nach oben wandern, und dem Schnurrbart, über den er sich wischt.

»Hab aber das Buch gelesen«, sagt sie schnell.

Wie bescheuert kann man eigentlich sein?

Herzlich willkommen: die neue Streberkuh der Klasse.

»Weil, ich halte den Jürgen Vogel echt nicht aus.«

Ein paar Schüler und auch Eltern kichern, auch Kujawa dröhnt durch den Schnurri.

Gerade noch die Kurve gekriegt.

»Hervorragend. Möchten Sie nicht den Anfang machen und die Konzepte vorlesen, über die wir anschließend abstimmen?«

Alina wird ganz heiß, rot wird sie nicht, das weiß sie, es fühlt sich aber so an, und sehen kann man es bestimmt trotzdem irgendwie, gefühlt springen die Schweißtropfen aus ihrem Kopf wie im Comic.

Jetzt meldet sich auch noch Mama. Und Herr Kujawa nimmt sie dran. Ohne Scheiß, wie im Unterricht.

»Ich wollte nur mal sagen, dass ich diese Idee mit dem Experiment wirklich großartig finde. Ich hätte am liebsten selbst mitgemacht. Geht Ihnen … euch das nicht auch so?« Alinas Mama blickt engagiert in die Runde, ein paar der anwesenden Mütter nicken aus Notwehr, Väter sind natürlich Mangelware. Herr Carstensen, dann der Vater von Bitzer, so ein Ökonazi, und Herr Hein, der dicke Doktorrockerdaddy von Nele. Der Ökonazi kam vorhin mit einem High-End-Liegefahrrad vorgefahren und so einer Airbag-Fahrradhelmwurst um den Hals. Zum unter Garantie frisch geschiedenen Arzt in Lederjacke gehört dann wohl die Midlifecrisis-Harley auf dem Parkplatz. Was für beschissene Boomer-Klischees, geben sich auch noch mit Brudergruß die Hand, so dumm auf Schulterhöhe, wie die letzten Prolls, denken aber, dass sie coole Typen sind, die das Leben gecheckt haben, und nicht fünfzig und vom Aussterben bedroht.

»Hier, reichen Sie das doch mal bitte durch zu Alina«, sagt Herr Kujawa, zwinkert ihr zu wie ein Showmaster und schickt einen gefalteten Zettel im Sitzkreis auf Wanderschaft. Alina fragt sich, ob er vielleicht schwul ist. Und es vielleicht selbst noch nicht weiß. Wie cool er wär, wenn er es wüsste und sich outen würde. Schwuler Klassenlehrer wär schon nice. Wahrscheinlich muss er aber im Schrank bleiben, bis seine Mama stirbt.

was er draufhat

Corvin springt an die Tafel. »Ich schreib mal mit.«

»Sehr gut, Corvin.«

Daumen nach oben vom Klassenlehrer.

Corvin schreibt, nein, lettert in schräger, schlanker Schrift SOZIALEXPERIMENTE an die Tafel. Wie für Insta. Alina braucht Wasser, oder besser Wein, und ein Bett und Musik auf die Ohren und Licht aus, ihr Herz marschiert schon wieder los, fuck, dann muss sie wohl mitgehen. Sie entfaltet die Liste, räuspert sich, und während sie vorliest, hört sie ihre eigene Stimme in den Schläfen, wie von jemand anderem: »Also. Im Frühjahr fahren wir für eine Woche nach Harburg in ein Seminarhaus und wollen die Zeit dort nutzen, um nach bestimmten Regeln zu leben. Es soll ein soziales Experiment sein, das die Gemeinschaft fördert. Alle aus der Klasse haben, wie üblich anonym, ein Konzept abgegeben.«

Corvin mischt sich ein: »Und Herr Kujawa meinte, wenn wir uns nur Quatsch ausdenken, dann müssen wir die ganze Woche in Harburg schweigend verbringen und Kohlsuppe essen.«

Die Eltern lachen, Kujawa steigt zu spät ein und übertönt dann alle mit seinem Dröhnlachen, begeistert von sich selbst.

Alina blickt auf das Blatt. Die Liste ist lang. Dreht das Blatt um, die Liste geht weiter. Fuck. Aber da muss sie jetzt durch.

»Ich les mal vor.«

Sie räuspert sich. Schon wieder.

Ihr Mund ist aus Pappe.

»Vorschlag Nummer eins: Jeden Abend werden die Schlafplätze neu verlost«, die letzte Silbe wird von einem klickenden Schmatzen begleitet.

Herr Kujawa beschwichtigt die murmelnden Eltern sofort: »Keine Sorge, das dürfen wir gar nicht.«

Die Mutter neben ihr ist ein Engel: Hat einen türkisen Plastikbecher gezückt und gießt aus einer Flasche Wasser ein, Alina nimmt den Becher dankend entgegen und trinkt. Ganz ruhig, jetzt nicht gierig werden.

Sie leckt sich die Lippen. Mund geht wieder.

»Wir kochen jeden Tag nach Farbe. Alle müssen sich gegenseitig füttern, man darf nicht allein essen«, Gekicher von ein paar Müttern, sie selbst muss schmunzeln, bekloppte Idee, aber irgendwie funny. »Vorschlag drei und vier sind gleich: eine Woche FKK …«, die Prolldaddys lachen kehlig und schallend, Semmel ebenfalls, der Doktor betrachtet Johanna. Corvin schreibt fleißig mit, Alina ist im Modus: »Fünftens. Gendertausch – die Jungs tragen BHs und Mädelsklamotten und müssen sich die Beine rasieren und umgekehrt …«, wieder Gekicher und Geraune, Alina schwebt durch die mehr oder minder schwachsinnigen Konzepte, wie durch einen Tunnel, bis sie endlich ans Ende der Liste gelangt.

»Alle schreiben anonym Tagebuch, Gedichte oder was auch immer im Handy, und jeden Abend druckt Herr Kujawa die Texte aus und verteilt sie zufällig. Dann liest jeder reihum laut vor …«

Die Eltern sind begeistert, fangen an mit ihren Sitznachbarn zu labern, Alina wartet einen Moment, dann hebt sie ihre Stimme und macht weiter. Ein letztes Konzept noch. Dann hat sie es geschafft.

»Und zu guter Letzt: Es gibt keine vorgeschriebenen Bettgeh- und Essenszeiten oder überhaupt irgendwelche Programmpunkte, dafür aber auch die ganze Woche keine Bücher, keine Musik oder sonstige Medien, gar nichts. Vor allem: keine Handys.«

Jetzt rasten die Eltern richtig aus, die Kinder ohne Smartphones, wie soll das gehen, hihihi, die Dinger sind doch bei denen an der Hand festgewachsen, hahaha, ob die ohne Google Maps überhaupt vom Klo zurückfinden, hoho. Jede Mutter macht noch einen schlechten Spruch mehr, die kriegen sich gar nicht mehr ein und sind schon richtig in Fahrt für den Wein, den sie sich gleich nach dem Klassenabend noch im *Silberfuchs* gönnen, das war vorhin schon Thema. Die hennarot gefärbte Mama von Ganja hat vorsichtshalber jetzt schon einen hängen.

Kujawa steht auf und verteilt Stimmzettel an die Jugendlichen, darauf die Liste mit den Konzepten zum Ankreuzen.

»Jeder nur ein Kreuz«, sagt er in komischem Singsang, und ein paar Eltern lachen, als wäre das besonders witzig, dann geht er mit einer Pappschachtel rum, und alle stecken ihren Zettel oben in den Schlitz.

Er setzt sich, schüttelt die Schachtel, öffnet feierlich den Deckel und fängt an, die Wahlzettel zu verlesen. Corvin macht Striche an der Tafel.

Als bei den anonymen Tagebüchern der vierte gemacht wird, kommt wieder die Hitze in Alina hoch. Das war nämlich ihre Idee. Bei so vielen schwachsinnigen Vorschlägen hat sie leider gute Chancen. Was, wenn das dann voll schiefgeht, noch schlimmer als bei *Die Welle*, und rauskommt, dass das ihre Idee war?

Die Kreide quietscht. FKK und Schlafplatzverlosung wurden bereits im Vorfeld von Kujawa aus der Wertung genommen, natürlich gibt es trotzdem schon zwei Stimmen für FKK. Drei für die handyfreie Woche. Eine Stimme für Gendertausch, noch eine für handyfrei. Was ist eigentlich bei Gleichstand? Der letzte Zettel … Kujawa macht es spannend. »Und die letzte Stimme geht an …« Er entfaltet ihn und grinst. »… die handyfreie Woche!«

Riesiger Applaus, es scheint alle Eltern im Raum sehr, sehr glücklich zu machen, dass ihre Kinder eine Woche ohne Telefon verbringen müssen.

Alina ist erleichtert. Doch Moment … Sie zählt noch mal die Striche nach. Sie sind doch nur zu elft in der Klasse. Soll sie was sagen? Lieber nicht. Da meldet sich Johanna. Sogar als Handmodel könnte sie Karriere machen, so schön ist ihre Scheißhand, schlanke, lange Finger, perfekte Nägel, ein zartes Goldkettchen ums dünne Gelenk, das beim Melden am Arm herab in den Ärmel ihres lässig geschnittenen Cashmerepullovers gleitet.

»Johanna, bitte.« Kujawa streicht sich den Schnurrbart glatt.

Johanna richtet sich auf, streckt den Rücken durch und kuckt ernst. Und kritisch. Während sie spricht, gebärdet sie automatisch mit, leicht zu ihrer Mutter gedreht.

»Kann es sein, dass einer doppelt gestimmt hat? Ich zähle zwölf Striche. Wir sind doch nur elf in der Klasse.«

Alle Eltern schauen jetzt zur Tafel, der Boomer-Arzt kneift ein Auge zusammen und tippt mit dem Zeigefinger in die Luft, während er nachzählt. »Jau, zwölf!«, sagt er jetzt. Das musste wohl noch mal von offizieller Stelle bestätigt werden.

Johanna starrt ihn ungläubig an, dann pustet sie eine ihrer dunkelblonden Strähnen aus dem Gesicht.

Herr Kujawa lächelt schelmisch. »Gut aufgepasst, Johanna!«

Er stellt die Pappschachtel auf seinen Stuhl, reibt sich die Hände, geht einen Schritt in die Mitte des Kreises und dreht sich langsam, während er spricht.

»Nun, ich habe mir erlaubt, ebenfalls mit abzustimmen.«

Johanna zieht die Augenbrauen in die Höhe, sie und Alina tauschen zum ersten Mal einen Blick.

Kujawa fährt fort. »Denn schließlich habe ich auch ein Konzept abgegeben.«

Es herrscht Stille, niemand weiß so richtig, was man dazu

sagen und davon halten soll. Johanna winkt ab, verschränkt die Arme und lehnt sich zurück. Ulli und Urs tuscheln. Wahrscheinlich aber wegen was anderem.

»Und, nun ja, ich bin selbst ziemlich überrascht, denn eigentlich wollte ich meine Schüler nur ein wenig erheitern, aber da wir eine faire, anonyme Wahl abgehalten haben und die Schüler sich freiwillig entschieden haben ... also ... die Idee mit der handyfreien Woche war von mir.«

Er grinst stolz und hält ganz unschuldig die Unterarme abgewinkelt, wie man das aus irgendwelchen Gründen macht, mit den Handflächen und der gefalteten Stirn zur Decke.

Johanna schüttelt unmerklich den Kopf, Alina versucht ein maximales *What-the-fuck?-Face* zu machen, als sich ihre Blicke schon wieder treffen. Dann dreht sich Johanna zu ihrer Mutter, nickt rüber zu Kujawa, schlägt den Handrücken von unten in die linke Handfläche und zieht mit dem rechten Zeigefinger über dem Auge lang, einen Strich nach außen. Dass das ein Schimpfwort war, konnte sogar Alina erkennen, Johannas Mama gebärdet mit mahnendem Gesicht irgendwas zurück.

Herr Kujawa fährt fort: »In der handyfreien Woche wird es auch keine Karten- oder Brettspiele geben, nicht mal Stifte oder Papier. Die Schülerinnen und Schüler können dafür den ganzen Tag machen, was sie wollen. Die sollen sich mal eine Woche so richtig langweilen.«

Das *langweilen* spricht er genussvoll wie ein perverser Märchenonkel.

»Das ist nämlich der größte Luxus überhaupt. So etwas erfahren die jungen Leute heutzutage ja gar nicht mehr.«

»Außer im Unterricht«, sagt Bitzer, und alle Eltern lachen, als hätte da einer einen ganz frechen Scherz gemacht, und dann schleimt er auch noch ein »bei Frau Schmeichelt« hinterher, und Dröhnlach-Kujawa zeigt noch mal, was er draufhat.

alles

Die Mission lautet also: *Unsichtbar durchs letzte Jahr.*

Und wenn Alina in einem besonders gut ist, dann im Unsicht-barsein: nicht hübsch, nicht hässlich, nicht dick, auf keinen Fall dünn, 1,66 cm groß. Exakt die Durchschnittsgröße ihres Ge-schlechts in diesem Land in diesem Jahr. Nur eben die Version mit Brille.

Alles wie immer sozusagen, minus Wyndi und die anderen Assis.

Was allerdings neu ist, ist der Unterricht: Wenn hier gesungen wird, dann aus Leibeskräften, alle scheinen es zu lieben, der Mu-siklehrer ist ein kleiner, durchgeschüsselter Russe, der beim Di-rigieren vollkommen steil geht, es gibt sogar einen Proberaum im Keller, wo eine Punkband aus der Elften probt und Semmel mit ein paar anderen Hip-Hop-Honks nach der Schule an Beats rumschraubt. Handys sind nur in der Pause erlaubt und werden, wenn man sie während der Stunde benutzt, ohne Vorwarnung eingesammelt und für einen Tag weggesperrt, das muss man unterschreiben. Dafür wird sogar im Matheunterricht gebastelt und modelliert und plötzlich rausgegangen, wenn Herr Kujawa merkt, dass seine Schüler unruhig werden. Und man kann sich im Klassenraum Kaffee kochen – während des Unterrichts. Kein Wunder, dass man für so eine Schule zahlen muss. Das eine Jahr übernimmt zum Glück Dad. Sonst wäre das für Alina nicht drin gewesen.

Zwischen den Stunden schottet Alina sich mit ihren AirPods ab, beobachtet alles und schreibt zu Hause ihren Geheimblog, nur für sich. Mama fragt sie jeden Tag aus, ob sie schon Freundinnen hat (nein) und ob es süße Jungs gibt (nein, nur Sprallos), und was sie im Unterricht gemacht haben (gesungen und gemalt), und ach, wie aufregend das alles ist.

Doch Alina ist lieber Luft. Zur Abwechslung mal freiwillig. Sie redet mit niemandem, in der Pause verzieht sie sich, geht rauchend durchs Viertel, durchstreift die ALDI-Gänge, ohne je etwas zu kaufen. Die anderen lassen sie in Ruhe. Der Einzige, der nicht lockerlässt, ist Corvin. Geht ihr unfassbar penetrant auf die Nerven. Könnte einem auch leidtun, aber Alina hat ihr ganzes Mitleid schon großzügig an sich selbst verschwendet nach dem Abfuck mit Wyndi. Sie braucht keine neuen Freunde, und schon gar nicht den Klassenidioten. Der versucht, Alina damit zu beeindrucken, dass er zu Hause eine Vogelspinne hat, und erzählt von noch so anderem Krabbelgetier, das bei ihm wohnt, er hat auch einen dreißig Zentimeter langen Riesentausendfüßler, den er auf seinem Arm rumkrabbeln lässt, zeigt ein Foto davon und labert und labert. Alina ekelt sich, würde sich am liebsten die Ohren zuhalten, atmet ein, atmet aus, vergeblich – wie eine Klinge blitzt es aus ihr heraus und schneidet Corvin mitten im Satz durch: »Hör auf, Corvin! Ich hasse echt *alles*, was mehr als vier Beine und kein Fell hat!«

Laut. Sehr laut. Viel zu laut.

Alle Gespräche verstummen.

Ganja und Johanna kichern.

»Also echt, Corvin, hör mal auf!«, mahnt Bitzer mit bekloppter Froschstimme. Alle lachen.

Soll das etwa ihre Stimme sein?

Hat sie eine Froschstimme?

Warum gibt es Menschen?

Alina will weg, will hier nicht sein, will gar nichts sein, und wenn, dann nicht Alina. Sie steckt sich die AirPods wieder rein, Musik an, Augen zu.

Einmal löschen bitte.
Alles?
Ja, alles.

endlich Ruhe

Die erste Woche ist fast geschafft.

Am Freitag, kurz vor Unterrichtsbeginn, drängelt sich Semmel an ihrem Platz vorbei und rempelt sie aus Versehen an.

»Oh, sorry.«

Er bleibt vor ihr stehen. Sie sitzt am Tisch, er schaut verblüfft auf ihre Schulter.

»Ist das deine? Ich dachte, du magst keine Spinnen?«

Alina kuckt da hin, wo Semmel hinkuckt, und *FUCK!*, da ist eine echte, fette Spinne, die der Wichser ihr beim Anrempeln da hingesetzt haben muss. Sofort springt sie auf und kreischt, alle lachen, wussten Bescheid und haben nur drauf gewartet. Als sie sich die Spinne von der Schulter wischt, schreit Semmel: »Da, noch eine!«, und zeigt mit panischem Blick auf ihren Kopf. Alina quiekt und wuschelt sich hektisch durch die Haare, alle johlen, noch lauter als vorher, denn natürlich ist da keine zweite Spinne. Die einzige Scheißspinne sitzt vor ihr auf dem Boden, Alina hebt den Fuß, doch Corvin hechtet dazwischen und ruft: »Nicht!« Er bückt sich, schaufelt die Spinne behutsam in seine hohle Hand, trägt sie zum Fenster, setzt sie raus.

Alina nimmt wieder Platz, ihre Kiefer mahlen, aber jetzt für Dr. Mannteufel zum Waschbecken zu gehen und vor den Augen der gesamten Klasse Wasser über ihre Unterarme laufen zu lassen, das geht auf keinen Fall. Sie versucht das mit dem Atmen, aber sie will lieber schreien oder irgendwas kaputttreten, irgendwo reinstechen, am liebsten in Semmels Eier.

Sie nimmt ihren Füller aus der Federmappe, Corvin kommt vom Fenster zurück und hält ein Spontanreferat über Achtbeiner, über ihre vielen Augen und Sinnesorgane, ihre wichtige Funktion für das Ökosystem. Alina starrt aus dem Fenster, ihr Atem geht schneller, die Worte perlen an ihr ab, unter dem Tisch umschließt sie mit beiden Fäusten den Lamy, und ganz langsam und leise zerbricht sie ihn, während Corvin labert und labert. Sie schließt die Augen, denkt sich in den Bus, der nach Ottensen fährt, sie klingelt bei Wyndi, die ihr erstaunt die Tür aufmacht, und dann, mit Anlauf, schlägt Alina ihr die Faust endlich in die Fresse, und noch mal, und noch mal, bis die frisch gemachten Zähne wieder draußen sind und die Polizei kommt und Alina mitnimmt und ins Gefängnis steckt, und da hat sie dann endlich Ruhe.

Schießen Sie los!

Na bitte, standesgemäßer Losereinstieg für Alina. Hatte sich mit Sicherheit eh schon rumgesprochen, dass sie von der alten Schule runtergemobbt wurde. Die Tür schwingt auf – Kujawa entert den Raum.

»Soo, dann setzen Sie sich mal hin. Wir wollen den ersten Projektpräsentationen für den *freien Freitag* lauschen.«

Schon sein Tonfall verrät, dass er heute nicht in Grinseschnurrbartstimmung ist. Sieht richtig genervt aus sogar. Aber

Alinas Hand ist tintenblau, sie muss jetzt doch zum Waschbecken, und obwohl die Wut schon aus ihr rausgetropft ist, tut das kalte Wasser wirklich gut. Sie schließt die Augen.

Kujawas scharfe Stimme holt sie zurück.

»Alina, setzen Sie sich *bitte* auch hin!«

Sie schlurft zu ihrem Tisch, versteckt die blaue Hand, den Blick aufs graue Linoleum geheftet, und als sie sich den Stuhl ranzieht und den Kopf hebt, sieht sie nur den bekackten Maik Semmel der sein bekacktes Maik-Semmel-Grinsen grinst.

»Ich glaube, Ihre neue Mitschülerin weiß noch gar nicht, worum es sich beim *freien Freitag* handelt, oder?«

Alina setzt sich, blickt hoch, schüttelt den Kopf.

»Wer kann es denn noch mal zusammenfassen?«

Corvin meldet sich. Kujawa winkt genervt ab.

»Nicht immer nur Corvin.«

Semmel tuschelt mit Bitzer, sie gackern extra dämlich.

»Maik, Sie scheinen heute außerordentlich gute Laune zu haben, hätten Sie die Güte?«

Semmel lacht zufrieden.

»Aber gern. Also, jeder überlegt sich ein handwerkliches oder künstlerisches Projekt, dem er sich bis zu den Winterferien jeden Freitag widmen kann.«

»Und?«

»Und in der Woche vor Weihnachten präsentieren wir die Projekte im Beisein der Eltern auf der Weihnachtsfeier, die Alinas Mutter und Corvins Vater *ausrichten*.« Auf das letzte Wort schnippt er mit beiden Händen gleichzeitig, haut kräftig mit der rechten Hand auf die linke Faust, und wiederholt die Bumsgeste ganz schnell dreimal. Bitzer jubelt »Knick Knack«, und alle Pferde wiehern vor Vergnügen.

Aus dem Augenwinkel bemerkt Alina, wie Corvin zu ihr rüberschaut, sie schließt die Augen.

»Es reicht!«, Kujawa mit einem Mal richtig laut, alle verstummen schlagartig.

»Ich hatte Ihnen ja bereits vor den Sommerferien angekündigt, dass Sie Zeit haben, sich bis heute Gedanken zu machen, und dass das gesamte Projekt mit Ihrer Eigeninitiative steht und fällt. Wer wird also als Erstes sein Konzept vorstellen?«

Diesmal meldet sich nicht mal Corvin.

»Niemand?«

Kujawa erhebt sich und geht durch die Reihen.

»Ernsthaft? Sie wollen freitags lieber *Mathematik Spezial* haben? Und ein paar zusätzliche Tests schreiben?«

Kujawa dreht auf der Hacke um und geht zurück nach vorn, setzt sich auf den Lehrertisch.

Er wendet sich Alina zu.

»Der *freie Freitag* ist Ihrer persönlichen künstlerischen Entfaltung gewidmet. Es sollte vielleicht etwas mehr als ein Papierflieger sein, den Sie basteln, es geht um das kontinuierliche Arbeiten, um die Planung, Umsetzung und Präsentation eines Langzeitprojekts. Sie können ein Boot bauen, einen Film drehen, einen Schaukelstuhl schmieden oder ein Hip-Hop-Album aufnehmen. Hauptsache, Sie arbeiten kontinuierlich daran, präsentieren erst die Idee, entwickeln einen realistischen Zeitplan und halten sich daran.«

Alina glaubt es nicht. Heißt das nicht, sie könnte auch etwas *programmieren*? Als sie in den Ferien das Praktikum in dieser kleinen Softwarefirma gemacht hat, sollte sie sich ein Übungsprojekt überlegen. Da hat sie mit so einer Web-App angefangen. Ist aber nicht fertig geworden und kommt seitdem nicht weiter. Und daran könnte sie jetzt jeden Freitag arbeiten? *Während der Schulzeit??*

Kujawa stemmt die Hände in die Hüften. »Also, ich frage ein letztes Mal, wer präsentiert?«

Noch immer meldet sich niemand.

»Ich glaube, Sie haben mich nicht ganz verstanden ... wenn heute kein Projekt präsentiert wird, ist der *freie Freitag* gestrichen. Das war so angekündigt. Sie haben hier eine einmalige Chance – und sind zu blöd oder zu faul, diese zu nutzen?«

Corvin meldet sich. »Ich möchte präsentieren.«

»Corvin. Na gut. Was haben Sie vorbereitet?«

Corvin steht auf, geht nach vorn und malt einen großen Tausendfüßler an die Tafel. Gar nicht schlecht, er lässt sich Zeit. Als er fertig ist, lettert er groß OTTO darüber.

»Also, ich, äh, möchte einen Film drehen. Über meinen afrikanischen Riesentausendfüßler. Otto. Ich habe vor ... ich werde ihn zwischen Weihnachten und Neujahr in Afrika aussetzen. In seiner Heimat.«

Kujawa schnaubt langsam durch den Schnurrbart. Und sagt lange nichts. Atmet geräuschvoll durch die Nase ein, schließt die Augen und stützt sich mit den Knöcheln auf den Lehrertisch.

»Corvin. Wollen Sie mich VERARSCHEN?« Er spricht das extra deutlich. »Das Projekt soll VOR Weihnachten fertig werden. Sie wollen Ihren Tausendfüßler NACH Weihnachten in Afrika freilassen. Und Ihre ›Präsentation‹«, er macht eine Pause, wie um einen Schmerz vorüberziehen zu lassen, »besteht aus einer Kreidezeichnung und ein paar gestammelten Halbsätzen.«

»Äh, na ja, ich muss ja, die Reise planen und so, mich impfen la...«

»HINSETZEN!«

Kujawa brüllt, Corvin schleicht.

Alinas Haarwurzeln kribbeln.

Es ist unmöglich, undenkbar, dass sie jetzt ihr Projekt präsentiert. Die mit der Spinnenphobie und der blauen Hand. Aber die Aussicht, das während der Schulzeit fertig machen zu können, ist einfach nur todesgeil – sie muss irgendwie versuchen, den *freien Freitag* zu retten!

Es ist zwar Selbstmord, doch sie holt ihren Rechner aus dem Rucksack und meldet sich. Mit der blauen Hand. Wenn schon sterben, dann spektakulär.

»Äh, kann ich vielleicht … also, mein Projekt präsentieren? Müsste nur den Beamer anschließen.«

Sie hat es tatsächlich gesagt. Mit dem Laptop in der Hand steht sie auf.

Irgendwer hinter ihr fragt leise: »Hää?«, klingt wie Bitzer.

Kujawa kuckt sie feindselig an.

»Sie wussten bis eben überhaupt nicht, dass es den *freien Freitag* gibt – wie wollen Sie da fünf Minuten später schon ein Konzept präsentieren?«

Warum ist sie aufgestanden?

Soll sie sich wieder setzen?

Sie fühlt sich fleckig.

»Na ja … Sie haben zwar versäumt, mir rechtzeitig mitzuteilen, dass ich mir eins überlegen soll …«, scheiße, so sollte das gar nicht klingen, aber das heitere Raunen und leise Gelächter, das nun durch die Reihen geht, fährt leicht zeitversetzt auch als wohliger Schauer durch Alina, und jetzt steht sie da schon ganz anders, hebt ihren Rechner hoch und fährt fort: »… ich habe in den Ferien beim Praktikum so ein Projekt begonnen, das könnte vielleicht passen. Also, wenn Programmieren auch als Handwerk oder Kunst zählt?«

Kujawa zieht die Augenbrauen nach oben, die eine anerkennend, die andere erstaunt.

»Alina. Ich brauche nicht noch so einen halbgar improvisierten Vortrag. Die Projekte müssen mit Powerpoint oder Keynote präsentiert werden – das gehört leider dazu.«

Er erhebt sich.

»Ich hab 'ne Powerpointpräse.«

Für so ein Stipendium in Kalifornien.

Sie winkt mit dem Laptop. Ihr Lehrer schiebt sich die Unterlippe über die Oberlippe, zieht den haarigen Busch damit glatt und zeigt zum Beamer.

»Na gut. Schießen Sie los!«

Moschus

Der blaue Startscreen des Beamers verschwindet, Alinas Desktop erscheint an der weißen Wand. Sie öffnet PowerPoint. Es gibt kein Zurück mehr. Sie legt los.

»Ich hab vor ein paar Jahren auf der *Code Week* bei so einem *App Camp* mitgemacht, und seitdem kann ich ein bisschen coden. Jetzt im Sommer habe ich ein Praktikum bei einer Softwarefirma gemacht – DNApp, die programmieren Apps und Webshops. Und da habe ich so ein Übungsprojekt angefangen.«

Sie klickt, das Wort *MUSC* erscheint riesengroß.

»Die Zeit war aber leider zu knapp, um es fertigzustellen.«

Die nächste Folie zeigt einen Screenshot vom Interface.

»Die App läuft im Browser und funktioniert wie ein kleines, geschlossenes Social Network. Aber rein textbasiert. Jeder Teilnehmer bekommt einen zufällig generierten Invite Code und den Link zur Gruppe in der App, und damit kann man sich anmelden und ein Profil mit Bild anlegen. Und wenn sich jeder einen Avatar sucht und irgendeinen Nickname gibt, können alle ihre Beiträge anonym posten. Tagebuch, Gedichte – was auch immer. Man kann auch alles kommentieren und liken, wie bei Facebook oder Insta, aber keiner weiß, wer wer ist.«

Ein dritter Screen zeigt, wie das aussehen könnte. Alina rollt weiter durch den Vortrag wie eine Rube-Goldberg-Maschine.

»Das würde ich gern für unsere Klasse aufsetzen. Die App könnte bald fertig sein, aber das Debuggen, die Verwaltung des Netzwerks und das Community-Management werden mich mit Sicherheit bis Weihnachten auf Trab halten.«

Kujawa steht auf. Wie kuckt er? Ist er sauer? Nein, er sieht eigentlich ganz zufrieden aus. Aller Groll scheint von ihm abgefallen, tatsächlich: Grinse-Kujo is *back*.

»*Die Unvoreingenommenheit bei der Leistungsbewertung ist ein Grundprinzip unserer Schule, und so sollte, wann immer durchführbar, Anonymität gewährleistet sein*«, intoniert er mit ordentlich Pathos in der Stimme.

Das ist der erste Punkt der Schulverfassung. Bei Alinas Aufnahmeprüfung saßen die Lehrer allen Ernstes hinter einem Vorhang, als sie reinkam und ihr Stück auf dem Klavier vorspielte. Damit sollte jede Voreingenommenheit aufgrund des Geschlechts oder der Optik des Prüflings ausgeschlossen werden.

»Das Schulprinzip in den Raum der privaten Kommunikation zu übertragen ist ein faszinierender Ansatz, Alina!«, fährt Kujawa nun in normaler Tonlage und mit echter Begeisterung in den Augen fort und wischt sich über die Bürste in seinem Gesicht. So zwanghaft, voll der Tick. »Aber wie können Sie gewährleisten, dass sich auch an die Umgangsformen der Schule gehalten wird? Da es ein Schulprojekt ist, müsste ein Lehrer als Moderator zugeschaltet sein. Ich, zum Beispiel.«

»Zensur!«, Buhrufe erklingen, auf der hintersten Bank ruft jemand »Lü-gen-leh-rer! Lü-gen-leh-rer!«, sofort steigen ein paar andere mit ein.

Kujawa nimmt es inzwischen wieder gelassen, winkt mit geschlossenen Augen zur Ruhe und streicht sich zum einhundertfünfundsiebzigsten Mal über den Schnurrbart.

»Nun gut. Alina, ich vertraue Ihnen und gehe davon aus, dass Sie als Projektleiterin einschreiten, sobald die Nulltoleranzregel der Schule gebrochen wird. Keine rassistischen, sexistischen oder homophoben Äußerungen.« An die Klasse gewandt: »Und von Ihnen wünsche ich mir, dass die Anonymität nicht Ihre dunkle, sondern Ihre zarte, verborgene Seite ans Licht holt. Die, die noch niemand kennt. Das ist eine fantastische Möglichkeit. Nutzen Sie die gut! Und bedanken Sie sich bei Alina. Sie hat Ihnen allen eine Woche Aufschub verschafft. Am nächsten *freien Freitag* will ich hier zehn Powerpointpornos sehen.«

Nach der Stunde, Alina pult gerade auf dem Gang die AirPods aus der Tasche, kommt Ganja zu ihr.

»Mega, echt mal«, sagt sie und haut ihr total boyish auf die Schulter. Ganz geiles Gefühl übrigens. Bitzer und Johanna stellen sich dazu. Und dann sagt ausgerechnet die schöne, arrogante Johanna: »Echt cool, wenn alle mit der App anonym schreiben können.« Sie pustet sich eine Strähne aus dem Gesicht, die sanft abhebt und perfekt landet. »Weswegen eigentlich *MUSC*?«

Dass *MUSC* für *Masked User Social Club* steht, behält Alina lieber für sich, voll der prollige Name auf einmal.

»Wegen *Elon*?«, fragt Bitzer.

»Nein. Wegen Moschus.«

richtig schön scheiße

Und dann sitzt Alina allen Ernstes freitags während der Schulzeit mit ihrem Laptop in der Schule und programmiert. Einerseits kann sie ihr Glück nicht fassen, andererseits hat sie auch voll Angst, dass sie verkackt und heftige Bugs einbaut. Doch irgendwann ist *MUSC* 1.0 tatsächlich fertig. Rainer von DNApp, wo sie ihr Praktikum gemacht hat, hilft ihr am Ende ein bisschen, und sie machen mit dem Azubi der Firma einen Testlauf. Läuft rund. Am Ende ruft Rainer an. Der findet den *freien Freitag* ziemlich geil.

»Echt super Projekt, Alina. Sag Bescheid, wie es läuft, wenn du es in der Klasse gestartet hast. Präsentierst du es diesen Freitag?«

»Nee, erst nächste Woche. Will in Ruhe alles vorbereiten und noch an der Präse arbeiten. Wieso?«

»Freitag kommt so ein Consultant und gibt uns allen 'ne Schulung. *Pair Programming*. Haste nicht Bock?«

»Oh, cool … im Prinzip schon. Aber hab ja Schule.«

Es kann also losgehen. Mit *MUSC*. Eigentlich hätte man das alles auch auf wattpad.com mit einer geschlossenen Gruppe machen können, aber um die Plattform macht sie seit damals einen Bogen. Früher hat sie da Geschichten von anderen Mädchen in ihrem Alter gelesen und auch ihre Fan-Fiction und eigene Liebesgeschichten hochgeladen, bis Wyndi allen davon erzählt und ihren geheimen Usernamen verraten hat, und plötzlich brachten die Leute aus der Klasse nonstop peinliche Zitate aus ihren Lovestorys, in denen das unscheinbare Nerdgirl vom heißen koreanischen Prinzen in der Waschstraße verführt wird und solche Sachen.

Und jetzt, auf der neuen Schule, ist sie zwar immer noch das Nerdgirl, aber anscheinend ist das hier irgendwie cool. Ein bisschen sieht sie ja auch aus wie Alex von *Modern Family*. Oder es liegt an *Big Bang Theory* oder *Stranger Things*, dass Nerds inzwischen gefeiert werden dürfen.

Am Donnerstag nach der letzten Stunde nimmt Kujawa sie zur Seite.

»Rainer Münz hat mich angerufen.«

»Von DNApp?«

Scheiße, wieso das denn?

»Alina, Sie sind doch schon viel weiter als die anderen. Wollen Sie morgen zu dieser Schulung gehen? Ich habe das schon mit der Schulleiterin besprochen. Das geht klar.«

Und das erste Mal seit Langem ist sie zu laut, ohne dass es eine Wut ist, die aus ihr herausbricht: Sie quiekt *vor Freude*, wie ein Gummientchen, richtig schön scheiße.

Heute sind wir zwei

Alina steht draußen bei DNApp vor der Tür, blinzelt in den Hamburger Freitagvormittag und raucht noch eine, bevor es losgeht. Von den anderen Programmierern rauchen nur drei, aber die sind sofort reingegangen, als Alina ankam. Ist ihr recht, die Raucherpausen mit denen waren schon beim Praktikum immer 'ne Megaqual. Der Einzige, der halbwegs vernünftige Sätze sagen kann, die nichts mit Computern zu tun haben, ist Scrum-Master Rainer, der die ganzen Code-Äffchen dressiert und den Gesamtüberblick über das Projekt hat, mit allen redet, auch mit den Chefs. *Pair Programming* war Rainers Idee. Deshalb kommt heute ein Typ von einer Consultingfirma, um dem Team die Methode vorzustellen. Optimieren, alles immer optimieren. Als wär das Team auch Code, den man möglichst effizient schreiben muss.

Alina atmet aus, genießt mit geschlossenen Augen die Herbstsonne, eine Wolke verdunkelt ihr den Moment. Ihr wird kalt. Sie schaut dem vorbeifahrenden Bus hinterher, der in einiger Entfernung anhält und fauchend Leute ausspuckt. Eine Frau kommt in ihre Richtung. Bleibt stehen, sieht sich um, holt ihr Handy raus. Irgendetwas an ihr wirkt vertraut … sie steckt ihr Handy ein, kommt näher, und na klar, das ist … Kim? Vom *Girls Only App Camp* auf der *Code Week* vor drei Jahren … Wie war noch mal der Nachname? So einer aus dem Geschichtsunterricht, wie ein Minister oder Bundespräsident oder so was … Adenauer! Kim Adenauer. Aber sie durften Kim zu ihr sagen.

Die war cool. Ein Jahr später hat Alina sie noch mal auf dem *Chaos Communication Congress* in Leipzig am Lockpicking-Stand gesehen. Auf dem Tisch vor ihr so mini Übungstüren, die gerade so groß waren, dass Platz für ein Schloss und eine Klinke war. Und auch Vorhängeschlösser aus Plexiglas, damit man sehen konnte, was drinnen für ein Mechanismus abgeht und wie man das kleine Werkzeug reinfummeln muss. Ist so ein Hackersport, zur Abwechslung mal echte Schlösser knacken. Aber Alina hat sich nicht getraut hinzugehen und es auch mal zu probieren. Und ihr Hallo zu sagen.

Kim bleibt direkt vor ihr stehen, sieht sie mit zusammengekniffenen Augen an, kuckt kurz hoch zum Firmenschild, dann wieder zu Alina und lächelt. Ob sie sich auch erinnert? Bestimmt nicht. Alina war eins von sechs Mädchen, sie hatte damals ihre

Haare noch lang, nicht schwarz gefärbt, brav zum Pferdeschwanz gebunden und die rote Kassenbrille im Gesicht, zu der Mama sie in der neunten Klasse überredet hat.

»Hi«, sagt Kim. Auch sie hat eine andere Frisur als damals, Mikropony, hinten lang. Und wie es scheint, auch 'ne neue Brille, gold, sieht bisschen aus wie eine Modebloggerin. Oder eher wie eine, bei der sich die Modebloggerinnen den Style abkucken.

Alinas Pony ist das Gegenteil von mikro und fällt ihr bis auf das dicke, schwarze Nerdbrillengestell.

»Hi«, antwortet Alina, wirft ihre Kippe auf den Boden, pustet Rauch hinterher und tritt sie aus.

Kim holt eine Schachtel aus der Jackentasche, nimmt sich eine, schnippt gegen die Unterseite und bietet ihr die herausragende Zigarette an.

»Nachtisch?«

Alina grinst und greift zu. Traut sich aber immer noch nicht, etwas zu sagen, nicht mal Danke und erst recht nicht, dass sie sich kennen. Kim gibt ihr Feuer, sie rauchen ein paar Züge. Schweigen. Aber eins von der guten Sorte. Kim mustert sie. An ihren Augenbrauen sieht man, dass sie überlegt.

»Du kommst mir so bekannt vor«, sagt sie schließlich.

Alina nickt. »Ich war mal bei dir im *App Camp* auf der *Code Week*. Ist aber schon ein bisschen her.«

Kim lächelt, die Augenbrauen sind wieder da, wo sie hingehören.

»Richtig! Lena?«

»Alina.«

Kim legt ihr die Hand auf den Unterarm. Sie ist weich und warm.

»Sorry. Alina. Natürlich.«

Sie drückt noch mal sanft zu, dann nimmt sie die Hand weg, hinterlässt dabei ein angenehmes Glimmen auf Alinas Haut.

»Aber schön! Bist du dem Coden also treu geblieben?«

Alina nickt zur Seite, zuckt mit den Schultern. »Ja, bockt schon.«

»Sehr gut.«

Kim lächelt, bisschen mutterstolz. Zu Recht.

»Arbeitest du hier?«

»Nee, hab nur im Sommer ein Praktikum gemacht. Und heute ist so'n Workshop, da darf ich mitmachen. Ich mach nächstes Jahr Abi.«

Kim lächelt. »An welcher Schule bist du denn?«

»Freie Kreativschule Sternschanze.«

»Ach, die! Soll doch ganz gut sein?«

»Ja, anscheinend. Hab gerade erst gewechselt. Also, ist echt nice. Ich mach so ein Code-Projekt in der Schule.«

Kim schiebt erstaunt die Brille hoch. »Programmieren in der Schule? Gibt's ja nicht. Haben sie das endlich verstanden, dass das ein Pflichtfach sein sollte?«

»Nee, ich bin die Einzige. Ist 'n freies Projekt.«

»Ein freies Code-Projekt ...«, sagt sie in halber Geschwindigkeit, bewegt nickend ihren Kopf und atmet Rauch aus, der in Alinas Richtung weht. Schnell wedelt Kim die Wolke auseinander.

»Sorry.«

Alina betrachtet ihre Fußspitzen.

»Und ich vermute, du bist die einzige Frau hier im Laden?«

Kim kuckt hoch zum DNApp-Logo. Nullen und Einsen, die sich in einer Doppelhelix umeinanderwinden. Alina schaut ebenfalls hoch und nickt. Das erste Mal ist es ihr nicht peinlich, dass eine Erwachsene sie als *Frau* eingemeindet. In dem Blick, den sie jetzt tauschen, liegt mehr als in anderen Blicken, das Herz puckert ein bisschen, und ihr Unterarm erinnert sich an das Glimmen.

»Ja. Allein unter Raketenwissenschaftlern«, sagt Alina.

Kim lacht, prüft die Uhrzeit auf ihrem Handy, saugt die Zigarette fertig, blickt umher, sucht wohl einen Ascher, findet keinen, wirft die Kippe auf die Erde, tritt sie aus und hebt den Stummel auf.

»So. Kommst du?«

»Wie? Wohin?«

»Ich soll euch beibringen, wie *Pair Programming* geht.«

Lächelnd hält sie Alina die Tür auf, weist ihr den Weg nach drinnen, mit den spitzen Fingern der Zigarettenstummelhand.

»*Du* bist der ... Consultant?«, leiert es aus Alina heraus.

Kim grinst.

»Aber ja. Immer wieder ein Fest, wenn die Typen erst beim Termin checken, dass *Consultant Kim Adenauer* eine schlaue Frau ist. Komm. Heute sind wir zwei.«

mit einem saftigen Knacken

Nach dem Workshop ist sie ganz schön zerschlagen. So viel Input! Aber geil. Und wie cool Kim war.

Was für ein Leben: irgendwelchen Code-Honks erklären, wie es besser geht, und richtig Cash dafür kriegen. Sie haben zum Abschluss noch eine geraucht und sogar Nummern getauscht.

Als Alina nach Hause kommt, hört sie schon im Treppenhaus laute Musik. Diese Frau aus den Achtzigern mit der Quäkstimme singt eins von Mamas Lieblingsliedern. Aber es klingt irgendwie ... noch beschissener als sonst. Sie schließt die Wohnungstür auf, lässt Rucksack und Jacke im Flur auf den Boden gleiten, klopft an Mamas Tür und geht rein.

»*When the workin' day is done*
Oh girls, they wanna have fun«

Mama hat ein Mikro in der Hand, reißt begeistert die Augen auf und singt und tanzt ihre Tochter an, lockenwackelnd und dämlich die Schultern abwechselnd im Takt nach vorn schiebend, mit dem Finger auf Alina zeigend:

»*They just wanna*
They just wanna …«

Neben ihr steht ein fetter Kasten, eine Box, oben ragt eine halbe, durchsichtige Plastikdiskokugel raus, die sich dreht und buntes Licht im Zimmer verstrahlt. Dahinter ein Bildschirm, auf dem der Text eingeblendet wird. Der Song fadet aus. Mamas Stimme nicht.

»*When the working day is done …*«

Sie grinst, ein bisschen außer Atem, ein bisschen verschwitzt.

»Lini, das ist so *geil!* Was willst du singen? Die haben ALLES!« Sie tippt auf dem Touchscreen rum und scrollt durch die Songliste.

»Karaoke? Ernsthaft?«

Mama nickt wie schneller gedreht, mit vor Begeisterung gespitzten Lippen.

»Hab ich mir vom Institut geliehen.«

Im *Institut* arbeitet Mama. Aber nur manchmal. Ansonsten geht sie donnerstags und freitags putzen. Die Auftritte hat sie eher im Frühling und Sommer, auf Straßenfesten und Kleinkunstfestivals. Zudem unterrichtet sie einmal im Monat *Närrisches Performen* und gibt hin und wieder ein Blockseminar: *Illusionstechniken und Körpersprache*. Das reicht aber kohlemäßig nicht aus. Angeblich hat sie einen megafetten Job in Aussicht, dann hätten sie eine Zeitlang ausgesorgt, ansonsten geht es erst in der Weihnachtszeit wieder los, wenn die ganzen Firmenfeiern stattfinden, da wird *Die große Gisella* gebraucht mit ihrer Wischmoppperücke. Alinas Mama hat das tatsächlich gelernt, am *Institut für Clown und Zauber*, wo sie jetzt Dozentin ist, und sie hat so eine Putzfrauen-Zauberclown-Nummer, mit Klobürsten jonglieren und einem Eimer voll mit kleinen Holzkügelchen, die sie immer wieder auffegt, und beim Bücken sprudeln sie ihr wieder aus dem Arsch, ohne dass sie es merkt, und aus einer Sprühflasche Glasreiniger spritzt sie mit Wasser um sich, und die Besoffenen liegen weinend am Boden, aber es ist mega unwitzig. Alina hat sich früher immer so hart geschämt, dass sie irgendwann nicht mehr mitgekommen ist zu den Auftritten.

Mama meint, beim Putzen kommen ihr die besten Ideen, schon deshalb sei der Job quasi bezahltes Brainstorming, und scheinbar ist ihre Nummer ein großes Ding in der Clownszene, aber was ist schon die Clownszene.

»Was willst du mit einer Karaokemaschine?«

»Ach, der Urs und ich überlegen, wie wir eure Weihnachtsfeier gestalten.«

»Wie, ihr trefft euch *jetzt* schon?«

»Nein, bisher tauschen wir nur Ideen aus. Per Text.«

Seit dem Klassenabend vor ein paar Wochen ist Mama beunruhigend gut drauf.

»Aber Mama … niemand will Karaoke singen – schon gar nicht mit den eigenen Eltern.«

Oder anders gesagt: Niemand will, dass die eigene Mutter vor der ganzen Klasse singt UND tanzt – vor allem nicht Alina.

»Ach, bei euch wird so viel gesungen, erzählst du mir immer, das käme doch bestimmt supergut an, glaubst du nicht?«

»Selbst wenn, das ist mir egal, Mama. ICH will es nicht. Bitte.«

Mama kuckt sie enttäuscht an. »Aber wieso denn nicht? Du

hast so eine schöne Stimme. Und Singen macht glücklich! Vor allem, wenn man es gemeinsam tut – das ist wissenschaftlich erwiesen.«

Das gilt allerdings nicht, wenn bei Dad auf der Geburtstagsfeier Karaoke gesungen wird, in einem Haus voller Talente nämlich, wo die schöne Mutter ein Goldkehlchen mit Plattenvertrag ist und die neue Stieftochter sogar noch besser singt. Jedes Mal, wenn Alina draußen bei Dad in Allermöhe gewesen ist, was selten genug vorkommt, darf sie später zu Hause nicht erzählen, wie es war. Mama will nichts wissen von Dads neuer Superfamilie im Traumhaus an der Dove-Elbe – absolutes Tabuthema. Daher weiß sie auch nicht, was das oft für ein Horror ist für Alina.

»Komm, Lini, probier es einfach mal, du wirst sehen, es …«

»Auf Dads Geburtstag, letzten Frühling, haben sie auch Karaoke gesungen, die ganze Familie. Den ganzen Abend. Richtig gut sogar.«

Ihre Mutter schweigt, mehr muss und darf Alina nicht sagen.

Mama schrumpft ein bisschen, lässt die Arme hängen, die Begeisterung wie aus dem Gesicht gebotoxt. Sie geht zur Karaokemaschine, legt das Mikro neben das stumpf rotierende Diskofacettenauge. Als sie den Schalter umlegt, gehen das bunte Licht und die Box aus, mit einem saftigen Knacken.

angemeldet

Freier Freitag.

Die Codes sind verteilt.

Nach und nach poppen die ersten Anmeldungen im Admin-Bereich auf.

Alle geben sich bescheuerte Decknamen und übertrumpfen sich gegenseitig mit ihren Profilbildern. Gleich drei Leute kommen auf die Idee, das Bild von Corvin zu nehmen, als er mal auf Metal-Huris Geburtstagsparty im Strahl gekotzt hat. Völlig episches Foto, ging mega viral und geistert immer noch in tausend Memes durchs Netz: Corvin macht eine Pirouette wie beim *Schwanensee*, angewinkeltes Bein und alles, er sieht safe aus wie eine Ballerina, und der Kotzstrahl ist halb rund und hängt dreidimensional angeblitzt in der Küche. Sieht aus wie Photoshop, weil er zu viel Blue Curaçao gesoffen hat und die Kotze türkis ist – ist aber echt. Jedenfalls haben *Cotzvin*, *Der-kotzende-Schwan* und *Corvin_Cotzensen* alle als Profilbild den kotzenden Corvin. Zwei andere sind auf die gleiche Idee gekommen wie Alina. Fuck, er ist wirklich der Oberloser. Und ausgerechnet sie haut mit drauf, als *Corvin_Cotzensen*. Weshalb Corvin Carstensen ab diesem Tag nur noch *Cotzensen* gerufen wird. Corvin behauptet, dass er selbst *Cotzvin* ist und lacht mit, aber Alina glaubt ihm weder das eine noch das andere. Sie weiß genau, wie das ist. Wenn alle darüber lachen, wie scheiße man ist: immer schön egal tun. Obwohl man heulen oder schreien oder irgendwo reinschlagen möchte.

Semmel hat seinen Zugangscode verloren und braucht einen neuen, bei Corvin hat angeblich auch irgendwas nicht funktioniert, also muss sie für beide einen extra Code generieren.

Und dann geht es tatsächlich ziemlich ab. Wirkliche Tagebucheinträge sind eher selten, es wird größtenteils Schwachsinn gepostet und kommentiert, aber keiner weiß, wer wer ist, fast alle halten dicht. Nur *Ganja_Müller* ist tatsächlich Ganja Müller und postet lange Texte übers Kiffen. *Schnurrberts* Profilbild ist ein Foto von Kujawas Mundpartie – Statusanzeige: »Der Balken Gottes«, und er versucht zu klingen wie Kujawa als Pastor. Die anderen nennen sich zum Beispiel *ElleDorade, High-Buh* oder *Harry_Otter.* Das meiste passiert in den Kommentaren, kaum anders als im Klassenchat bei WhatsApp, nur eben anonym, ohne Memes und ein bisschen dirty und behämmert. Jedenfalls nicht so, wie es eigentlich der Plan war, und das fällt nun auch *Nele_Hyne* auf.

Nele_Hyne
Hey, Alina hat das so toll gemacht mit der App, und Herr Kujawa hat recht: Das wäre so eine schöne Gelegenheit, kreativ zu werden. Ich finde, wir machen das wie ursprünglich geplant und schreiben Tagebuch oder Gedichte oder legen irgendwelche Mottos und ein paar Regeln fest.

Nele_Hyne klingt total nach der echten Nele Hein, mega lieb mit Stock im Arsch, und auch das Profilbild ist ein äußerst schmeichelhaftes Selfie von Nele, der Anwaltstochter aus Blankenese, das muss sie wirklich sein. Könnte aber auch von Insta gezogen sein, denn die echte Nele Hein bestreitet in der Klasse, dass sie es ist, findet es sogar *ü-ber-haupt-nicht-lus-tig*, dass jemand mit ihrem Bild und ihrem Namen schreibt. Spielt sie das? Ist sie so gut? Aber wenn es stimmt, dass hinter *Nele_Hyne* jemand anders steckt, hat Nele dann mit ihrer Empörung nicht irgendwie recht?

Cotzvin

@Nele_Hyne: Tagebuch? Ich bin dabei und fange gleich mal an: Gestern kam ich nach Hause, und mein Vater saß mit Neles Papa, Herrn Hein, vor dem Fernseher. Die beiden hatten ein paar Biere getrunken und sahen sich Helene Fischer im Fernsehen an.

Bis auf ihre Unterhosen waren sie nackt, Herr Hein trug lediglich noch eine knappe Lederweste. Sie hielten Händchen. Herr Hein kratzte sich seinen dicken, behaarten Bauch und rülpste. Als ich zu ihnen trat, sagte mein Vater: »Cotzvin, ich muss dir etwas sagen. Ich bin schwul. Das ist Heini, er ist dein neuer Daddy. Gib deinem neuen Daddy ein Küsschen.« Herr Hein und ich küssten uns lange, mit Zunge, Neles Vater schmeckte nach Rollmops und Bier. Er rülpste mir in den Mund. Dann sagte er: »Cotzvin. Du musst mir helfen. Kannst du dich um meine Tochter kümmern? Sie ist sehr, sehr einsam.«

Niemand kommentiert oder liked den Beitrag.

Was soll Alina machen, muss sie einschreiten?

Quatsch. Oder? Nein.

Besser mitmachen, aber auf harmlos.

Corvin_Cotzensen

@Cotzvin Hey, ICH bin Corvin!

Cotzvin

Nein, du bist eine kleine Nutte.

Okay. Das ist definitiv nicht mehr cool und auch definitiv nicht der echte Corvin, wie er behauptet. Oder doch? Alina wird heiß. Sie loggt sich als Sys-Admin ein, woraufhin ihr rot umrandeter Klarname mit einem normalen Foto von ihr samt »Admin«-Status erscheint:

Zwei, fünf, acht Likes.

Alina zählt zum ersten Mal durch, wie viele User es überhaupt gibt. Ihren Admin nicht mitgerechnet sind es neun. Zwei haben sich also noch gar nicht angemeldet.

Ich hab nichts vor

Am nächsten Mittwoch geht Alina nach der Schule zur Bushaltestelle, weil sie bei dem feuchten Wetter nicht mehr mit dem Fahrrad fährt.

»Hey, warte«, ruft eine Stimme hinter ihr, und diese Stimme ist Johanna, die nun mit surrendem Flügelschlag die paar Schritte zu ihr geflogen kommt. Sie landet, schüttelt die feingeäderten Flügel, klappt sie ein, und dann gehen sie nebeneinander her, normal. Eine Weile schweigen die zwei. Alina beginnt im Gleichschritt mit Johanna zu marschieren. Sonst achtet sie nie darauf, wie andere Leute laufen, und ob ihre Schritte synchron sind oder nicht, aber neben Johanna kann sie an nichts anderes denken. Sie macht zwei kurze Trippelschritte und sagt schnell irgendwas. Neuerdings, seit alle sie sehen können, kommt sie mit Schweigen nicht mehr durch den Tag.

»Crazy, dass das Kotzfoto von Corvin ist. Das kannte ich

schon aus dem Netz, bevor ich hier auf die Schule kam«, und als sie jetzt zu Johanna blickt, fragt sie sich, wie man so schön sein kann und das nicht längst als Influencerin oder Model zu Kohle macht.

»Ja, das hat echt weite Kreise gezogen, vor allem auf Twitter«, sagt Johanna und nickt. Sie beobachtet beim Gehen ihre Schuhspitzen, so graue Wildlederstiefeletten, wie neu. Nee, neu.

»Twitterst du?«, fragt Alina. Niemand in ihrem Alter twittert. Jedenfalls niemand, den sie persönlich kennt. Gleichaltrige, die twittern, gibt es nur auf Twitter.

»Nein, ich hab zwar einen Account, aber ich folge nur ein paar Leuten. Selbst schreib ich nichts.«

Also macht es auch keinen Sinn, nach ihrem Twitterhandle zu fragen. Außerdem müsste Alina dann ihren preisgeben, und sie will nicht, dass irgendjemand aus der neuen Klasse sich in ihre Timeline verirrt. Könnte ihren Account auch auf privat stellen, ihre Tweets vergammeln eh ungeliked in der Timeline, 66 Follower. Ihren Blog schreibt sie zwar mit Wordpress, aber nur für sich, nicht öffentlich.

»Wo is'n das Foto gemacht?«, fragt Alina.

Johanna lächelt sanft den Bürgersteig vor ihren Füßen an.

»Ach, das war wieder ein *classic Corvin*. Der hat … wie so einen Schalter im Kopf, wenn er säuft. Das erste Mal war in der Zehnten auf Klassenfahrt in Paris. Erst dachten alle, er spielt nur, weil er plötzlich mit Schluckauf und Torkeln und Vollkommenen-Irrsinn-Labern anfing. Aber dann hat er sich wirklich gemault und geblutet und gekotzt und alles, der war tatsächlich vollbreit. Eben noch klar, und im nächsten Moment wie so ein Besoffener aus 'nem Kinderfilm.«

Sie kichert durch die Nase und schüttelt den Schopf und kickt einen kleinen Stein nach vorn. Alina sieht dem Stein hinterher. Er rollt ein paar Meter geradeaus, bleibt liegen, sie steuert direkt darauf zu, will ihn auch so kicken wie Johanna, aber dann macht sie lieber einen langen Schritt. Gegenüber rauscht ein Zug übers Schulterblatt, vorbei am Central Park Richtung Sternbrücke.

Als sie bei der Bushaltestelle ankommen, fragt Johanna: »Wo wohnst du eigentlich?«

»In Ottensen. Gaußstraße.«

»Echt? Da habe ich Geigenunterricht.«

»Lustig, die Musikschule ist gleich nebenan bei mir. Krass, dass ich dich noch nie gesehen habe.«

»Hab gerade erst gewechselt.«

Ich auch.

»Ach so.«

»Ja, aber nervt voll, ich muss nach der Schule immer 'ne Stunde warten, bis mein Unterricht beginnt. Und man kann in Ottensen echt nirgendwo hingehen, da ist alles voller Werber, die einen anglotzen oder anlabern.«

Tja, echt scheiße, wenn man schön ist.

Was das wohl mit einem macht.

Immer angeglotzt zu werden. Immer drehen sich alle Köpfe zu einem um, wenn man reinkommt und leuchtet wie eine 24-Stunden-Tanke.

»Ich weiß, was du meinst«, behauptet Alina, »gehe auch nur zum Einkaufen vor die Tür oder abends 'n Falafel holen.«

Johanna pustet sich eine Strähne aus dem Gesicht.

Ob das vielleicht eine Frage sein sollte? Will Johanna zwischen Schule und Geige mit ihr hängen? Kann das sein? Die schöne Johanna? Alina spürt wieder die Hitze. Trotzdem gibt sie sich einen Ruck.

»Wenn du willst, kriegst du auch bei mir 'nen Kaffee. Also, Filterkaffe. Mit Oat Latte Macchiato kann ich nicht dienen.«

»Echt?«

Jetzt kuckt Johanna sie das erste Mal an von da oben, aus den Sommersprossen heraus und an dem zarten Näschen vorbei.

»Filterkaffee? Ein Traum!«

Sie lächelt. Alina auch. Filterkaffee mit Johanna, einmal die Woche. Wie nice wär das denn. Nur dass irgendwann Ray von seiner Reise zurückkommen wird, der Mitbewohner von Mama und ihr. Der dann Johanna unter Garantie nicht nur anglotzt, sondern auch volltextet und womöglich anbaggert.

»Wann hast du denn Geigenunterricht?«

»Donnerstags.«

»Also morgen?«

»Ja.«

Alinas Schläfen pochen, und sie weiß, wieso. Sie hat schon lange keinen Besuch mehr gehabt.

»Also, kannst nach der Schule gern mit zu mir kommen. Ich hab nichts vor.«

Bis nachher!

Als Alina mit Johanna am Donnerstag nach der Schule die Straße entlangschlendert, versucht sie zu gehen wie eine Freundin. Sie hat extra gestern noch ihr Zimmer aufgeräumt und geputzt, aber nur so, dass es nicht aufgeräumt und geputzt aussieht. Ihre Mangas hat sie nicht versteckt, vielleicht hat Johanna ja noch nie einen Comic von hinten gelesen. Aber das EXO-Poster hat sie dann doch von der Wand genommen, sie hört ja schon lange keinen K-Pop mehr. Nur noch heimlich. Was Johanna wohl hört? Sie hat keine Ahnung.

Auf der Busfahrt erzählt Johanna von ihren Plänen, nach dem Abi möchte sie erst mal Work and Travel machen.

»Cool, wo denn?«

»Australien. Da gibt es so eine Koala-Aufzuchtstation, Koalababys die Flasche geben und mit denen chillen und so.«

Johanna steht total auf Koalas und zeigt ihr supersüße Koalabärenbaby-Videos. Sie hat sogar ein Koala-Tattoo, auf der Innenseite des Oberarms, ganz klein und schlicht, nur gekritzelte Outlines, super stylish.

»Weißt du schon, was du nach dem Abi machst?«, fragt Johanna leider.

Ach, ich hab mich für so ein Stipendium im Silicon Valley beworben, das klappt bestimmt.

»Hätte Bock auf Japan. Aber vorher muss ich erst mal bisschen Kohle verdienen. Vielleicht kann ich bei der App-Butze arbeiten, wo ich Praktikum gemacht habe. Der Projektleiter meinte so was am Freitag. Als ich bei diesem Workshop war.«

Johanna nickt und scrollt.

Dann sind sie da, im Treppenhaus stinkt es nach deutschem Oma-Essen, riecht immer wie Furz, Kohlsuppe, oder was Frau Gerdes da kocht. Johanna rümpft die Nase, Alina wedelt mit der Hand vorm Gesicht und zieht extra genervt die Augenbrauen hoch und atmet mit dicken Backen aus.

Sie stapfen schweigend das Treppenhaus hoch.

Und dann passt Alinas Schlüssel nicht.

Seltsam.

Hat jemand Sekundenkleber ins Schloss geschmiert? Vielleicht der Idiot, der das vor einem halben Jahr bei allen Fahrradschlössern in der Straße gemacht hat. Sie ruft Mama an, doch die Mailbox geht dran. Schon wieder ein neuer, ultrapeinlicher Ansagetext, gereimt:

Sorry, denn ich geh nicht ran,
weil ich grad nicht sprechen kann,
sprechen kann ich grade nicht,
hinterlass mir eine Nachricht.

Wie eine dieser gereimten Reden auf der goldenen Hochzeit von Onkel Günther und Tante Marta, da ging das nur so ab. Den ganzen Abend standen irgendwelche uralten Freundinnen mit violetten Dauerwellen und *Double Ds* am Mikro und lasen seitenweise schlechte Reime vor. Anscheinend haben die alle in der Schule nicht aufgepasst, als es ums Versmaß ging. Eine der wenigen Sachen, die man lernt und für später wirklich gebrauchen kann, zum Beispiel auf einer goldenen Dorfhochzeit. Als ob da irgendjemand noch mal 'ne Sinuskurve berechnen muss.

Aber jetzt braucht Alina erst mal jemanden, der ihr die Tür aufmacht, also versucht sie es bei Ray, den sie seit drei Monaten schon nicht mehr gesehen hat, wegen der Recherchetour für seinen neuen Film, aber versuchen kann man's ja mal. Keine Mailbox, er drückt sie weg. Immerhin, theoretisch erreichbar.

»Kapier ich nicht«, sagt Alina und schaut Johanna an.

Johanna schaut nicht hoch, scrollt weiter ihre Timeline durch, ihr Daumen hinterlässt eine Spur von Likes im Feed, ohne dass sie sich die Captions durchliest oder die Bilder richtig ankuckt. Sie zuckt mit den Schultern.

Alina probiert noch mal ihren Schlüssel, aber er geht natürlich immer noch nicht rein, und als sie das Schloss näher betrachtet, kommt es ihr auch irgendwie neu vor. Der Zylinder war doch eigentlich eher so stumpf und angelaufen, aber dieser ragt frisch und glänzend ein kleines Stück heraus.

Scheiße.

Johanna lässt die Hand mit dem Telefon sinken und schaut ihr fragend ins Gesicht.

»Also kommen wir jetzt nicht rein, oder was?«

»Anscheinend wurde das Schloss ausgetauscht oder so, versteh ich auch nicht.«

»Vermieter anrufen vielleicht? Oder den Hausmeister?«

»Hausmeister haben wir hier nicht. Und wir wohnen eher so Undercover bei Ray, zur Untermiete. Falls wer fragt: als Familie, aber eigentlich sind wir 'ne WG. Der Vermieter weiß von nichts«, das alles flüstert sie, weiht Johanna in ihr Geheimnis ein.

Johanna verzieht keine Miene und wechselt zu Snapchat.

»Wer ist denn Ray?«

»Ach, Raymond, alter Kumpel von meiner Mama. Filmemacher.«

Klingt eigentlich ganz spannend, wenn man das so sagt. Dass Ray seinen letzten Film als Student gemacht hat und seitdem ein Drehbuch und einen Förderantrag nach dem anderen schreibt, ohne dass je irgendwas zustande kommt, klingt weniger spannend, muss man hier und jetzt also gar nicht erzählen. Dass er Musikvideos für sein Portfolio dreht, schon eher, aber das sind alles so beschissene Rockbands, die keiner kennt und keiner braucht, insofern auch nicht gerade beeindruckend.

»Ich schreib ihm mal, vielleicht hat er seinen Schlüssel verloren und ein neues Schloss einsetzen lassen.«

Alina
hey Ray, was geht mit d Haustür?
komm nicht rein, hast du Schloss
austauschen lassen?

und dann noch:

Kannst du kurz sprechen?

an Mama.

»Hey, is egal, ich geh schon mal in die Musikschule. Dann warte ich eben da. Passt schon.«

Johanna schultert den Geigenkasten, steckt sich zwei Grübchen in die Wangen und hebt die Hand zum Abschied.

»Hoffentlich musst du nicht auf der Straße übernachten.«

Sie dreht sich um, gleitet die Treppe runter und lässt Alina stehen in der Furzsuppe von Frau Gerdes.

Was soll sie machen? Ray ist wohl noch immer im Ausland, und sie kann jetzt ja schlecht den Schlüsseldienst anrufen, wenn sie hier eigentlich gar nicht richtig wohnt.

Das Telefon blitzt und vibriert.

Mama
Lini, was gibt's Schatz? bin am
Staubsaugen, kann nicht telefonieren

Alina
aber tippen geht lol

Mama
irgendwas Wichtiges?

Alina
mein Schlüssel passt nicht mehr
ist das Schloss
ausgetauscht worden?

Jetzt klingelt es doch, das Telefon, Mama ist dran.

»Wie, dein Schlüssel passt nicht mehr?«

»Ey, was könnte ich meinen mit: ›*Mein Schlüssel passt nicht mehr*‹?«

»Passt nicht ins Schloss?«

»Passt nicht ins Schloss.«

»Der Schlüssel? DEIN Schlüssel, in unser Schloss? Passt nicht?«

Wie kann man immer wieder so gestörte Fragen stellen?

»Oh Mama, warte, er passt *doch*, ich war nur zu *doof*, den richtigen Schlüssel auszuwählen, ich habe *aus Versehen* den Schraubenschlüssel genommen, ich *DUMMERLE*!«

Alina ist richtig genervt, und das weiß jetzt wahrscheinlich sogar Frau Gerdes im Erdgeschoss.

»Jetzt schrei doch nicht schon wieder, Lini. Wie … wie kann das denn sein? Dass der Schlüssel plötzlich nicht mehr passt?«

»Weiß auch nicht, ich glaub, ich ruf mal meine Mutter an und frag die!«

Mama seufzt.

»Weißt du was, Lini? Ich werd mal Ray anrufen.«

»Wer ist das?«

Bevor Mama antworten kann, ruft Alina: »Mann, was denkst du denn – da hab ich es als Erstes probiert! Der hat mich weggedrückt«, und setzt zwei Spuren zu panisch hinzu: *»Was soll ich denn jetzt machen?!«*

»Jetzt beruhige dich doch. Kannst du … nicht zu irgendeiner Freundin gehen?«

Sehr witzig.

»Oder erst mal ins Mercado? Ich hab gleich noch einen Termin, danach komme ich.«

»Ja, aber dein Schlüssel passt doch dann auch nicht. Meiner ist ja nicht plötzlich kaputt oder so. Das Schloss sieht neu aus. Und ich weiß leider nicht, wie man ein Schloss knackt.«

Aber Kim.

»Ich versuch es weiter bei Ray, das überlass mal mir«, sagt Mama im Superliebmodus. »Werden wir schon irgendwie aufkriegen, die Tür. Ich muss jetzt wirklich weitermachen, Lini. Bis nachher!«

weg ist er

Alina nimmt die Treppe nach unten, tritt vor die Tür. Kim würde das Schloss aufkriegen. Aber die kennt sie nicht gut genug, da kann sie kaum anrufen und fragen, ob sie mal kurz vorbeikommen und ihre Wohnung aufknacken kann. Oder? Vor dem Haus bleibt sie am Regenrohr stehen, auf dem der LIEB SEIN-Sticker verwittert, den sie jedes Mal, wenn sie rauskommt, fotografiert. Dann kann sie irgendwann ein cooles Timelapse-Video machen. Alina zückt das Smartphone, macht das Foto. Scheiße, Akku ist bald alle. Sie muss irgendwo ihr Ladegerät ranklemmen. Im Mercado ist es zwar schwierig, aber sie geht trotzdem los, die Gaußstraße links runter, was soll sie auch sonst machen.

Kannst du nicht zu irgendeiner Freundin gehen?

Die Nummern aus ihrer alten Klasse vom Suder-Gymnasium hat sie alle gelöscht. Nur die von Malte nicht, aber der weiß nicht mal, dass sie seine Nummer hat. Er hat ihre bestimmt nicht. Der war als Einziger in Ordnung, oder sagen wir: neutral. Und wenn man die Augen zusammenkneift, ziemlich süß. Schon bisschen älter, weil, hängen geblieben. Nicht so ein Fußball- oder Hip-Hop- oder Ballerspiel-Vollidiot. Irgendwie gibt es nur die drei Sorten Jungs. Und dann noch so Corvins, denkt Alina. Und Malte.

Nach ein paar Schritten bleibt sie stehen, vor der Musikschule. Kuckt noch mal aufs Handy. Johannas Geigenstunde geht noch nicht los. Alina sieht in den Hinterhof, liest das bunte Schild, zwei kleine Jungs mit Instrumentenkoffern kommen lachend aus der Eingangstür, einer mit fetter Zahnlücke vorn. Im Hinterhof sitzt eine Möwe, die in einem alten Döner rumpickt. Als die

Jungs sich auf die Räder schwingen und an Alina vorbeifahren, flattert der Vogel schlecht gelaunt davon.

Sie geht Richtung Eingangstür. Johanna sitzt da, in so einem Wartebereich, Sofaecke, umschließt mit beiden Händen einen Becher Kaffee, Handy auf dem Schoß. Neben ihr auf einem kleinen Tisch stehen Kekse. Voll gemütlich, denkt Alina und tritt ein, was wollte die dann bei mir?

Ihr Blick fällt auf Johannas Display, sie hat *MUSC* geöffnet und liest gerade etwas. Alina kann ihr Profilbild erkennen. Waaas? Sie ist *Nele_Hyne*! Crazy. Sie haben sich auf wechselnde Mottos geeinigt, *in Reimen* oder auch *Mein Leben als Milliardär*. Das Motto dieser Woche lautet leider *Träume*, und ein paar haben schon was geschrieben. Johanna hebt ihren Kaffeebecher an den Mund, und als sie trinkt, blickt sie auf und sieht Alina. Sie verschluckt sich, hustet, muss aber lachen, Alina lacht mit, alles, was gerade noch beklemmend und seltsam war, ist weg.

»Die haben hier auch Kaffee, stell dir das mal vor!«, sagt Johanna, immer noch grinsend. Ihr Handy hat sie mit dem Display nach unten auf den Tisch gelegt. »Willst du auch einen?«

»Nee, danke. Ich brauch Strom.« Johannas Kabel verschwindet hinter dem Tisch, Alina kuckt drunter, eine Steckdose ist noch frei. »Meinste, ich darf?«, fragt sie und nestelt ihr Ladegerät aus dem Rucksack.

Johanna kuckt zum Tresen, da ist niemand, und sagt: »Klar.« Dann fragt sie: »Und, was machst du jetzt?«

Alina setzt sich. »Ich weiß nicht, meine Mutter kommt bald von der Arbeit, und dann schauen wir mal. Ich wollt's grad noch mal bei Ray probieren.«

Sie nimmt ihr Handy, geht in die Favoritenliste, die ist nicht sehr lang: Mama, Dad, Ray. Wyndi ist ganz automatisch verschwunden. Als sie Wyndis Nummer mit dem Rest der ganzen Klasse gelöscht hat. Sie drückt auf Ray. Es tutet, er drückt sie wieder weg. Alina schüttelt den Kopf. »Wichs…« Jetzt geht auf dem Gang eine Tür auf und ein Junge mit Cello kommt raus. Alina starrt ihn an. »…er.«

Wenn solche Zufälle in Büchern passieren, ist sie immer todesgenervt, aber das hier ist ihr Leben und passiert gerade wirklich, das ganze Haus wackelt und ihr springen die Tropfen aus dem Kopf, denn der Junge mit dem Cello ist: Malte. Das kann nicht wahr sein.

Hey, MALTE!? Ich hab grad noch an dich gedacht!

Johanna pflückt ihr Ladegerät unter dem Tisch hervor, nimmt ihren Instrumentenkoffer, steht auf, Alina starrt weiter tiefgefroren Malte an, aber der kuckt zu, wie Johanna die Kaffeetasse zum Tresen bringt. Als die Elfe mit der Geige sich umdreht, lächeln die beiden sich an, dann senkt Malte den Blick und biegt ab Richtung Ausgang. Alina ist wieder unsichtbar. Genau wie früher.

Johanna bleibt stehen. »Bis morgen dann«, sagt sie, »und viel Glück mit der Tür.«

Sie verschwindet in dem Raum, aus dem Malte gekommen ist, und wie gerade aufgewacht springt Alina auf und hastet zur Tür, aber sieht ihn nur noch in einen weißen Sprinter steigen. Auf dem sein Nachname steht, *Janssen*, außerdem das Wort »Logistik«. Die Firma seines Alten anscheinend.

Motor hustet los, weg ist er.

Wer auch immer

Alina
wo putzt du heute?
dann komm ich da hin

Mama
schon fertig
bin aber mit Corvins Papa verabredet,
wegen der Schulfeier

Alina
Hä?
kann das nicht warten?
was machen wir
wenn wir nicht reinkommen?

vielleicht kann ich ja bei Dad schlafen
und du?

Mama
steh gerade vor der Tür und habe geklingelt
kann jetzt nicht
melde mich
HDGDL💜

Typisch Mama, denkt Alina. Hat Corvins Vater eigentlich eine Frau, oder ist der etwa alleinstehend? Bitte nicht, *Mama und der Urs*, das Grauen.

Sie steht immer noch unschlüssig vor der Musikschule rum. Dann bleibt ihr wohl nichts anderes übrig. Ihr Akku ist nur ein bisschen voller, sie tippt auf *Dad*, es klingelt zweimal, er geht ran.

»Falk Swoon?«, fragt er, gerade so, als wüsste er nicht, wer anruft. Als hätte er ein Telefon wie Oma früher, mit Korkenzieherkabel in der Wand und ohne Display, und jeder Anruf ein Überraschungspaket. Hat er aber nicht, sie kennt das: Wenn er Telefonate annimmt, dann kuckt er immer aufs Display, stöhnt, geht ran und tut, als wüsste er nicht, wer anruft. Und dann tut er erfreut. Warum auch immer.

»Hier ist Jennifer Lopez.«

»Alimaus! Was gibt's?«

»Mein Akku ist jeden Moment alle …«, so kann sie das Gespräch kurzhalten, »… deswegen ganz schnell: Wir kommen nicht mehr in unsere Wohnung rein und Ray ist in Namibia und nicht zu erreichen. Das Schloss ist neu, warum auch immer. Es sieht so aus, als müsste ich heute Nacht erst mal woanders pennen. Kann ich zu dir kommen?«

Dad pustet Luft ins Telefon, die als Knistern in Alinas Ohr ankommt.

»Was ist denn bei euch schon wieder los?«

»Dad, mein Akku ist gleich weg, kann ich kommen oder nicht?«

Dad zögert, auch das nichts Neues. *Alina muss vielleicht auf der Straße übernachten? Lass mich kurz überlegen, ob ich in meinem Haus eventuell eine Ecke frei habe. Ja, im Keller, bei der Waschmaschine liegt doch noch die alte Hundedecke von Chombo.*

»Na ja … das kriegen wir schon irgendwie hin. Also, kannst auch gern das ganze Wochenende bleiben. Komm erst mal vorbei.«

»Cool. Dann muss ich doch nicht auf der Straße pennen.«

»Aber musst du morgen nicht zur Schul…«

Alina legt auf und stellt sofort auf Flugmodus, nur für den Fall, dass er versucht zurückzurufen. Was er nicht versuchen wird. Aber wer weiß. Egal, ihr Akku war alle.

Okay, also mit dem Bus zur Holstenstraße und mit der S-Bahn nach Allermöhe. Und dann noch Bus und 'ne Viertelstunde zu Fuß. Dad hat natürlich recht, morgens über 'ne Stunde Öffis ist ziemlich ungeil, da muss sie spätestens um halb sieben aufstehen. Aber die Zwillings sind eh immer so früh am Start und machen Alarm, da wird sie sogar ohne Wecker wach.

Kurz Mama Bescheid geben.

Alina
kann bei Dad pennen
auch das WE
fahr jetzt los
sag Bescheid wenn
w wieder reinkommen
TTYL

Mama
ich kann heute bei Tatjana
unterkommen
wird alles gut!

Dann macht sie sich auf den Weg zum Bahnhof Altona.

In der Bahn öffnet sie *MUSC* und liest die Träume ihrer Mitschüler, mit letzter Akkukraft.

Booah ey … sie wusste ja gleich, dass das Motto nervig wird. Denn, Achtung, Breaking News: Träume, die man nicht selbst träumt, sind *extremely* öde. Die eigenen sind ja immer ein bisschen wie Zauberei, als ob man da eine andere Welt betritt, in der man alles fühlt wie im Leben, und wo irgendwie alles passieren kann, Tote treffen, fliegen, wieder Kind sein … schon magisch irgendwie. Aber sie kann diese lückenhaften »… *und dann bin ich irgendwie so …*«-Schilderungen ihrer Mutter nicht ertragen, wenn die wieder *einen völlig verrückten Traum* hatte und davon zu erzählen versucht, sich aber eigentlich an nichts erinnern kann und nur einen Flickenteppich aus Langeweile vorträgt.

Oder Traumsequenzen in Filmen: ultranervig. Entweder sind die Träume platt und bedeutungsschwanger oder aber so bescheuert auf crazy gefilmt, wie nun wirklich kein Mensch träumt. Und dann, immer wieder der gleiche Gag in tausend Sitcoms: Ein Typ hat einen Albtraum und schreckt schreiend auf, sitzt schwer atmend und vor sich hin starrend im Bett, und dann zoomt die Kamera raus, und der Axtmörder oder wovon auch immer er geträumt hat, liegt grinsend neben ihm – und er wacht noch ein zweites Mal schreiend auf. Alina hat jedenfalls noch nie geträumt, dass sie aufwacht. Sie hat allerdings schon mal im Traum gewusst, dass sie gerade träumt, das war schon ganz geil – manche können das irgendwie trainieren und dann angeblich sogar die Träume beeinflussen. Alina kann das nicht. Sie kann ja nicht mal ihr Leben beeinflussen.

Und nun also die Träume der Klasse.

Ganja_Müller träumt gar nicht. Logisch, zu bekifft.

Schnurrbert denkt sich einen Traum aus, der im Klassenzimmer spielt, und versucht dabei, witzig und schlau gleichzeitig zu sein. Misslingt. Das kann echt nur Corvin sein.

Nele_Hyne, von der sie ja jetzt weiß, dass es Johanna ist, schildert einen Traum, der so lang und öde ist, dass Alina irgendwann nur noch zum Ende scrollt. Ist das wirklich ein Johanna-Traum? Oder will sie damit die echte Nele Hein ärgern?

Cotzvin
wenn ich so was langweiliges träumen würde
würd ich einschlafen

Da hat er ausnahmsweise recht.

Oder sie.

Wer auch immer.

so gut, dass es weh tut

The Swoons.

Das Klingelschild macht so aggro. Da leben sie also: die schöne Amber mit der schönen Haut, und Dad, der zwar nicht ihr biologischer Vater ist, aber damals schon während der Schwangerschaft mit Mama zusammengekommen ist. Er war sogar bei Alinas Geburt dabei, das muss man sich mal vorstellen. Mama und Dad haben nie ein Geheimnis daraus gemacht. Woraus Mama allerdings ein Geheimnis macht, ist, wer Alinas »richtiger« Vater ist. Angeblich ein One-Night-Stand, von dem Typen weiß sie nur den Vornamen, Helge, aus Hannover, sie könnte eventuell rausfinden, wo er wohnt, und dann müsste er zahlen, aber dann hätte er auch ein Recht, Alina regelmäßig zu sehen, und das will ja keiner. Alinas Bio-Vater weiß also nichts von seinem Glück. Und Dad war immer für sie da. Bis er vor fünf Jahren Amber kennengelernt hat. Er hatte ein paar Songs eingereicht, über seinen Musikverlag lief das, nach dem halbwegs erfolgreichen Debütalbum von *Amber Swoon* wollte die Plattenfirma jetzt noch mehr Hits, mehr Radio Airplay, und Dad hat ein Händchen für Ohrwürmer, da hat sein Verleger ihn ins Gespräch gebracht bei dem Produzenten, und das war Simon. Ambers Ex-Mann. Und immer noch guter Freund. Dad hat es nie selbst erzählt, aber es muss ziemlich geknallt haben, als Amber und er sich getroffen haben. Sie wollte unbedingt den Songschreiber kennenlernen, denn sie hatte alle fünf Songs von Falk Degenhardt, wie er da noch hieß, gepickt, und dann haben sie sich getroffen und gemeinsam an den Texten und den Melodien gefeilt, und obwohl der Ex-Mann von Amber, Simon, ja auch mit dabei war, lief das total stressfrei, und am Ende waren Amber und Falk ein Ehepaar und Simon und Falk ein Team. Simon hat Anfang des Jahrtausends einen dummen Top-five-Hit produziert und von der Kohle die Hütte gekauft. Und jetzt lebt die Hippie-Patchwork-Familie ihr Songschreiber-Musikproduzenten-Märchen an der Dove-Elbe in Allermöhe aus.

Amber hat nach der Geburt der Zwillings das Zepter an Töchterchen Deborah weitergereicht. Deborah, aus der Ehe von Simon und Amber, ist gerade sechzehn geworden, hat den Afro von ihrer Mama, aber in Blond, und die blauen Augen von ihrem Papa Simon, dazu hellbraune Haut mit ganz blassen Sommersprossen, internationaler kann man nicht aussehen. Und singen kann die blöde Kuh auch noch. Und wenn man denkt, dass sie verwöhnt ist, dann muss man erst mal die beiden Kleinen sehen: Die Zwillings sind richtig vollgestörte Nervblagen, gerade mal vier, aber können besser mit dem Smartphone umgehen als ihr Papa Falk, und kriegen Schreianfälle, wenn man ihnen nach dem dritten *Lillifee*-Film das Ding wegnimmt. Alina macht trotzdem immer ein nettes Gesicht, denn irgendwie würde sie auch gern dazugehören zu diesem Kommunentraum mit Wassergrundstück, aber Dad ist nun mal nicht ihr Dad, und somit muss er eigentlich auch nichts an Mama zahlen, aber immerhin ist er aufrecht genug, dass er die Schulgebühren übernimmt und ihr manchmal Sachen kauft. Die Winterjacke. Die Gucci-Brille. Und obwohl sie da schon getrennt waren, hat er Alina damals zum dreizehnten Geburtstag den Laptop von Aldi geschenkt. Mama findet, dass er assi ist, weil er ja schließlich zwölf Jahre lang das Leben als Dad mitgemacht hat und das offenbar nicht allzu scheiße fand, er könnte ruhig regelmäßig Unterhalt zahlen wie ein normaler Vater, aber was soll man machen, er konnte Alina ja nicht adoptieren. Schade. Dann wäre sie jetzt vielleicht auch eine *Swoon*, oder wenigstens vor dem Gesetz seine Tochter und hätte ein Recht darauf, so richtig scheidungskindmäßig jedes zweite Wochenende da zu sein, bei den *Swoons*. Falk hat genau wie Simon bei der Hochzeit den Namen von Amber angenommen, Swoon ist aber auch zu geil, das sagen sie in England auch, wenn man verknallt ist: *swoon. Alina Swoon.*

»Alimaus!«, Dad öffnet grinsend die Tür, Chombo, der Schäferhund-Dackel-Mischling dreht völlig durch und springt an ihr hoch und bellt, und Dad lacht. Wenn er da ist, nein, wenn sie da ist, also, Dad kommt natürlich nie, sie muss immer zu ihm rausfahren, aber wenn, dann ist es immer so: Er freut sich wirklich, sie haben wirklich eine gute Zeit, und auch Amber ist scheiße nett und Simon eh ein cooler Typ, Chombo der lustigste Stinkehund ever, Beine kurz wie'n Dackel, der Rest normal Schäferhund – nur die Kids nerven massiv. Deborah ist mega eifersüchtig, weil Falk noch eine zweite Ziehtochter aus seinem alten Leben hat, und auf die Zwillings sowieso, weil ihre Halbgeschwister ihr die Mama streitig machen.

»Hi, Dad«, sagt Alina, nachdem sie Chombo durchs Fell gewuschelt hat, erhebt sich, sie sehen sich an. Dad legt seine Hände auf ihre Schultern, und dann, er darf das, streicht er ihr über die Wange, und Alina fühlt sich plötzlich ganz schön geliebt. Und dann nehmen sie sich so richtig doll in den Arm, und das fühlt sich jedes Mal gut an, so gut, dass es weh tut.

schräg über ihrem Kopf

»Alina«, sagt Amber, und sie betont das mit ihrem Ami-Akzent, der einem manchmal stundenlang nicht auffällt und dann plötzlich ganz deutlich wieder durchschlägt, vielleicht auch Absicht. »*Älliena*, bei uns am Tisch gibt es keine *smartphones*.«

Smartphones und alle anderen englischen Wörter natürlich immer perfekt in *mother tongue*.

Älliena kuckt erstaunt auf und in die Runde, und tatsächlich, die Zwillings, die sonst grundsätzlich irgendwelchen Schrott glotzen nebenbei, Deborah, die immer »*Dinner with Mom* 🖤«-Instastorys für ihre über 20K Follower raushaut beim Essen – Selfies mit Tellerpräsentation –, alle sitzen brav ohne Handy am Tisch. Amber lächelt Alina an.

»Das hat einfach überhandgenommen, und wenigstens während der Zeit am Tisch wollen wir uns doch miteinander unterhalten.«

»Okeee …?«, wundert sich Alina. Ausgerechnet die heftigsten Handy-Junkies der Welt wollen ihr jetzt also erzählen, wie schlimm es ist, wenn man zu viel am Handy hängt. Sie legt ihr Telefon mit dem Display nach unten neben den Teller und stellt es auf lautlos. Simon tippt noch kurz was unterm Tisch, dann steckt er seins auch weg.

Die Lasagne mit Sojahack und Paprika schmeckt natürlich wieder viel zu geil, sie wünscht sich, sie könnte so kochen wie Amber, aber sie hat sich noch nie getraut zu fragen, ob sie mal zukucken darf. Alinas Handy blitzt, statt zu klingeln, Amber zieht einfach nur die rechte Augenbraue hoch, sagt aber nichts. Alina seufzt, kuckt zu ihrem Ladegerät in der Steckdose und überlegt, ob sie eben aufsteht und das Handy die paar Meter

rüberbringt, steckt es dann aber in die Tasche. Auf dem Sperr-
bildschirm eine Nachricht von Corvin, die muss sie nun auch
nicht so dringend lesen.

Nach dem Essen geht Alina mit Simon und Chombo auf die Terrasse, rauchen, Chombo verschwindet sofort im Dunkel Richtung Wasser. Sie überlegt, ob es das schon mal gab, eigentlich
klebt Deborah immer an Simon und passt auf, dass ihr Vater kein
Wort mit Alina wechseln kann, aber jetzt ist Madame gerade im
Studio verschwunden, den finalen Mix hören – allein –, und
wenn es ihr gefällt, darf sich dann alles unten versammeln und
gemeinsam der neuen Hitsingle der großen Deborah Swoon lauschen und muss natürlich abfeiern, wie geil das ist. Wenn es nicht
Dad und Simon wären, die das produziert hätten, würde Alina
einfach sitzen bleiben, irgendwas in Richtung »Nee, Radiomusik
is nich so meins« sagen, oder, noch besser, doch mitgehen und
dann: »Ist das ein Cover? Kommt mir so bekannt vor.« Aber wird
sie nicht. Schließlich haben Dad und Simon den Song geschrieben und zusammengeschraubt, und Dad ist Dad, und Simon ist
cool, dreht sich eine ohne Filter, kleines Tütchen Gras im Tabak-
beutel, normal. Nicht, dass er in ihrer Gegenwart jemals kiffen
würde, auch Dad nicht, aber auch völlig albern, das vor ihr ver-
heimlichen zu wollen. Im überquellenden Ascher liegen auch
Jointstummel, so viel Mühe müsste man sich schon geben.

»Und, wie läuft's in der neuen Schule?«, will er wissen.

Krass, dass er das weiß. Und auch, dass er fragt.

»Ach, ganz cool. Idioten gibt es überall, aber die meisten in
der Klasse sind eigentlich okay.«

»Was für ein Instrument hast du gewählt? Ist doch mit Aufnahmeprüfung, oder?«

Der kennt sich ja richtig aus. Alina kuckt anscheinend wie ein
Lama, also erklärt er: »Ich habe mich mal auf eine Stelle als

Musiklehrer beworben. Haben mich aber nicht genommen. Schade.«

Aber echt, denkt Alina und drückt ihre Zigarette im Stummelhaufen aus und dreht sich gleich noch eine. Am Ende des Grundstücks hört man Flügelschlagen, Vögel landen auf dem Wasser.

»Ich hab wieder mit Klavier angefangen«, sagt sie.

Klavier fand sie schon immer am einfachsten. Ist wie eine Mathe-Maschine, für jeden Ton einen Knopf. Und dann der Notencode, die verschiedenen Tonarten und Harmoniegesetze, man kann alles ausrechnen. Früher, als sie noch in der Barner Straße wohnten, stand Dads Klavier im Wohnzimmer, da hat sie manchmal drauf rumgeklimpert, und Dad hat ihr hin und wieder Unterricht gegeben und so. Für die Aufnahmeprüfung an der Schule hat sie einen *Children's Song* von *Chick Corea* einstudiert, linke und rechte Hand spielen fast die ganze Zeit das Gleiche, super easy.

»Und sonst in der Klasse?«, fragt Simon.

»Ich hab grad so 'ne Chat-App für die Klasse programmiert, das ist ganz lustig.«

»Ein App?«

Simon sagt »das App« und »das E-Mail« und unter Garantie auch »das Blog«. Er will alles über *das App* wissen, also erzählt sie, dass alle anonym schreiben und von den ausgelosten Codes. Er ist beeindruckt.

»So was kannst du? Nicht schlecht … kann ich mal sehen?«

Sie holt ihr Handy raus, der Akku ist nur noch bei sechs Prozent. Sie öffnet die Web-App im Browser.

»Na, ist halt echt nur so ein Textboard, wir haben jede Woche ein anderes Motto.«

»Darf ich mal?«, er greift zum Telefon und hat es ihr schon aus der Hand genommen, bevor Alina etwas sagen kann. Simon scrollt sich durch die Posts und liest seelenruhig, kichert.

»Äh, ich weiß nicht … ob du das lesen darfst.«

»Hä? Wieso denn? Is doch anonym. Und ich kenne doch eh keinen, weißt du, was ich mein? … Ey … das ist mega spannender Input …« Er liest und scrollt. »Was ihr so für'n Slang habt. Fürs Texte schreiben, weißt du, was ich mein? Ihr seid ja meine Zielgruppe.«

Fühlt sich trotzdem uncool an.

Simon kichert wieder und flüstert »*gei-el* …«, dann schaut er hoch. »Ey, ich habe Deborah schon so oft gebeten, dass sie mich mal in eine Chatgruppe mit ihren Mädels einlädt, damit ich den Vibe aufgreifen kann, weißt du, was ich mein? Findet sie natürlich voll *cringe*, und dass meine Texte angeblich klingen wie von der *Jugendwort des Jahres-Jury*.«

Da hat sie vielleicht recht.

Chombo rastet plötzlich richtig aus, und noch irgendwas macht Alarm. Das Geräusch vieler schlagender Flügel fliegt davon. Simon zuckt hoch und kuckt angestrengt ins Dunkel, völlig screenblind.

»Scheiße, ich habe nur Puschen an. Kannst du bitte mal kucken?«

Das Kampfgeschrei steigert sich.

»Schnell!«

Alina rennt los, durchs feuchte Gras, Richtung Gekläffe, und, wie sie jetzt erkennt, Geschnatter und Geflatter. Sie sieht die zappelige Silhouette des Hundes, er hat was im Maul, das um sich schlägt und sich wehrt, eine Ente oder so was.

»Aus!«, schreit Alina. »Pfui!«, und erstaunlicherweise lässt Chombo los, und der Vogel fällt runter und rappelt sich auf, Alina bekommt den Hund am Halsband zu packen. Die Ente oder Wildgans watschelt panisch davon, probiert die Flügel, ein Glück, sie funktionieren noch, sie nimmt den kurzen Steg als Startbahn, hebt ab und verschwindet im Nebel.

Alina macht sich gebückt, mit der Hand am Halsband, zurück auf den Weg zur Terrasse, wo Simon wartet.

»Was war los?«, ruft er.

»Er hatte sich 'ne Ente gepackt. Konnte aber noch fliegen.«

»Der kleine Wichser.« Er lacht zufrieden.

Alina kommt an, Simon übernimmt Chombo und gibt ihr das Handy zurück.

»Danke.«

Sie kuckt, noch drei Prozent.

»Ich bin irgendwie auf einen Knopf gekommen, jedenfalls war ich plötzlich raus«, sagt Simon.

Alina kuckt, *MUSC* ist noch offen, sie aber ausgeloggt.

»Ich geh mal rein«, sagt er.

Alina steckt das Handy weg und dreht sich eine neue Zigarette. Rauchend macht sie ein paar Schritte in den dunklen Garten, will noch mal ans Wasser, zum Steg. Ihr Sneaker schmatzt im Gras, fuck, jetzt hat sie 'n Nassen, also dreht sie um und schlendert in die andere Richtung, ums Haus, nach vorn. Schon geil, so'n Garten. Ganz leise rauscht die Autobahn. Oder ist das die Elbe?

Alina bleibt neben der Eingangstür unterm Küchenfenster stehen, atmet den letzten Rauch in die dunkle Nacht, schmeißt die Kippe unter den Busch und wühlt sie mit der Fußspitze in den Sand. Lehnt sich an die Wand und holt ihr Handy raus. Sie öffnet die Nachricht von Corvin und erschrickt, als im gleichen Moment das Fenster auf Kipp gestellt wird, schräg über ihrem Kopf.

wie in der Steinzeit

Corvin
Der Urs und die Ulli 🐵

Ach du Scheiße, nicht wirklich.

Alinas Mama ist immer noch bei den Carstensens?

Alina
WTF?

Jetzt hört sie, dass die Stimmen in der Küche über ihr lauter werden. Amber und Dad streiten.

»Mein Gott, Falk, sie ist deine Tochter, mehr noch als Deborah. Was, wenn sie wirklich aus der WG fliegen? Irgendwo muss sie doch hin.«

»Aber das bringt doch nur Unruhe hier rein. Wir haben uns gerade so schön eingegroovt, und jetzt geht das direkt mit der Albumproduktion weiter. Da muss ich mich voll auf Deborah fokussieren.«

»Ist doch bloß vorübergehend.«

»Hey, ich kann mich jetzt gerade nicht um Ali kümmern, okay? Das Problem hat ihr bestimmt der Horrorclown eingebrockt, soll die sich darum kümmern.«

Alina kämpft mit den Tränen und geht an der Wand in die Hocke, schließt die Augen, verliert den Kampf gegen die Tränen und drückt ihr Handy an die Brust.

Es blitzt in die Nacht. Antwort von Corvin.

Das Fenster oben wird geschlossen.

Und gleich wieder geöffnet, diesmal sperrangelweit.

71

Dad beugt sich raus, kuckt nach unten, Alina sieht hoch, sie schauen sich direkt in die Augen, vermutlich, Alina sieht nicht viel mit dem Blitzabdruck und dem Wasser auf der Netzhaut.

»Ali?«, fragt Dad unsicher.

Sie hockt im Dunkeln.

Alina steht auf, mit dem Rücken zum Fenster, und geht weg vom Haus, ganz ruhig.

Dad ruft ihr hinterher. »Alimaus! Warte!«

Der Schotter unter ihren Füßen knirscht extralaut, sie wischt sich die Tränen ab und schaut aufs Display.

Corvin
zweite Flasche Rotwein
Pizza bestellt. jetzt Samba
wir müssen einschreiten
kannst du bitte kommen?

Alina
omw
dauert n Moment
bin noch auf dem Mars

Corvin

Der hat das Emoji-Game aber auch überhaupt nicht verstanden.

Sie kuckt sich die beiden Symbole noch mal an.

Oder als Einziger.

»Alina!«

Dad kommt ihr auf dem Schotterweg hinterhergelaufen, die Haustür bleibt offen, das Fliegengitter schwingt klappernd zu. Alina bleibt kurz vor der Gartenpforte stehen, dreht sich aber nicht um. Was will der jetzt. Sie hat alles gehört, sie ist keine Swoon, sie gehört hier nicht her.

Er geht um sie herum, steht vor ihr, in ihrem Schatten, außer Atem.

»Es tut mir leid, ich hätte es dir sowieso erklärt, wenn du wieder reingekommen wärst. Du bist immer willkommen, du kannst das ganze Wochenende hierbleiben und kannst auch sonst gern hin und wieder vorbeischauen, aber einziehen, das passt gerade überhaupt nicht. Die Zwillings, Deborahs Album …«

»Wie kommst du darauf, dass ich bei Familie Swoon einziehen will?«

Dad sagt nichts, zuckt mit den Schultern, hebt den Arm.

Ihr Rucksack.

Er hat ihren Rucksack mitgebracht.

Jetzt nicht heulen. Sie macht Gesichtsyoga, zwei Tränen schaffen es trotzdem aufs Gesicht.

»Also, kommst du jetzt wieder rein oder willst du wirklich auf der Straße schlafen?«

Er hält den Rucksack fragend in die Luft.

Chombo bellt, Alina dreht sich zum Haus, der Hund steht in der Tür und hält sich mit seinen kurzen Beinchen am Fliegengitter aufrecht. So unauffällig wie möglich wischt sie sich die Tränen weg, dreht sich wieder um, nimmt den Rucksack, setzt ihn auf.

Sie starrt Dad an.

Stoppschild.

Atmen.

Kaltes Wasser.

Ihm in die Fresse hauen.

Alina geht zur Gartenpforte, lässt ihn wort- und blicklos stehen.

»Tschüss«, ruft er noch.

Sie hält nur ihren Mittelfinger über die Schulter, in der anderen Hand blitzt ihr Smartphone.

Mama
fahre doch nicht mehr
zu Tatjana. kann hier
netterweise bei den Carstensens
im Gästezimmer übernachten

Alina kann nicht mehr antworten, das Display wird schwarz und bleibt es, und sie geht über glitschiges Laub bis zur Bushaltestelle, und dann muss sie mit dem Feuerzeug auf dem Plan kucken, wann der nächste Bus kommt, wie in der Steinzeit.

ob sie es noch merkt

In der S21 fällt Alina ein, dass sie die Adresse von Corvin gar nicht weiß, die Elternliste der Klasse ist auf dem Laptop in der Wohnung und mit etwas Glück in irgendeiner alten Mail im Handy, aber das ist ja tot. Fuck. Wo kriegt sie denn jetzt Strom her? In irgendeinem Café oder einer Bar? Nervt, man muss immer lieb fragen und was bestellen, sich womöglich zu irgendwem an den Tisch setzen, oder noch schlimmer, zu den Losern am Tresen, das ist der Preis. Ein Ladecafé, das wär's, nur Einzeltische, an jedem Platz 'ne USB-Buchse, superschnelles WLAN, bestellen und zahlen per App, Getränk wird wortlos gebracht, alle haben Kopfhörer auf. Muss man aufmachen, den Laden. Und genau, so müsste er auch heißen, nicht *Ladecafé*, sondern einfach nur: *laden*. Sie will das sofort twittern, die Hand zuckt schon zur Innentasche, aber fuck, ist ja alle.

Alina kuckt raus in die vorbeizischende Dunkelheit. Das war es dann also mit Allermöhe. Ist das wenigstens geklärt, Haken hinter, tschüss, Dad. Abi machen, Stipendium bekommen, und dann ab ins Silicon Valley.

Tschüss, Chombo.

In der Bahn ist nicht viel los um diese Zeit. Wo fährt sie jetzt hin? Corvin wohnt in Eimsbüttel oder Eppendorf, sie weiß es einfach nicht, also steigt sie Dammtor um und fährt nach Altona, und vom ZOB tragen ihre Füße sie ganz automatisch nach Hause.

Wer weiß, vielleicht ist Ray ja schon aus Namibia zurück, das wäre ihr jetzt am liebsten, also einfach mal klingeln. Denn selbst wenn sie wüsste, wo Corvin wohnt – was soll sie bei den Carstensens? Sie kann ja schlecht ihre Mutter, voll auf Rotwein, beiseitenehmen und fragen, ob sie es noch merkt.

Bitch

Sie hat keinen Bock durch Ottensen zu latschen, also geht sie am Bahnhof vorbei, an den Gleisen lang. Der Taubentunnel ist tot. Niemand weit und breit, ein Fahrradfahrer ist gerade noch rausgekommen, und jetzt geht Alina allein durch den gelbstaubigen Schlauch. Am anderen Ende biegt jemand um die Ecke, und sie gehen aufeinander zu. Jetzt bitte kein Spacko. Alina greift ihren Schlüsselbund in der Tasche, zückt das kalte Handy und hält es sich ans Ohr, will gerade anfangen fake zu labern, da hört sie das Geklacker der Absätze: eine Frau. Puh.

Als sie das Handy wegsteckt und wieder aufschaut, erkennen sie sich. Und bleiben beide kurz stehen. Gehen aber sofort beide weiter. Wyndi kuckt starr voran. Alina fixiert ihre bekackte Vollmondfresse, in die sie in vierzig Metern endlich reinschlagen könnte. Sie kommen sich näher, zwanzig Meter, zehn, und näher, sind nur noch ein paar Schritte voneinander entfernt. Wyndi starrt den Tunnel runter. Alina kuckt auch weg und geradeaus, doch als sie auf gleicher Höhe sind, reißt sie die Arme hoch, springt in Wyndis Richtung und macht den Werwolfschrei. Wyndi kreischt, nein, quietscht, wie ein rosa Ferkel, springt zur Seite und knickt um auf ihren Pumps, mit zur Seite balancierten Armen am Torkeln, kann sich gerade noch halten.

»Du Fotze!«

Sie spuckt in Alinas Richtung, ein fetter Klops Rotze landet auf ihrem Bein, Wyndi zeigt ihr beide Fuckfinger wie Boxhandschuhe, mit aggro Ghettofresse, dreht sich auf der Hacke um und humpelt davon.

Was für eine Bitch.

zu eng

Der Schlüssel passt immer noch nicht in die Wohnungstür, sie hat's noch mal ohne echte Hoffnung probiert, jetzt drückt sie auf die Klingel, aber auch da passiert nichts. Die Steckdosen im Hausflur haben abgeschlossene Deckel, könnte ja jemand Strom abzapfen, den er nicht bezahlt. Aber im Keller, fällt ihr ein, haben sie Strom. Alina geht nach unten, Kellerschlüssel hat sie zum Glück am Bund, wegen ihrem Fahrrad, sie öffnet, macht Licht, kramt im Rucksack – und da fällt es ihr ein. Das Ladegerät ist bei den Swoons geblieben.

»FUCK!«, schreit sie laut und tritt in einen Umzugskarton im Regal, was da drin ist, weiß keine Sau, es glitzert im Loch, irgendeine Clownscheiße von Mama.

Was soll sie denn jetzt machen?!

In Ottensen wohnen noch drei aus ihrer alten Klasse, aber die sind alle gelöscht, weil Bitches oder Wichser. Malte wohnt in Altona, sie weiß auch wo, weil sie ihn gestalkt hat, aber das wäre noch absurder:

Alina
hi Malte, kann ich bei
dir übernachten?
habe keine Freunde
und komme nicht mehr
in meine Wohnung

Malte
hey, wie schön dass du
dich meldest, brauche
zufällig gerade wen
an dem ich für meine
Massageprüfung üben kann

In einem scheiß Porno würde das so gehen.

Oder in einer der bescheuerten Liebesgeschichten, die sie früher auf Wattpad gesuchtet hat.

Fuck.

Was soll sie denn jetzt machen?!

Im Regal sind die Campingsachen. Isomatte, so ein selbst auf-blasendes Luxusteil von Dad, Schlafsack, alles da. Groß ist der Keller nicht, zwischen Regal und Fahrrad lässt sich die Isomatte gerade so hinquetschen, die Ränder biegen sich hoch, heute schläft sie in einer Bobbahn. Sie entrollt den Schlafsack, kramt im Regal nach dem anderen Schlafsack oder irgendwas, das sie als Kissen nehmen kann. Öffnet einen der Kartons. »Kinderzim-mer« liest sie, in Mamas Schrift, auf dem Kopf, und sie will schon wieder zumachen. Aber sie greift doch hinein, und sie spürt das abgenutzte, vertraut speckige Fell von Schnaubi. Ihrem alten Stofftier. Schnaubi, der Ameisenbär. Auch von Dad.

Und dann flennt sie richtig laut und hemmungslos und wie man nur in Kellern flennt, mit lauten Schluchzern, viele schnell hintereinander, Unterlippe am Beben und alles, sie drückt ihr Gesicht in Schnaubi, der Geruch der Kindheit gibt ihr den Rest. Sie sinkt auf die Isomatte. Embryonalstellung wär jetzt ange-bracht, geht aber nicht, zu eng.

wieder dieses Fickgrinsen

Sie verschläft natürlich. Konnte erst ewig nicht einschlafen, dann ist sie doch noch eingepennt, da war es bestimmt schon mor-gens, und als sie irgendwann mit steifem Hals das Kellerloch verlässt, hat sie noch keine Ahnung, wie spät es ist, am Bahnhof sieht sie die erste Uhr, schon kurz nach neun, ausgerechnet den halben freien Freitag verpasst. Wenn sie ein Bett hätte, würde sie gar nicht hingehen, aber erstens hat sie keins und zweitens, wenn es irgendwo Ladegeräte im Überfluss gibt, dann in der Schule.

Außerdem muss sie Corvin fragen, was abgegangen ist. Mit *dem Urs* und *der Ulli*.

Sie kommt genau zur großen Pause, Corvin steht allein auf dem Schulhof, tippt auf seinem Handy rum. Er schaut auf, sein Blick wechselt von besorgt zu erleichtert, wegen ihr?

»Alina! Da bist du ja! Ich hatte schon Angst, dir wäre was passiert. Wo warst du denn? Wolltest du nicht vorbeikommen? Warum hast du nicht geantwortet? Ich versuche seit gestern, dich zu erreichen!«

Eindeutig zu viele und zu seltsame Fragen für die Uhrzeit und für Corvin.

»Mein Akku war alle, und ich hab mein Ladegerät ... verloren. Und ich hab keine Ahnung, wo ihr wohnt. Die Adresse habe ich auf meinem Laptop in der Wohnung. Du weißt ja, wir kommen grad nicht rein.«

»Ach sooo! Warte, ich schick dir meinen Kontakt.«

Er tippt auf seinem Handy herum, checkt es nicht. Alina kuckt ihm eine Weile zu, dann greift sie genervt zu, tippt ein paarmal auf den Screen und schickt sich selbst Corvins Kontakt.

»Und meine Mutter hat tatsächlich bei euch im Gästezimmer geschlafen?«, fragt Alina und reicht Corvin sein Telefon zurück.

Er kuckt sie an. »Welches Gästezimmer?«

Alina schließt die Augen.

»Hat sie bei euch geschlafen oder nicht?«

»Äh, ja ...«

»Und weißt du, wo sie jetzt ist? Ich muss dringend hoch in die Klasse, mein Handy laden. Hast du dein Ladegerät dabei?«

Corvin hat auch ein iPhone. Er nickt.

»Die sind noch nicht wieder aufgetaucht, ich hab heute Morgen allein gefrühstückt.«

»Aufgetaucht?«

»Mann, Alina, die zwei sind abgestürzt!«

79

Corvin sieht sich um und sagt leise: »Die haben gebumst, und frag nicht, wie«, und macht ein Gesicht, als wäre das eine lustige, aufregende Neuigkeit.

Alina schließt die Augen noch mal und will sie am liebsten nie mehr aufmachen. Als sie irgendwann notgedrungen die Lider doch wieder öffnet, muss sie wegkucken, sonst würde sie in Corvins Gesicht schlagen, denn der findet das allen Ernstes witzig.

»Ach du Kacke«, ist alles, was Alina rausbekommt.

»Ja, krass, oder?«

Alina schaut jetzt doch zu ihm, sagt aber nur: »Ladegerät?«

Oben im Klassenraum, als ihr Handy endlich genug Akku hat und anspringt, kommen die ganzen Nachrichten von Mama (1), von Johanna (1), von Dad (1) und von Corvin (3).

Mama
Paarty!

Johanna
und, wo bist du untergekommen?

Dad
Alimaus, du hast dein Ladegerät
hier vergessen. Komm doch morgen
nach der Schule vorbei, bleib
das Wochenende und dann können
wir über alles reden. Amber und
Deborah sind gar nicht da, Simon
hat auch zwei Auftritte, also
nur du und ich und die Zwillings.

Corvin
jetzt ist die Musik aus

Corvin
ich war gerade in der Küche
und hab mir was zu trinken geholt
sie haben mich ignoriert
und weitergetanzt.

Corvin
SIE MACHEN RUM!!!!!

Fuck. Das kann nicht wahr sein. Sie blickt zu Corvin.
    Der nickt, wieder dieses Fickgrinsen.

im Handy

Corvin meint, er hat noch ein Ladegerät zu Hause und reicht ihr nach der Schule seins.
    »Ehrenmann«, sagt Alina, auf witzig.
    »Was machst du jetzt?«, lächelt der, den alle wegen ihr nur noch *Cotzensen* nennen. Eigentlich okayes Lächeln. Er müsste vielleicht einfach mal die Kackbrille gegen Linsen tauschen und die Haare ein bisschen länger stehen lassen und Wachs rein. Und ein bisschen Sport machen. Und bisschen weniger Scheiße labern.
    »Bin mit meiner Mutter verabredet.«
    Die haben gebumst. Fuck. Sie versucht, das Bild aus dem Kopf zu kriegen, doch es wird zwangsläufig von einem anderen Bild ersetzt. Mit zwölf hat sie mal Mama und Dad im Schlafzimmer überrascht, Dad von hinten am Rammeln wie ein Hase, Mamas Brüste am Schlackern und sie voll am Stöhnen – Horror. Und jetzt das gleiche Bild mit Urs.

Danke, Universum.

Alina verstaut das Ladegerät in ihrem Rucksack und setzt ihn wieder auf.

»Okay. Also … falls ihr immer noch nicht reinkommt …«, stammelt sich Corvin einen ab.

»Ich kann bei meinem Dad pennen, passt schon.«

Von wegen. Nichts passt.

»Ach so, gut, dann … schönes Wochenende.«

Johanna hat sich ein paar Schritte entfernt hingestellt und scheint auf sie zu warten. Tatsächlich, sie gehen wieder gemeinsam zum Bus.

Alina erklärt das mit dem Ladegerät, Johanna erzählt sie die ganze Geschichte, wo es abgeblieben ist und warum, und dass sie deswegen nicht bei ihrem Arschloch-Dad bleiben kann.

»Krass. Tut mir voll leid, ey … und wollte Corvin dir gerade anbieten, dass du bei ihm übernachten kannst?«

Was hat Johanna noch gehört?

Weiß sie das mit Urs und Ulli?

Hoffentlich hat Corvin nichts in der Klasse erzählt.

»Ja-ha!«, Alina extra genervt und angeekelt, die beiden kucken sich an und lachen.

»Na ja, genug Platz haben sie ja.«

Sie stehen an der roten Ampel. Vom Bauwagenplatz neben dem Central Park weht Feuergeruch herüber. Es fängt an zu nieseln, merkt aber keiner.

Alina lässt das mit Corvin und ihren Eltern keine Ruhe, sie tippt eine Nachricht.

Alina
das mit unseren Eltern muss
unbedingt geheim bleiben
k?

Johanna hängt im Bus sofort am Handy, diesmal fahren sie schweigend unter der Sternbrücke durch, jede mit den verpassten Feeds und Messages des Vormittags beschäftigt. Keine Koalas. Als Alina aufsteht, um auszusteigen, kuckt Johanna hoch. Sie lächelt und scheint etwas sagen zu wollen. Und sagt was.

»Also … bevor du bei den Cotzensens landest, kannst du bestimmt auch mal bei mir auf der Gästematratze übernachten. Wenn es nur vorübergehend ist, haben meine Eltern bestimmt nichts dagegen. Kannst ja nicht auf der Straße schlafen.«

Alina spürt ein kleines bisschen der Hitze, freut sich total, versucht, es nicht so zu zeigen. Warum eigentlich immer cool spielen? Am liebsten würde sie auf und ab hüpfen wie ein Kind.

»Ey, das ist echt nett von dir, aber ich denke, das regelt sich irgendwie.«

Die Tür zischt, Alina muss raus und winkt. Als sie draußen ist und der Bus losfährt, will sie noch mal winken, aber Johanna ist schon wieder im Handy.

passt

Mama sitzt mit einem Becher Ingwertee am Tisch und studiert die Karte, als Alina beim Thai reinkommt. Da ist Mama genauso gestört wie Dad mit seinem Anrufe-Annehmen: Studiert stundenlang die Karte, als könnte sie sich nicht entscheiden, und bestellt dann die Kokossuppe mit Hühnchen und Reis. Immer. Sie hebt den Blick, lächelt kurz und kuckt Alina sofort ernst an.

»Lini-Schatz.«

»Corvin hat mir alles erzählt. Ich schätze, morgen weiß es die ganze Schule. Cooler Move, Mama. Lief eigentlich gerade ganz gut in meiner neuen Klasse.«

Alinas Mama senkt den Blick. Dann, nach ein paar Sekunden, fängt sie still an zu schluchzen, ein unterdrücktes Schlucken fährt durch sie hindurch, immer wieder.

Alina stöhnt genervt.

»Ich hab keinen Bock auf deinen Opferscheiß. Kannst aufhören zu flennen.«

Mama putzt sich die Nase, tupft sich die Tränen von den Wangen, zieht hoch und richtet sich auf.

»Es tut mir leid. Aber ich habe mich noch nie so gut gefühlt. Nicht mal mit Falk.«

Sie beugt sich vor, als wollte sie sagen: *Amy Winehouse lebt, und sie wohnt in Barmbek!* Stattdessen raunt sie: »Urs und ich sind wirklich *seelenverwandt!*«

Wie zur Unterstreichung schnäuzt sie sich noch mal.

Alina legt den Kopf in den Nacken und schließt die Augen.

»Wie alt bist du Mama, vierzehn? Ihr seid schockverliebt und untervögelt im Suff übereinander hergefallen. Darf ich dich zitieren? *Liebelei, das geht vorbei, eins zwei drei, Kartoffelbrei!*«

Mama macht das Leiser-Zeichen mit beiden Handflächen und Mundwinkeln Richtung Tisch.

»Nein, Alina. Ich bin mir ganz sicher. Urs und ich sind füreinander bestimmt. Ihm geht es genauso.«

»IHR KENNT EUCH ERST SEIT EIN PAAR TAGEN!«

Mama zuckt zusammen, wie immer, wenn ihre Tochter explodiert, alle im Restaurant drehen sich um. Alina rutscht ein Stück unter den Tisch.

»Möchten Sie bestellen?«, fragt eine freundliche, sehr kleine Thailänderin mit dem Akzent, den Semmel, der Assi, so gern imitiert, und Alina bellt »Nein!«, steht auf und rauscht raus.

Mama muss noch ihren Tee zahlen, aber an der Ampel holt sie Alina ein.

»Warte doch Lini, lass uns gemeinsam gehen.«

Alina sagt nichts. Wortlos laufen sie bei Grün über die Straße, warten an der Kreuzung wiederum auf Grün, und biegen dann vor der Fabrik links ab Richtung Gaußstraße. Sie wollen noch mal gemeinsam zur Wohnung, Mama muss natürlich ganz sichergehen, dass ihr Schlüssel auch nicht passt.

Schönen Tag noch!

Der Briefkasten ist übervoll, Mama hat ihn mal wieder tagelang nicht geleert, Alina hat gar keinen eigenen Briefkastenschlüssel. Werbeblätter und Umschläge fallen runter, ihre Mutter durchwühlt auf Knien den Haufen, irgendwie hektisch. Sie findet einen Umschlag und reißt ihn auf, liest und verzieht schon wieder das Gesicht zum Heulen.

»Was ist denn?«, Alina nimmt sich den Brief, während Mama ihr Gesicht in der Hand verbirgt und weiter losflennt und schluchzt. Der Brief ist von einem Anwalt, raues, schweres Papier, Unterschrift mit Tinte und Stempel drüber. In knappem Amtsdeutsch, *im Namen unseres Mandanten Raymond Wohlhagen*, und *müssen wir Ihnen leider mitteilen* und der ganze Scheiß, *innerhalb einer Woche zu räumen, anderweitig sehen wir uns gezwungen ...* Scheiße, das war Mittwoch. Vorgestern hätten sie raus sein müssen.

Wie kann das sein?

Ray hat sie aus der Wohnung geschmissen?

»Was machen wir denn jetzt, Lini?«

»Aber ... der kann uns doch nicht so einfach rausschmeißen von heute auf morgen?«

Mama reißt Alina das Schreiben vom Anwalt aus der Hand und wedelt richtig panisch damit rum und schreit. Sie kann auch laut, nicht oft, aber wenn, dann richtig Kreischalarm: »DU SIEHST DOCH, DASS ER DAS KANN!«

Genau in dem Moment kommt Frau Gerdes zur Tür herein, schwarzes Kleid und Kopftuch, eine Oma-Handtasche am Arm und zuckt voll zusammen bei dem Geschrei.

»Gott im Himmel, machen Sie mich nicht schwach, ich komme gerade vom Friedhof. Und so bald wollte ich da nicht wieder hin.«

Sie hält sich die Hand an die Brust und atmet zweimal durch. Dann geht sie rüber zu ihrer Erdgeschosswohnung und schließt auf. Aus der Wohnung wieder deutsche Küche *in your face*, seit gestern Eintopf mit Würstchen, Rüben, Kohl am Köcheln. Auf der Schwelle dreht sie sich um.

»Ich dachte, Sie wollten letzten Sonntag ausziehen? Herr Wohlhagen meinte das. Ich hatte extra ein paar Stullen für die Möbelpacker geschmiert.«

Mama richtet sich auf und wischt eine Träne beiseite, sagt aber nichts. Studiert noch mal das Anwaltsschreiben. Normal: Wenn es ernst wird, ist Mama raus.

Alina tritt vor.

»Hatten Sie mit Herrn Wohlhagen Kontakt? Wir können ihn nicht erreichen.«

»Er hat mir nur gesagt, dass Sie ausziehen … tja, und dass er nächste Woche zurück ist.«

»Leider gab es ein Missverständnis beim Umzugstermin … und jetzt ist das Schloss ausgetauscht, und wir haben gar keinen Schlüssel. Wenn er sich bei Ihnen meldet, könnten Sie dann …«

Frau Gerdes schüttelt den Kopf, während Alina noch redet, greift hinter die Tür, hält Alina einen Schlüssel mit einem gelben Plastiketikett hin.

»Hier, dann nehmen Sie erst mal meinen.«

»Sie haben einen Schlüssel?«

Alina kuckt irritiert, aber nimmt den Schlüssel dankbar entgegen.

»Aber ja, ich habe in Herrn Wohlhagens Auftrag das Schloss austauschen lassen. Ich bin doch die Hausmeisterin hier.«

»Sie sind die *Hausmeisterin*?«

»Na ja, eigentlich mein Mann, aber der ist ja leider verstorben. Haben Sie den Brief vor ein paar Monaten nicht erhalten? Wenn irgendwas ist, können Sie sich an mich wenden. Die Glühbirnen im Flur wechselt mein Sohn, wenn mal eine durchgebrannt ist. Ansonsten ist ja nicht viel, das Gebäude ist gut in Schuss, die Elektrik wurde …«

Jetzt muss man den Absprung schaffen, leider geht das nur, indem man Frau Gerdes mitten im Satz unterbricht, was Alina immer unglaublich leidtut, aber ein Schlüssel, zu ihrer Wohnung, sorry, sie muss sofort nach oben.

»Danke, Frau Gerdes, das ist ja wirklich gut zu wissen. Wir gehen dann mal packen. Schönen Tag noch!«

bevor es überhaupt richtig losgeht

Sie schuften den ganzen Samstag durch. Bauen Regale und Betten auseinander, jede für sich in ihrem Zimmer, packen Kartons, Mama hört alte Tapes, Mama weint, Alina geht nicht rüber. Bestellen Pizza und essen sie schweigend in der Küche. Im Hinterhof steht ein fetter Sperrmüllsack aus dem Baumarkt, ein Kubikmeter Schrott aus der Vergangenheit. Die K-Pop-Poster, die Pokemon- und Happy-Meal-Plastikfiguren von ganz früher, der Bikini, den sie nie anhatte und niemals anziehen würde, sie ist ja schließlich nicht Celeste Barber. Das Foto vom Meet-and-Greet mit JeanX, das sie mit Dads Polaroid gemacht hat, behält sie. JeanX ist die Einzige aus dem Irrsinnsdschungel von Influencerinnen, der Alina etwas abgewinnen kann. »Etwas« ist gut, 'ne Menge. Vegetarisch kochen und Fitness. Dabei hübsch und queer und postet auch mal 'n Pickel-Close-up. Und kommt sogar aus Hamburg, ist aber in der ganzen Welt unterwegs. Aber ihre lächerlichen Versuche, Mangas zu zeichnen, kommen sowas von in den Müll. Dass sie darauf tatsächlich mal stolz war, nachdem sie ein paar YouTube-Tutorials gemacht hatte. Alle sehen aus wie Heidi, aber von einer Sechsjährigen gemalt.

Auch Mama geht hart zur Sache, zu hart, Alina fischt die Fotoalben aus der Zeit mit Dad aus dem Müll und sichert sie in einem ihrer Kartons. Sind schließlich auch ein paar Bilder mit ihr drin.

Irgendwann ist sie oben fertig und geht runter in den Keller. Da liegt immer noch die Isomatte, mit dem Schlafsack. Und mit Schnaubi. Als Alina mal Mumps hatte, kam Dad mit dem Ameisenbär nach Hause. Ihrem Schnaubi. Ab da waren sie unzertrennlich, an einigen Stellen ist er richtig blankgeschmust. *Faden-*

scheinig. Zum ersten Mal rafft sie das Wort. Sie stopft Matte und Schlafsack zurück in die Kartons, alles andere hier unten ist zum Glück nie ausgepackt worden. Schnaubi setzt sie ins Regal. Der bleibt hier, in Einzelhaft.

Und wohin jetzt mit dem ganzen Kram? Als sie wieder hochkommt, telefoniert Mama bereits wild rum, ein bisschen was kann beim Institut im Keller geparkt werden, aber auch nur *vorübergehend.* Zur Not müssen sie alles erst mal in so einen Miet-Space stopfen, aber wie groß muss der sein? Sie googelt, Selfstorage, zwanzig Quadratmeter Grundfläche, knapp sechzig Kubikmeter – reicht das? Müsste. Fast hundert Euro, okay. Pro WOCHE?! Das sprengt das Budget dermaßen, keiner weiß, ob sie im nächsten Monat irgendwo Miete zahlen müssen, und wenn ja wie viel? Wo sollen sie innerhalb von ein paar Tagen eine Wohnung herkriegen? *In Hamburg?*

Als sie alles aus Alinas Zimmer rausgetragen haben, ist sie für einen Moment allein in ihrem Zimmer. Draußen ist es schon dunkel, die blanken Wände sind an der Stelle, wo das Bett stand, etwas heller. Von der Decke baumelt die nackte Glühbirne, Alina dreht sich langsam im Kreis. Das, was mal ihr Zimmer war, wirkt ohne Möbel seltsamerweise viel kleiner – und gleichzeitig geht sie darin verloren. Donnerstag wollte sie hier noch mit Johanna Kaffee trinken, zwei Tage später ist es nur noch ein kalter Raum. Sie löscht das Licht und schließt die Tür. Der ganze Flur steht voll mit Umzugskartons und den paar Möbeln, die sie behalten wollen, alle auseinandergebaut. Mamas Zimmer ist auch fast leer, nur noch eine Schreibtischlampe auf dem Boden, der alte Kassettenrekorder, eine kleine Kiste mit ein paar Tapes – und ihre beiden Matratzen mit den verschiedenfarbigen Bettdecken drauf.

Nebeneinander, dicht an dicht.

»Das Zimmer fühlte sich so leer an … da dachte ich …«, stammelt Mama. Sie hat wohl Angst, dass Alina ihre Matratze wieder zurück in ihr Zimmer trägt. Aber der ganze Abschieds- weltschmerz, der vollgestopfte Sack vor der Tür und nicht zu- letzt das ganze Geschleppe haben Alina mehr als bereit gemacht für das Mutter-Tochter-Doppelbett. Allein in ihrem leeren Zim- mer würde sie jetzt auch nicht schlafen wollen, ohne Rollo, im gelben Todesstrahl der Straßenlaterne. Sie lächelt also und setzt sich auf ihre Matratze, zieht die Schuhe aus, Hose und Kapu ebenfalls, fühlt sich staubig und ausgelutscht und lässt sich rück- wärts aufs Bett plumpsen.

When the working day is done …

Mama schält sich auch aus ihrer blauen Latzhose, krabbelt unter ihre Decke und wühlt in der Kassettenkiste. Schließlich hält sie ein Tape hoch und wedelt damit zu Alina rüber.

Die singende Schlange von den drei Fragezeichen. Wie früher.

»Wollen wir?«, fragt Mama.

Alina nickt nur matt, lächelt noch matter.

Mama legt die Kassette ein und spult zurück. Während das Band leise surrt, räuspert sie sich ins Halbdunkel hinein. Na, was kommt denn jetzt wohl noch.

»Kannst du nicht Falk fragen, ob wir das Zeug bei ihm unter- stellen können? Die haben doch einen Bootsschuppen – viel- leicht ist da noch Platz? Ist ja nur vorübergehend.«

»Kannst du das nicht selbst machen?«

Mama schweigt, denn mit Falk kommuniziert sie nur per Mail, und das auch nur, wenn es unbedingt sein muss. Wenn's um Geld geht.

»Ich meine, wie lange willst du das eigentlich durchziehen mit der Kontaktsperre?«, fragt Alina.

Mama schweigt. Sie hat nie wieder mit ihm geredet, hat weder

Amber, geschweige denn die Zwillings je kennengelernt. Kriegt sie nicht hin. Damals, als sie noch zusammen waren, hatte Dads Ex-Freundin sogar Hausverbot – obwohl er sich mit ihr echt noch gut verstanden hat.

»Ich hätte ihn jederzeit zurückgenommen«, sagt Mama jetzt etwas zu schnell.

In Alinas Brust zieht sich etwas zusammen, das Herz wahrscheinlich, soll vorkommen, wenn *Feelings* im Spiel sind. Ihr Mund ist ganz trocken, und dieser kurze Satz bricht in der Mitte noch durch, als sie sagt: »Ich auch.«

Mama legt ihren Kopf auf Alinas Schulter.

»Ich war so sehr damit beschäftigt, verlassen worden zu sein, mein Schatz. Dabei war es für dich auch nicht leicht, oder?«

Alina ruckelt sich ein bisschen näher an Mama ran, Mamas Kopf an ihrem Hals, Alinas Kinn auf Mamas Kopf, wie Puzzleteile. Mama hebt ihren Mund an Alinas Ohr und flüstert: »Der Idiot hat *uns* verlassen. Wie kann man so blöd sein?«

»Für *Amber* und *Deborah Swoon*«, flüstert Alina zurück, und beide müssen laut lachen, es hallt, und das scheucht den letzten Rest Rumbrüllkater aus dem Raum.

Dann schweigen sie ein bisschen, und Alina macht die Augen zu, immer noch eng an Mama dran.

»Seit ich Urs getroffen habe …«, fängt sie vorsichtig an, aber Alina brummt genervt, und Mama spult schnell zurück zu Dad.

»Haben die es denn schön da, in Allermöhe?«

»Joa, ist schon ganz nett. Mit der Elbe im Garten, kann man machen.«

»Würdest du da gern wohnen? In Allermöhe, bei Falk?«

»In Allermöhe schon. Aber mit den Nervblagen und Prinzessin Deborah? Hör auf.«

»Und mit … *Amber*?«

Sie hat noch nie nach Amber gefragt. Oder auch nur den Namen in den Mund genommen. Mamas angenehme Wärme wird unangenehme Hitze, gleich schwimmen sie weg. Alina nimmt den Kopf hoch, streckt sich, Mama ruckelt sich wieder auf dem eigenen Kissen zurecht.

»Ach. Amber ist schon okay. Und Simon ist auch cool. Aber die Kinder … alle komplett gestört.«

Mama kichert ein halbes Kichern.

»Na, irgendwann muss ich mir das mal ansehen … aber ich glaube, ein bisschen Zeit brauche ich noch.« Sie schiebt die Lippen aufeinander. »Also … würdest du bei Falk anrufen und wegen des Schuppens fragen?«

Alina will was sagen, diesmal bricht der Satz aber schon beim ersten Wort zusammen, sie schließt schnell wieder die Augen.

Mama bemerkt es trotzdem.

»Aber Lini-Schatz, was ist denn los? Ist was passiert?«

Und dann erzählt Lini-Schatz, wie sie bei den Swoons nach dem Essen draußen war und unterm Fenster geraucht und alles belauscht hat, und wie Dad ihr den Rucksack hinterhergebracht hat, und mittendrin zerreißt es wieder sie und ihre Sätze, und sie flennt los, wie man eigentlich nur in Kellern flennt, und sie denkt an Schnaubi, allein da unten, und schluchzt, und Mama rückt wieder zu ihr rüber, und das ist wieder das schöne *Warm*.

»Lini-Schatz, es wird alles gut. Du musst nicht zu Falk, der hat dich gar nicht verdient.«

Alina schluchzt noch mal leise und nickt klein, und Mama macht das einzig Richtige und drückt auf *play*, sie hören *Die singende Schlange* und dösen langsam weg, während der altkluge Vollarsch Justus Jonas den Fall schon wieder gelöst hat, bevor es überhaupt richtig losgeht.

Dann doch Riesenschatz

Am nächsten Morgen, ihrem letzten Sonntagmorgen in der Gaußstraße, Alina sitzt am Küchentisch und trinkt Filterkaffee, geht Mama auf und ab, ab und auf, und dann ruft sie tatsächlich an bei Falk. Das erste Mal. Mama kommt ohne Umschweife zur Sache. Lauscht, grinst und macht den Daumen nach oben. Er, voll das schlechte Gewissen, sagt natürlich Ja, im Schuppen kann er ein bisschen Platz schaffen.

»So, Lini. Das Leben geht weiter. Jetzt brauchen wir nur noch einen Umzugswagen«, sagt Mama erleichtert, nachdem sie aufgelegt hat. »Hast du 'ne Idee?«

Alina durchfährt es, als ihr der Sprinter von Malte einfällt. Sofort googelt sie »Janssen Logistik«, und tatsächlich, Umzüge und Klaviertransporte und, Spezialgebiet: internationale Lebendfracht. *Lebendfracht? WTF.* Bitte keine Schweine.

»Malte vom Suder-Gymnasium, den habe ich neulich wiedergesehen, der Vater hat ein Umzugsunternehmen …«

»Aus der alten Klasse? War der … hat der auch …«

Den Rest des Satzes schafft sie nur mit dem Gesicht.

»Nein, der war okay.«

»Nur okay … oder ganz süß? Ich seh dir das doch an!«, sie grinst triumphierend, weil sie recht hat.

»Komm, ruf den an! Vielleicht kann er ja einen guten Preis machen!«, Mama plötzlich völlig aufgekratzt.

»Ey, ich kenn den so gut wie gar nicht. Der kam erst im letzten Halbjahr in die Klasse. Bestimmt weiß der nicht mal mehr, wer ich bin.«

»Blödsinn. Ich hab auch bei Falk angerufen. Jetzt bist du dran. Komm, frag ihn.«

Der Ernst der Lage lässt sowieso keinen anderen Entschluss zu. Aber anrufen geht gar nicht.

»Ich texte ihm mal.«

Alina tippt mit klopfendem Herzen:

Alina
hi Malte, Alina hier
wir waren
zusammen in der 12
auf dem Suder

Als Malte in die Klasse kam, war sie schon Luft. Sie haben kaum mehr als einen Satz gewechselt, und zum Schuljahresende war sie dann weg. Alina kuckt noch eine Weile aufs Display, ob die Nachricht gelesen wird, aber nichts passiert, und sie steckt das Handy weg. Da macht es »tuck!« und vibriert in ihrer Tasche.

Malte
hey, cool, jetzt hab
ich endlich deine Nummer

Wieder Comictropfen all over the place – *cool, jetzt hab ich endlich deine Nummer?*

Alina
ja, ist mir gerade erst eingefallen
dass du die nicht hast
hatte mich schon gewundert warum
du dich noch nicht gemeldet hast

Oh Shit, Ironie per Text. Kann eigentlich nur schiefgehen. Wenn sie es gesagt hätte, wäre es lustig gewesen. Nur dass sie es nicht gesagt hätte. Schnell noch einen 😜 hinterherschicken.

Malte schreibt …

Sie starrt aufs Display.

Malte schreibt …

Was schreibt der denn? Einen Roman?
   Dann, endlich:

😄 😉 😄

Na ja, also, soo lustig war es nun auch wieder nicht. Aber süß von ihm.
   Und dafür hat er so lange gebraucht? Also hat er erst irgendwas anderes geschrieben und dann wieder gelöscht. Was bloß?

Alina
kann ich dich mal anrufen
habe hier ein Problem bei
dem du mir vl helfen kannst

Sie hat die Nachricht kaum abgeschickt, da klingelt ihr Telefon. Zu sehen ist Maltes Bild, das sie mal heimlich von ihm gemacht hat. Eigentlich war es nur ein Spiel, das Profilbild in Maltes Kontakt abzuspeichern, für diesen Moment, der niemals passieren würde. Um sich dann immer wieder auszumalen, dass plötzlich, aus dem Nichts, sein Bild in ihrem Display erscheint.
   Sie verlässt die Küche, Zuhörer braucht sie jetzt nicht. Bevor sie rangeht, macht sie noch einen Screenshot von diesem historischen Moment im Leben von Alina Beinert, 17.

»Hi«, sagt sie lässig, fast gelangweilt. Jetzt hätte sie gern eine Zigarette.

»Alina, was geht?«

Er auch obercool, scheiße. Sie atmet ausgedachten Rauch aus. Vielleicht muss sie ein bisschen aufmachen. So, wie sie es bei dem Coaching gelernt hat, als sie diesen Callcenter-Job machen wollte. Sie setzt ein Lächeln auf. *Das hört der Kunde.*

»Ey, Malte, meine Mama und ich haben richtigen Hassel hier. Wir wohnen ja in ner WG, und unser Hauptmieter hat uns von heute auf morgen rausgekickt.«

»Ach du Scheiße, braucht ihr Hilfe?«

Das gibt's doch nicht, was ist das denn für ein Schätzchen.

Er macht sogar noch weiter: »Mein Vater hat rein zufällig ein Umzugsunternehmen.«

Grinsen kann man auch hören.

Alina überlegt, ob sie den Joke noch ein bisschen totreiten soll, *Was, echt? Das ist ja der Hammer, so ein Zufall, haha,* und so weiter, aber nee.

»Ja, deswegen rufe ich an. Wir haben schon was gefunden, wo wir den Kram unterstellen können, und brauchen jetzt einen Wagen. Am besten mit Fahrer, ich glaube nicht, dass sich meine Mama in einen Sprinter setzt«, verplappert sie sich, das mit dem Sprinter ist zwar nicht ungewöhnlich für ein Logistikunternehmen, aber kann sie ja eigentlich nicht wissen, was für Autos die haben. Bestimmt auch tausend andere, Lkws und so. Für die Schweine.

Malte übergeht es zum Glück.

»Was, jetzt Montag oder Dienstag? Easy.«

»Echt? Cool. Und ... kannst du vielleicht mit deinem Vater irgendwie 'n Freundschaftspreis aushandeln oder so?«

»Du wirst es nicht glauben, aber am Dienstag zieh ich auch um. Da habe ich eh 'nen Siebeneinhalbtonner und die Jungs aus meiner WG mit ein paar Kumpels am Start. Wenn du bei uns mit anpackst, machen wir euern Kram gleich mit. Wird ja nicht so viel sein, oder?«

Alina ist fassungslos. Ein Megaschatz sogar! Und er zieht aus, in eine WG? Cool.

Eine WG … das wär's. Sie müsste nur endlich 'n Job haben, wo regelmäßig was reinkommt. Also unbedingt endlich mit Rainer reden, der fragte neulich schon, was sie nach dem Abi vorhat.

»Danke, das ist echt die Rettung!«

»Kannst dich ja irgendwann mal auf andere Art und Weise erkenntlich zeigen.«

Stille.

Sollte das ein Witz sein?

Dann ein echt beschissener.

Megadepp.

Und schon ist der Moment vorbei, wo sie ein gefaktes Lachen hätte rauspressen können.

Shit.

Wäre wohl besser gewesen.

Schließlich brauchen sie dieses Auto.

»Dummer Scherz, sorry«, Malte kichert sogar unsicher. Klingt echt. »Sag mir, wo du wohnst, und ich komme Dienstagmittag mit den Jungs vorbei. Vielleicht könnt ihr denen ein bisschen Trinkgeld geben oder 'ne Kiste Bier sponsern oder so. Aber der Rest geht auf meinen Nacken.«

Na gut. Dann doch Riesenschatz.

antwortet nicht

Also gut, ist sie verknallt, aber so richtig. Geht dann immer ganz schön schnell von null auf hundert. Jetzt fallen ihr jede Menge gute Vorwände ein, um ihm zu texten.

Alina:
habt ihr auch Decken
und Gurte und so?

Malte
genial! Das ist DIE Marktlücke
muss ich sofort meinem Vater sagen
ein Umzugsunternehmen, das Decken
UND Gurte mit anbietet!!

Malte schreibt …

am besten auch gleich Kartons
das wärs!

Okay, bisschen witzig.

Malte schreibt …

Anscheinend übertreibt er auch ganz gern.

vielleicht sollten wir sogar anbieten
die verpackten Sachen mit Autos von
einem Ort zum anderen zu fahren!
WIR WERDEN REICH!!! 💀💀💀

GIF von Snoop Dogg, der Geldscheine in die Luft wirft, auf einem Einhorn sitzend.

Alina macht es wie er neulich, tippt *hfjdhdhjfjdhfjdhf fjdfhj-qwioue* und *sdisduhiuds sdiuhdsihsda shjd*, löscht alles wieder, schön langsam, und schickt dann nach ein paar Sekunden Warten ein GIF zurück. ZIAS, der beim Lachen mit dem Stuhl umfällt.

Alina
dann will ich aber 15%
war schließlich meine Idee

Malte
50

Alina
20

Malte
40

Alina
25

Malte
letztes Wort: 35

Alina
Deal!

So geht das jetzt hin und her zwischen den beiden, Sonntag, Montag in der Schule, Alina ist völlig high, genau wie Mama, irgendwie peinlich, aber irgendwie auch witzig: *Mother and*

Daughter – Crazy in Love. Wieso ist ihr Leben plötzlich eine verfickte RomCom?

Während des Unterrichts kuckt und tippt sie unterm Tisch. Muss tierisch aufpassen – nicht, dass ihr Telefon von Kujawa eingezogen und in den Handyknast gesperrt wird. (Kleiner Spoiler: Das, was auf keinen Fall passieren darf, passiert dann sowieso immer. So viel dürfte klar sein.)

Sie hat nach wie vor überhaupt keine Idee, wo sie ab Dienstag wohnen soll, muss Alina am Ende wirklich zu Dad auf die Hundedecke? Aber sie kann sowieso nur an Malte denken. Sie versucht, sich ein bisschen zurückzuhalten mit dem Getexte, will nicht nerven, aber ein Glück, er meldet sich auch von selbst.

Malte
wie viele Kartons habt ihr?
was für Möbel?
zerbrechliche Sachen?
schick mal Liste
am besten per mail

Sein kompletter Kontakt hängt an, mit E-Mail, Foto, Festnetz, Facebook, Insta, Xing – warum zum Teufel ist der bei Xing? Bei *Homepage* steht irgendeine Wordpress-Domain. Alina wartet, bis Kujawa wieder was an die Tafel schreibt, dann klickt sie drauf. Sie glaubt es nicht. Comics. Er zeichnet Comics. Zwar Fantasy- und Monsterquatsch, Kriegerinnen, die es für eine gute Idee halten, im Bikini in den Kampf zu ziehen, und auch Superheldinnen, deren Superkraft »Oberweite« zu sein scheint – aber die Skills, unfassbar. Skizzen, Zwischenschritte, Storyboards. Auch wenn sie weiß, dass es absoluter Schwachsinn ist, träumt sie sich in seine WG, mit seinen Kumpels, alle süß, Zimmer mit Hochbett, zusammen kochen, lange Abende in der Küche, Freunde hängen ab.

Gerade noch rechtzeitig hochgekuckt, als sich Herr Kujawa wieder zur Klasse dreht, puh!

Scheiße, das Leben geht in echt vermutlich anders weiter.

Nur wie?

Sie schielt nach unten und startet ein Timelapse-Video von Malte. Er zeichnet und koloriert eine Kampfszene zwischen einem geflügelten Nashorn und einem Zebra-Zentaur, ziemlich strange – *fljitsch!* Herr Kujawa pflückt ihr das Telefon aus der Hand.

FUCK!

»Was ist denn hier wichtiger als mein Unterricht?«

Er kuckt sich das Video an.

»Ein Kampf zwischen Fabelwesen. Ist das Ihr Ernst, Alina?«

Sie bettelt und entschuldigt sich und winselt wie ein Hündchen, doch Kujawa dreht sich um und sieht sich dabei weiter das Video an.

»Ich bringe das dann mal in die Ausnüchterungszelle.« Weiter den Screen betrachtend verlässt er den Klassenraum.

Scheiße, Scheiße, Scheiße. Wenn ein Handy eingesammelt wird, kommt es im Lehrerzimmer in den Schrank und man bekommt es erst am nächsten Morgen zurück.

Was denkt Malte wohl, wenn er sich meldet – und sie antwortet nicht?

LIEB SEIN

Nach der Schule steht sie auf der Straße und dreht sich eine. Corvin schiebt mit seinem Fahrrad an ihr vorbei, da fällt ihr was ein.

»Ey, Corvin, ich bin morgen nicht da, kannst du mir die Matheaufgaben mitbringen?«

»Klar. Was hast du denn vor?«

»Wir ziehen doch um.«

»Echt? Wohin ziehst du denn jetzt? Braucht ihr noch Hilfe?«

»Danke, wir sind schon genug Leute.«

Corvin setzt sich aufs Rad.

»Okay. Dann guten Umzug.«

Er klickt seinen Fahrradhelm unterm Kinn fest und fährt los.

Alina steckt sich die Kippe an und sieht ihm hinterher. Wenn man dich nicht mal zum Möbelschleppen will, muss echt ganz schön scheiße sein. Und er so voll lieb, *Wohin ziehst du denn jetzt?*

Ja, wohin eigentlich?

Die Kisten in Dads Schuppen, und dann?

Zu Johanna aufs Gästebett?

Einerseits coole Vorstellung, aber sie hat den Gedanken aus gutem Grund immer wieder beiseitegewischt: Da hat sie nämlich richtig Schiss vor. Aus Versehen was falsch zu machen, bei der makellosen Johanna mit den gehörlosen Eltern. Und dann gebärdet Johanna denen was in Geheimsprache, über Alina, während sie dabeisitzt. Horror.

Malte kann sie unmöglich fragen, die werden ja nicht ein Zimmer übrig haben in ihrer WG. Sie kriegt es aber einfach nicht aus ihrem Kopf.

Muss sie wirklich bei Dad angekrochen kommen? Zur bekloppten Deborah, die ihr Hit-Album einsingt? Ersatzschwestertante für die Terroristen-Zwillings spielen? Und wie soll das überhaupt alles gehen ohne Handy?

Jemand tippt ihr auf die Schulter. Sie dreht sich um. Herr Kujawa. Er hat einen Zettel in der Hand.

»Alina, die Entschuldigung für morgen ist so nicht gültig. Ich brauche die Unterschrift Ihrer Mutter, noch sind Sie nicht volljährig.«

»Och, Herr Kujawa, ernsthaft? In ein paar Wochen bin ich achtzehn, und Sie kommen mir wegen einer scheiß Unterschrift! Ich muss morgen meine Wohnung räumen und weiß noch nicht, wo ich wohnen werde, Geld hab ich auch nicht, ich brauche einen Job. Und ich kann mich um nichts kümmern, weil Sie mein Handy weggesperrt haben! Können Sie nicht *ein Mal* auf die Regeln scheißen?!?«

Oje. Lehrer sollte man eigentlich nicht anschreien. Schon gar nicht auf offener Straße.

Herr Kujawa sagt nichts, nickt nur betroffen.

»Ich weiß.«

Dann greift er in seine Umhängetasche und hält Alina ihr Handy hin.

»Aber nur dies eine Mal.«

Sie möchte ihm am liebsten um den Hals fallen. Aber das geht noch weniger, nicht auf offener Straße und erst recht nicht irgendwo anders.

Also auf nach Ottensen.

Im Bus fängt sie eine SMS an Dad an.

Löscht sie wieder. Kuckt raus, auf den vorbeiziehenden Sportplatz, wo ein paar alte Männer im Nieselregen einem Ball hinter-

herlaufen, die neongelben Leibchen spannen über den Bierbäu-
chen. Vorbei am Gericht, nächste Station ZOB Altona.

Als sie zu Fuß an der Musikschule vorbeikommt, fällt ihr wieder
ein, dass jetzt auch aus den Treffen mit Johanna nichts mehr
wird. Keinen Überbrückungskaffee, einmal die Woche. Aber
vielleicht geht das ja auch ohne Grund?

Vor ihrer Haustür zückt sie das Handy und schreibt an Johanna.

Alina
ich weiß echt nicht wohin …
also wenn das Angebot noch steht
würd ich die Gästematratze
gern mal probeliegen

Eine Weile starrt sie die Botschaft an.

Dann drückt sie auf SENDEN, schaut auf, steht genau vor
dem Regenrohr und macht ein Foto: LIEB SEIN.

unter einem Dach

Am Montagabend, ihrem letzten Abend in der Gaußstraße, sitzen sie am Küchentisch. Mama hat eine Flasche Prosecco geöffnet und will Abschied feiern. Na gut. Waren immerhin fünf
Jahre hier.

Alina hat jede Menge alte Fotos auf dem Handy, sie swipen
sich durch die Jahre, Geburtstagsfeiern, Wyndi ist leider auch
auf einem drauf, schnell löschen, dann WG-Partys mit Mamas

Clownsbande, zwischendurch immer wieder der verwelkende LIEB SEIN-Sticker. Weihnachten mit Tatjana und Ray und diesem Weirdo aus Hessen, mit dem Tatjana damals zusammen war, und der diesen superekligen *Salzekuchen* von seiner Mutter mitgebracht hatte, den sie beide heimlich ausspucken mussten. Als hätte einer einen sauschlechten Käsekuchen aus Versehen mit Salz statt Zucker gemacht. Und dann zum Schluss ein Selfie von Mama und Alina, in der Küche, mit Sonne. Das haben sie für Oma gemacht, als sie ins Krankenhaus kam. Alina drückt auf Kamera, hebt das Handy hoch, und dann machen sie noch eins, genau an der gleichen Stelle. Diesmal ohne Sonne.

»Wir hatten's aber auch echt schön hier. Mann«, sagt Mama und seufzt.

Sie füllt die Gläser auf, Flasche ist leer, sie reicht ihr das Glas. *Chin-chin.*

Wie verabredet trinken beide auf ex. Mama rülpst.

»Huch!«, sie hält sich kichernd die Hand vor den Mund. »Tschuldigung.«

tuck!

Alina fasst in die Tasche.

Johanna?

Corvin
hat sie es dir schon erzählt?

Alina steckt das Telefon wieder weg, ohne zu antworten.

Mama hat tatsächlich vorgesorgt und holt noch eine zweite Flasche aus dem Kühlschrank, sie stoßen an und verfluchen Ray, trinken auf den größten Loser aller Zeiten und fangen an, seine unzähligen Filmprojekte aufzuzählen, die kaum je über monatelanges Fantasieren hinausgekommen sind. Mit Alk ist es alles

plötzlich nicht mehr so schlimm und der Loser Ray zum Tot-
lachen, *was für eine Flachpfeife*, sagt Mama immer wieder.

»Angriff der Gigantsittiche!«, ruft Alina, und Mama prustet
Prosecco in die Hand, es spritzt über den Tisch, Alina muss sich
lachend wegducken. Sie erzählen sich von der Testaufnahme mit
Green Screen, hier in der Küche, und wie einer der Sittiche in
Panik in den Baustrahler geflogen ist, und müssen beide Tränen
lachen, über den dämlichen Ray, aber hauptsächlich darüber,
dass es so unmöglich von ihnen ist, dass sie über den verreckten
Vogel lachen müssen, was Mama immer wieder mit pädagogi-
schem Gesichtsausdruck zu kommentieren versucht, woraufhin
Alina sie schallend mit ausgestrecktem Zeigefinger auslacht, sie
lachen darüber, dass ein Tier gestorben ist, das geht *gar* nicht,
aber genau deshalb ist es das Lustigste der Welt, und so schraubt
es sich immer wieder hoch, bis sie irgendwann nur noch leise
kichern und schnaufen und hecheln.

Und Alina denkt, die letzten Abende waren die besten Momente, die sie seit Langem hatte mit Mama. Der heute ganz besonders. Und dann wird ihr klar: Vielleicht ist es die letzte Nacht,
die sie so verbringen, als Mini-Zweierfamilie unter einem Dach.

zu Mama

Als sie später wieder auf den beiden Matratzen nebeneinander-
liegen und Alina gerade das Licht aus- und *Das Bergmonster*
anmachen will, kommt Mama, typisch Mama in letzter Sekunde,
mit den Neuigkeiten raus.

Hat sie es dir schon erzählt?

»Lini, ich habe noch eine Überraschung.«

Sie klemmt beide Lippen nach innen und lässt sie ein paarmal aufeinanderklappen wie eine Zahnlose, sitzt im Schneidersitz auf ihrer Matratze, einseitig von der kleinen Schreibtischlampe beleuchtet, die auf dem Boden steht.

»Ich habe einen Platz gefunden für uns beide – jedenfalls vorerst.«

Alina, die noch immer mit aufgestützten Ellenbogen vorm Kassettenrekorder hockt, richtet sich auf.

»Echt? Krass, wo denn?«

»Wir können bei den Carstensens unterkommen.«

Bei den …?

Alinas Schläfen hämmern, sie kann nicht sprechen.

Mama redet schnell weiter.

»Wie du weißt, ist Urs alleinstehend, und die große Schwester von Corvin ist schon seit einiger Zeit aus dem Haus. Ihr Zimmer könntest du erst mal beziehen. Und für mich gibt es auch noch einen Raum unterm Dach, der wird wohl nur als Wäschezimmer genutzt. Wir haben sogar unser eigenes Bad, Lini, stell dir das mal vor!«

Mit den beiden Teenagermutanteneltern und Klassensprecher Cotzensen unter einem Dach.

Sie schließt die Augen. Das kann die nicht ernst meinen.

Stoppschild, atmen, kaltes Wasser.

Sie und Corvin als Patchworkgeschwister – ein Fest für Semmel.

Schreien.

»Bist du … vollkommen wahnsinnig!? Oder ist das deine neue Clownsnummer?! Auf keinen Fall ziehe ich zu den Cotzensens!«, alles in maximaler Wutlautstärke.

Mama zuckt zusammen, wie immer, und macht die Augen zu winzigen Schlitzen. Dann sagt sie leise: »Aber etwas Besseres kann uns doch jetzt gar nicht passieren. Das ist so wahnsinnig nett vom Urs. Und es ist doch nur vorübergehend.«

Das schon wieder. Alles ist *vorübergehend*, die Leute können aufhören, das zu sagen. Genauso gut könnte man sagen »Es gibt Luft«, das stimmt auch immer. Außer im All, na gut, aber da gibt es sicher andere Dinge zu besprechen.

In einem WERNER-Comic von Dad, beziehungsweise Falk, beziehungsweise Arschloch, hat sie mal diesen Witz zum Thema Wahlen gesehen, wo so zwei Typen fragen, was sie wählen sollen, und Werner antwortet: »Stellt euch vor, ihr bekommt drei Haufen Scheiße serviert. Welchen würdet ihr essen?«

Daran muss Alina jetzt denken: Zu Arschloch-Falk-Dad mit seiner Prinzessin Swoon und den Teufelszwillings – oder in eine WG mit Cotzensen und DEM URS, der mit DER ULLI bumst und Samba tanzt, und man überrascht sie beim Rumturteln im Morgenmantel am Frühstückstisch. Oder auf die Straße.

Welchen Haufen Scheiße soll sie essen?

tuck!

Johanna!

Der Klassiker: Rettung in letzter Sekunde.

Johanna
sorry, geht gerade nicht
wir haben überraschend
besuch bekommen
ist leider schlecht mit pennen

Shit.

Vor ihr sitzt Mama, noch immer im Schneidersitz, schweigt Alinas Schreiattacke tot und nippt an ihrem Glas Wasser für die Nacht, um was zu tun zu haben, nicht um zu trinken. Schließt die Augen und verzerrt das Gesicht, gleich heult sie wieder.

Alina lässt sich Kopf voraus ins Kissen fallen. Ist die RomCom doch noch zuverlässig ins Drama gekippt. War ja klar. Ist ja auch ihr Leben und nicht Happy-happy-Hollywood. Sie wälzt sich auf die Seite, kuckt ihre Mutter an.

»Mama … du weißt, dass das echt krass ist. Und definitiv *born to lose*.«

Mama zuckt nur mit den Schultern und juckt sich die Nase.

Alina versucht ein Lächeln. Kriegt es nicht hin. Aber sie muss. Ein schiefes Grinsen ist alles, was ihr gelingt. Sie schließt die Augen. Wenn der letzte Abend nicht als *Das große Flennen* in die Familiengeschichte eingehen soll, muss sie jetzt alle Zweifel runterschlucken, muss diese verrückteste Idee in einer langen Reihe von verrückten Ideen zulassen. In dem alternativen Clownuniversum, in dem ihre Mutter lebt, ist das sogar eine *gute* Idee – das muss man sich mal vorstellen.

Mama will eine Hand auf ihren Arm legen, aber Alina rückt weg. Mama seufzt, rollt sich auf den Rücken und starrt die Decke an.

»Ist ja nur, bis wir was anderes gefunden haben.«

»*Wir?* Ich such mir einen Job und zieh sobald es geht in eine WG. Spätestens mit achtzehn.«

Also nächsten Monat.

Mama pustet langsam Luft aus. In ihrem Gesicht geht eine Ära zu Ende. Sie schließt die Augen.

»Ich meine, nach dem Abi wollte ich eh weg. Das weißt du doch.«

Ihre Mutter öffnet die Augen und dreht den Kopf.

»Ja, aber bis dahin ist es noch ein Jahr!«

Geht es merkbefreiter?

Rafft ihre Mama wirklich nicht, was für ein Haufen Scheiße das für Alina ist, bei den Cotzensens zu wohnen?

»Das ist nur noch ein halbes Jahr, Abi schreib ich im Mai.«

»Aber willst du fürs Abitur lernen, in einer WG, wo ständig Party ist? Und nebenbei arbeiten? Ich hoffe, du weißt, dass die Schule trotz allem vorgeht.«

»Ey, Mama, jetzt nerv mich nicht.«

»Ich sag ja nur.«

»Wenn du weiter nervst, breche ich die Schule *sofort* ab. Ich könnte direkt Vollzeit bei DNApp anfangen«, behauptet sie einfach mal.

Sie schweigen eine ganze Weile, Alina will nicht mehr reden, will nur noch schlafen, würde am liebsten ihre Matratze rübertragen, aber irgendwie muss sie den Abend ohne Geheule über die Ziellinie bringen. Also hockt sie sich vor den Kassettenrekorder, um *Das Bergmonster* anzumachen, doch bevor sie *play* drücken kann, fragt Mama: »Weißt du eigentlich, wo Corvins Mutter ist? Hat er je von ihr erzählt?«

Alina schüttelt den Kopf. Jetzt will die auch noch Infos über ihren Lover einholen oder was? Sie drückt auf *play*. Mama fährt leider fort.

»Wohnt die auch in Hamburg? Ist er manchmal bei ihr?«

Alina rammt den Zeigefinger auf die Stopptaste.

»Ey, Mama, NEIN. Und sie hat ihn auch noch nie von der Schule abgeholt, und er hat auch kein Foto von ihr im Federmäppchen. Warum fragst du nicht den DEN URS?«

Pause Mama, dann:

»Ich habe ihm von Falk und mir erzählt. Aber leider weiß ich nicht, wie es ihm mit seiner Ex-Frau ergangen ist. Und ich mochte nicht bohren. Sie waren doch verheiratet, oder?«

Alina richtet sich auf und schlägt sich an den Vorderschädel. *Patsch!*

»Jetzt fällt es mir wieder ein, Mama, gut dass du noch mal fragst: Ich habe eine Akte über den Fall, in dem alle Details der Beziehung verzeichnet sind. Was möchtest du wissen?« Sie blättert ein paar unsichtbare Seiten um, leckt sich die Fingerspitzen an und blättert weiter. »Vielleicht etwas zum Thema sexuelle Vorlieben? Erst die der Frau oder lieber erst die von DEM URS?«

Sie starrt Mama eine Weile an, die verzieht den Mund, kneift die Lippen aufeinander und widmet sich wieder der Zimmerdeckenbetrachtung.

Alina, wieder in Hockposition, legt den Finger auf die Playtaste, aber Mama ist noch nicht fertig.

»Ich weiß doch auch, dass es verrückt ist. Aber wann habe ich das letzte Mal etwas Verrücktes gemacht? Ich war mal *die verrückte Ulli*, weißt du noch?«

»Du *warst*?«, fragt Alina betont ungläubig.

»Nein. Ich *bin*. Urs und ich wollen heiraten.«

Alina dreht sich zu Mama, ob die einen Scherz macht, aber nein, die meint das ernst.

Es ist also offiziell: Ihre Mutter ist geistesgestört.

Alina lässt ihren Kopf in die Handflächen sacken, schließt die Augen und sich in ihrem Kopf ein, allein mit einem Gedanken, der dort schon einige Zeit auf sie gewartet hat: Vielleicht ist sie einfach für immer dazu verdammt, zusammen mit ihrer Mutter zu leben. Um auf sie aufzupassen. Die kommt doch allein überhaupt nicht klar. Und irgendwann ist Alina sechzig und Mama fast neunzig und hat Alzheimer, und sie muss Mama wickeln und im Rolli um den Block schieben, man kennt sie im Viertel, die zwei, die immer noch zusammen wohnen, dieses Mutter-Tochter-Gespann; die verrücktes Zeug brabbelnde Alte und die grummelige Tochter, die immer sofort rumbrüllt, wenn ein paar Kinder auf der Straße spielen, und die Nachbarn lachen heimlich, so wie Alina und Mama heimlich über den alten Vater und seinen erwachsenen Sohn lachen, in der zweiten Etage wohnen die, beide dick und ungepflegt, zwei Freaks, die angeblich noch in einem Bett schlafen, und dann explodiert es aus Alina raus, ein verzweifeltes Lachen, gleichzeitig schießen ihr die Tränen in die Augen, es ist einfach zu viel, zu verrückt, zu Mama.

Aber so richtig

Alina Beinert, Superpower: Luft sein, schwarzer Gürtel im Austicken, ist in noch einer Sache Großmeisterin: Erpressen. Also spielt sie noch mal die Schulkarte und sagt, dass sie die Schule sofort abbricht, sollte Mama tatsächlich Herrn Cotzensen heiraten. Wenn sie in einem halben Jahr ihr Abi hat und in Japan oder Kalifornien ist, kann Mama immer noch heiraten, dann muss sie wenigstens nicht dabei sein. Sollte sich das mit der Seelenverwandtschaft über den ersten Rosa-Brillen-Rausch hinaus als beständig erweisen. Wovon selbstverständlich nicht auszugehen ist – dass man da überhaupt ernsthaft Drohungen aussprechen muss.

Und dann ist Umzugstag. Erst mal geht es mit Mama in der Bahn nach Hammerbrooklyn. Der Laster mit dem Kram der Jungs ist schon da, alle helfen mit: Alina und Mama, Malte, Hanuta und Karl aus der WG, deren Kumpels, sogar Benni und Jonas aus der alten Schweige-Klasse vom Suder. Benni nickt ihr immerhin zu, zusammen mit Jonas trägt sie Maltes riesige Schreibtischplatte, und sie fluchen gemeinsam, weil die so scheiße schwer ist. Zum Glück hat das Gebäude einen Lastenfahrstuhl, der sogar, wie bei Superreichen im Film, direkt in der

Wohnung hält, wenn man den Haustürschlüssel bei »3. Stockwerk« reinsteckt. Und die Etage ist ein richtiger Flash, auch wenn einiges gemacht werden muss, ziemlich roh alles noch. Aber Platz ohne Ende.

Nachmittags ist dann endlich die Gaußstraße dran, sie bilden eine Kette durchs Treppenhaus, Frau Gerdes kuckt aus der Tür und reicht wenig später eklige Wurstbrote raus, ein paar der Jungs greifen tatsächlich zu und stopfen sich den Oma-Schrott so rein, als müssten sie essen erst noch lernen.

In Allermöhe bleibt Alina im Auto sitzen, während die Jungs die paar auseinandergebauten IKEA-Möbel in den Schuppen tragen, dauert keine Viertelstunde. Später bei den Carstensens öffnet ihnen dann ein strahlender Corvin die Tür. Er kann sein Glück nicht fassen und steht oben am Ende der Treppe, um die Umzugshelfer mit den Ulli- und Alina-Kisten in die richtigen Zimmer zu dirigieren. Angeblich darf er nicht schwer heben.

Als der Laster endlich leer ist und sie mit den Jungs draußen zum Abschied noch eine raucht, fragt Malte: »Und, kommst du noch mit zu uns, Feierabendbierchen?«

Alina verschluckt sich fast an der Zigarette.

Natürlich kommt sie noch mit in die Jungs-WG nach Hammerbrooklyn auf ein Feierabendbierchen. Und aus dem einen werden zwei Bierchen, und aus den zweien werden drei Bierchen und ein Joint, den der trantütige Hanuta im Halbschlaf rollt, und nach dem vierten Bier will sie hier nie, nie wieder weg. Aber sie muss. Nach Eimsbüttel. In *ihre* WG.

Noch einigermaßen beseelt von der ganzen Aktion, dem Umzug, den älteren Jungs, der coolen Etage, von Malte, steigt sie in die Bahn, doch die Beseelung will nicht mitfahren, nur ein schwacher Abglanz setzt sich neben sie, und mit jedem Meter, den die Bahn in Richtung Cotzensens zurücklegt, dunkelt auch der sich ab und ist schon bald noch weniger als eine Erinnerung.

Corvin hat für Mama und sie Schlüssel machen lassen, mit Motiv auf dem Kopf – für Mama eine Katze (*Oh, Corvin, wie niiiiiiedlich!*) und für Alina doch tatsächlich ein Scheiße-Emoji (*Oh, danke, wie passend!*), da musste sie dann doch kurz lachen über diesen Weirdo, und als sie den Schlüssel nun zum ersten Mal ins Schloss stecken will, hofft sie, dass er nicht passt, und weil alle schon schlafen und keiner ihr Klingeln hört, muss sie leider bei Malte anrufen und zurück nach Hammerbrooklyn fahren und in der WG übernachten.

Leider passt der Schlüssel, sie betrachtet das aufgedruckte Emoji und denkt: Scheiße.

Alle sind schon im Bett, zum Glück, Alina ist einigermaßen endfertig von Weed und Bier und Umzug und allem. Sie schleicht die Treppe hoch, öffnet leise die Tür, und dann steht sie in ihrem Zimmer bei den Cotzensens, und wenn's nach Mama ginge, müsste sie sich jetzt freuen. Und klar, mit Clownsaugen betrachtet: So ein großes Zimmer hatte Alina noch nie. Ein riesiges Bett mit einer riesigen Decke für mindestens zwei – frisch bezogen, mit einer kleinen Tafel Schoki auf dem Kissen, wie im Hotel. Total nett.

Doch mit Alina-Augen betrachtet: wohnt sie jetzt in einem Hotel, mit einer Bande Weirdos und Verrückter, *Psycho II*. Sie denkt an die riesige WG in Hammerbrooklyn, und dann an Allermöhe, und dass sie den Haufen Scheiße jetzt viel lieber essen würde, und sie fegt die Schoki beiseite, drückt sich ein Kissen ins Gesicht und schreit hinein, bis das Kissen und ihr Gesicht voller Sabber sind. Sie wischt sich den Rotz mit dem Bezug ab und schleudert das Kissen quer durch den Raum.

Das kann doch jetzt unmöglich ihr Leben sein.

Ihr Blick streift durchs Zimmer. Letzte Spuren von Corvins Schwester Nina sind noch da, eine Fotopinnwand hängt über dem Schreibtisch. Alina steht auf und geht rüber, macht die Schreibtischlampe an. Ganz oben rechts das Foto einer Frau neben einer Staffelei, Haare zum Bob, französischer Typ. Sieht aus wie 70er oder noch älter, schwer zu sagen, schwarz-weiß. Sonst nur Zeitungsschnipsel und Surfertypen, Truppe Mädels am Strand, Lagerfeuer. Eine junge Frau ist mehrmals zu sehen, das muss Nina sein, ein leicht pausbäckiger, nicht unsympathischer Typ mit kurzen blonden Haaren, wie fast alles an der Wand sportlich. Man sieht sie beim Klettern, beim Rafting. Und, ach du scheiße, nee. Da ist sie tatsächlich auf einem Foto mit JeanX.

Alina spürt einen Stich. Als Alina JeanX entdeckt hat, war sie noch voll unbekannt, 500 Follower. Hat erst mit Fitnessübungen und vegetarischen Kochvideos begonnen, nicht der übliche Tableshot-Scheiß in sechzig Sekunden, nee, richtig Kochsendung-Style mit Gästen und labern, aber wo auch mal was schiefgeht und eine Pfanne in Flammen steht. Dann ist sie irgendwann auf Weltreise gegangen und hat auf Englisch weitergemacht. Da sind die Follower-Zahlen explodiert. Die Videos, in denen sie ihre Workouts in den abgefahrensten Landschaften macht, werden millionenfach rund um den Globus geklickt. Es gibt Mash-ups, unterlegt mit Techno-Mixen, eins sogar von 'nem voll berühmten Ami-DJ: rhythmisch geschnittene Szenen aus all ihren Routinen, JeanX beim Yoga in Russland, Pilates in Israel, Tai-Chi in Nigeria. Dazu kocht sie jetzt mit den Einheimischen, genauso chaotisch, alte indische Muttis mit rotem Punkt auf der Stirn lachen sich hart kaputt mit ihr, das Product Placement hält sich in Grenzen oder scheint von Herzen zu kommen. Und dann sind vor fünf Monaten alle ihre Kanäle plötzlich verstummt. Ein letzter Post aus Nepal. *Macht euch keine Sorgen #neueUfer #sowieeswirklichwar #sweww.* Keine Bilder mehr, keine Videos oder Storys, keine Pressemitteilung, nur wilde Gerüchte auf den Fanseiten und auf Twitter. Entführt. Gestorben. Auf Drogen. Fett geworden. *#sweww.*

Alina hat jetzt eine Weile nicht mehr an sie gedacht, erst, als ihr beim Umzug das Foto in die Finger fiel. Und jetzt schon wieder. Hoffentlich geht's ihr gut, denkt sie, aber was für'n Schwachsinn, die hat doch ausgesorgt. Außerdem ist der doch egal, was eine Alina Beinert denkt.

Sie prüft die Schubladen, sind aber abgeschlossen. Die kleine Schranktür unterm Schreibtisch auch. Jetzt könnte sie gut Lockpickingskills gebrauchen. Kim. Sofort geht das Traumkino wieder los, sie zieht bei Kim ein, die natürlich ein Haus am Fleet und noch ein Zimmer frei hat, wie alle coolen Leute in *Alina World*.

Die Kleiderschränke und auch sonst alle Regale sind leer. Alinas Kartons stehen in der Ecke, sie hat nicht vor, sie auszupacken. Nicht, dass irgendwer denkt, sie wäre hier eingezogen.

Ihr Handy vibriert, so wie den ganzen Nachmittag und Abend schon, weil es neue Posts und Kommentare bei *MUSC* gab, aber sie hatte am Abend eindeutig Besseres zu tun, als sich den Hirnmüll ihrer Klasse durchzulesen. Das Motto dieser Woche: *In Reimen.* Sie schlurft wieder rüber zum Bett, Zähneputzen muss heute ausfallen. Nicht, dass ihr noch Corvin im Schlafanzug über den Weg läuft.

Und dann merkt sie, wie leer ihr Akku eigentlich ist, die Hände und der Rücken schmerzen vom Geschleppe, sie lässt sich erneut auf das große Bett in diesem großen Zimmer fallen, schiebt sich die kleine Tafel Schokolade am Stück in den Mund und zückt ihr Handy. Als sie sich durch die Beiträge scrollt, läuft ihr Schokosabber aus dem Mundwinkel, sie muss hochschlürfen und sich das Kinn abwischen.

Und dann merkt sie: Der Hirnmüll ist ganz genau das, was sie

jetzt braucht. Inzwischen sind auch die letzten beiden User angemeldet, zwar posten nicht alle was, aber heftig: Die meisten
sitzen zu Hause und reimen sich einen ab. Und auch, wenn das
meiste alberner Quatsch ist – Alina hat das ausgelöst. Ganz
schön krass.

Allerdings eigentlich vollkommen klar bei ihrer Glücks-
strähne, dass das am Ende noch schiefgehen wird, denkt Alina.

Die Welle II.

Und, was soll man sagen – das wird es ja auch.

Aber so richtig.

Fall gelöst

High-Buh
Bin heut Morgen aufgestanden
Und hab fest darauf bestanden
Dass ich alles hab verstanden
Außer das mit den Girlanden

Hab ein Fässchen Gin zersägt
Hab ein kleines Kind bewegt
Hab mich nach dem Sinn gefrägt
Und mich wieder hingelegt

Der-kotzende-Schwan
mega

Yung-Kujo
Göhte kann einpacken

Corvin_Cotzensen
Das mit den Girlanden
hab ich auch noch nie
verstanden 😊

Inzwischen bereut Alina, dass sie sich *Corvin_Cotzensen* genannt hat. Richtig mega schlechtes Gewissen sogar. Sie ist eigentlich die ganze Zeit nur assi zu ihm, dabei ist er doch voll der Liebe. Immer bemüht. Schenkt ihr ein Ladegerät. Macht ihr 'n Scheiße-Schlüssel. Legt Schoki aufs Kissen. Und sein Vater lässt sie, eine wildfremde Teenagerin, hier wohnen. Müsste sie sich nicht eigentlich wirklich freuen? Hat sie überhaupt schon *Danke* gesagt? Ihre Ohren glühen schlagartig orange auf – Fuck, sie ist ja voll die *Bitch!*

Sie muss das morgen gleich als Erstes hinter sich bringen: *Danke, dass wir hier wohnen dürfen, Urs,* und jetzt würde sie sich am liebsten umbenennen, von *Corvin_Cotzensen* in *Maik_Pimmel* oder *Marakujawa*. Aber sie hat bei *MUSC* mit Absicht keine Namensänderungsfunktion eingebaut. Wenn alle ständig ihre Nicknames ändern, ist ja totales Chaos.

Harry_Otter
Wir wollten gewinnen
Doch sollten verschwimmen
Gegen den Strom
Ampere und Ohm
Alzheimer Oma
Walzer ins Koma
Fettleber Opa
Jazz auf dem Sofa

BruderTornado
Alzheimer Oma Walzer ins Koma
-> pures Gold 🤍

Der-kotzende-Schwan
mega

Cotzvin
Als ich liebte
Verbrannte ich
Dich
Kannte ich
Mich
Erkannte ich nicht

Als ich liebte
Verging ich
Ließ mich gehen
Dann ging ich
Ließ dich hängen
Dann hing ich

Corvin_Cotzensen
💯 😶

Was ist das denn? Kein sexistischer Dreck, ausnahmsweise mal
Gefühle von *Cotzvin*? Ganz schön depri auch. Ob er das selbst
geschrieben hat? Alina kopiert ein paar Zeilen und googelt. Gibt
es nicht. Vielleicht reißt *Cotzvin* sich ja jetzt wirklich zusammen.

Ganja_Müller
REIMSCHLEIM
Hinter meiner Hecke
Wohnt 'ne kleine Schnecke
Heiratet den Scheich
Der ist ziemlich reich
Beim Scheich da ist es heiß
Die Schnecke braucht ein Eis
Sie beginnt zu lecken

Lässt das Eis sich schmecken
Schnecken wollen schleimen
Reimen muss nicht seimen

Corvin_Cotzensen
🐌 🍦 zu geil, Ganja

Der-kotzende-Schwan
mega

Cotzvin
@Ganja_Müller: probiers doch
zur Abwechslung mal mit Heroin
glaube das würde dir guttun

Natürlich reißt er sich *nicht* zusammen. War ja klar.

Nele_Hyne
@Cotzvin: Semmel, lösch dich mal

Das klingt gar nicht nach Nele Hein.
    Ist ja auch Johanna.
    Auch irgendwie scheiße, dass Alina das weiß.

Cotzvin
@Nele_Hyne: Das Einzige was hier gelöscht wird
ist dein Durst (mit meinem Samen)

Okay, das kann echt nur Semmel sein.

Nele_Hyne
@Cotzvin: Was hast du eigentlich für ein Problem?

Cotzvin

Meine Mutter wollte mich eigentlich abtreiben
nur weil ich sie so hart von innen gefickt hab
durfte ich länger bleiben

Nele_Hyne

Okay ich bin raus
Macht ohne mich weiter
@AlinaBeinert~ADMIN: Das ist
echt nicht ok was der hier postet

Alina hat sich längst als Admin eingeloggt.

AlinaBeinert~ADMIN

@Cotzvin:
Junge
kannst du vl
1 Gang runterschalten
muss doch nicht sein oder?

Cotzvin

@AlinaBeinert~ADMIN:
wieso Junge?
woher willst du wissen
dass ich männlich bin?
Ganz schön sexistische Mutmaßung

Shit.

   Scheiße, Shit, Fuck.

   Was soll sie denn jetzt machen? Reicht das schon, um ihn – oder sie – rauszuwerfen? Ja. Oder soll sie das Projekt besser gleich beerdigen? Wenn *Nele_Hyne* aka Johanna jetzt beleidigt zu Kujawa geht, ist sowieso sofort Schluss. Nur weil *ein* Spinner sich nicht im Griff hat. Ätzend.

AlinaBeinert~ADMIN
Also Leute
finde uncool wie das hier abgeht
Letzte Chance:
Wer noch mal gegen den Verhaltenscodex
der Schule verstößt = Rauswurf
Lasst uns doch bitte versuchen
Spaß zu haben ok? 🖤

Sofort gibt es zehn Likes.

Und ein Dislike. Von Cotzvin.

Ganja_Müller

Moment. Zehn plus eins macht elf.

Sie sind nur zu elft in der Klasse. Sie ist noch als Admin eingeloggt. Und hat ihren eigenen Beitrag auf keinen Fall selbst geliked.

AlinaBeinert~ADMIN hat keinen Mund mehr, da ist nur noch pulsierende Pappe, sie geht ins Back End und schaut sich die Liste mit den Usernamen an.

Und zählt lieber dreimal nach.

BruderTornado
Corvin_Cotzensen
Cotzvin
Der-kotzende-Schwan
ElleDorade
Ganja_Müller
Harry_Otter
High-Buh
Homo.Simpson
Nele_Hyne

Wieso gibt es *zwölf* User?

Natürlich: Semmel!

Dem musste sie am Anfang einen neuen Zugangscode machen, weil er seinen Zettel verloren hatte. Angeblich. Und was war mit Corvins erstem Code? Der hatte doch auch Probleme beim Anmelden?

Shit. Semmel oder Corvin oder irgendjemand aus der Klasse hat sich ein zweites Profil angelegt. Oder gibt es einen Bug, und jemand hat sich zweimal anmelden können? Wie kann sie das herausfinden? Irgendwelche Protokolle durchforsten, das hat sie noch nie gemacht. Sie kann unmöglich Rainer fragen, voll peinlich.

Fuck, Fuck, Fuck, die Sache wächst ihr über den Kopf. Sie muss das abbrechen. Aber was ist mit ... kann sie Kim fragen? Natürlich, Kim! Das ist die Rettung!

Sie zückt ihr Handy. *Wonder-Kim* muss da bestimmt nur einmal kurz draufkucken und hat den Fall gelöst.

cooler Typ, Mama

Dann zum ersten Mal Frühstück zu viert, und Corvin tatsächlich im Schlafanzug. Also, ernsthaft: hellblau karierte, schlabbernde Stoffhose und passendes Oberteil. Mit Flecken. Alina dachte, solche Schlafanzüge sind nur für Kinder und Rentner zugelassen.

Immerhin, die Eltern geben sich Mühe, am ersten und auch an den folgenden Tagen, ein Abschiedsküsschen ist das Heftigste, was sie ihren Kindern zumuten.

Corvins Vater arbeitet zu Hause, Fachjournalist für irgendwas Ödes, ist die meiste Zeit bei sich im Zimmer. So wie Corvin, der nach der Schule auch sofort in seinem Zimmer verschwindet und, ja, was eigentlich, Krabbelviecher beobachtet und neue Flecken auf seinen Schlafanzug macht, wahrscheinlich. Alina schweigt sich größtenteils durchs Frühstück. Auch Vater und Sohn reden so gut wie nie miteinander, normal.

Nach der ersten Woche, Mama ist putzen, steht Alina in der Küche und macht gerade eine Kanne Kaffee. Kim will gleich mal mit ihr auf den Code schauen. Urs kommt die Treppe runtergeschlendert und betritt die Küche, sie sind das erste Mal zu zweit.

»Mmmmmh …«

Er hebt die Nase in die Luft, schnuppert extra laut und nickt ihr zu.

»Willst du auch einen?«, fragt Alina.

Urs lächelt beglückt. »Genau deshalb bin ich gekommen!«

Sie nimmt einen Becher aus dem Regal und gießt ein. Er trinkt schwarz.

»Danke.«

Den Rest füllt sie in eine Thermoskanne um und stellt sie mit zwei Bechern und Löffeln und Zucker und Milchkännchen auf ein Tablett. Alina weiß nicht, ob sie einfach hoch in ihr Zimmer gehen kann, weil Urs sich an den Tresen gelehnt hat, dort seinen Kaffee trinkt und sie beobachtet. Sie will sich gerade das Tablett nehmen, da fragt er: »Kriegst du Besuch?«

»Oh, ja, ach … hatte ich gar nicht gefragt, ob … ist das okay?«

»Klar.« Er schlürft den ersten, immer zu heißen Schluck.

»Sorry, ich …«, ja, was denn eigentlich? *Ich dachte, das ist jetzt mein Haus und ich kann hier machen was ich will?*

»Nächstes Mal einfach vorher Bescheid sagen. Würd ganz gern wissen, wer hier so ein und aus geht.«

Er lächelt, mild, und nickt zwinkernd. Könnte auch Lehrer sein, so ein netter, langweiliger Geschichtslehrer, der den Mädchen immer einen Punkt mehr gibt als den Jungs.

Alina nickt zurück. »Na klar. Sorry. Hätte ich auch selbst drauf kommen können.«

»Und natürlich keine Partys. Zu denen ich nicht eingeladen bin.«

Urs grinst breit und sie auch, uff. Sein Handy in der Tasche brummt, er ignoriert es.

»Und, wer kommt? Dein Freund?«

»Nein, eine Freundin … eher 'ne Kollegin, kenn ich vom Praktikum. Die hilft mir bei meinem Projekt.«

»Ach, habt ihr da nicht heute beim Frühstück drüber geredet? Dieses *anonyme Facebook ohne Bilder*, oder wie du es Ulli erklärt hast?«

»Ja.«

Ihr Handy, das mit dem Display nach unten auf dem Küchentresen liegt, blitzt. Sie schaut nach, ein neues Posting bei *MUSC*.

»Und, ist das gut angelaufen? Es klang, als wärt ihr schon richtig aktiv?«

Alina grinst und winkt mit dem Handy.

»Grad hat wieder einer was gepostet. Die ganze Klasse ist dabei. Geht ganz gut ab.«

»Und alle anonym?«

Alina nickt. Wenn der erfährt, dass es gleich drei kotzende Corvins gibt, findet der das bestimmt nicht witzig. Der wird wissen, was sein Sohn für ein Loser ist. Corvin hat doch bestimmt

125

noch nie Freunde mit nach Hause gebracht. Freundinnen schon gar nicht.

»Echt spannend. Und wieso keine Bilder? Videos wahrscheinlich auch nicht?«

»Nein, die Idee ist, damit kreativ zu werden. Also, mit Texten.«

»Das finde ich ja richtig gut, muss ich schon sagen. Wie bist du denn darauf gekommen? Schreibst du?«

Sie wird in einer Sekunde zehn Jahre älter. Diese Frage hat ihr noch nie jemand gestellt. Bei Urs klingt das, als wäre es eine normale Frage, auf die man beiläufig mit »Ja« antworten kann.

»Ja«, antwortet sie beiläufig. »Wie so'n Blog, aber nur für mich. Früher auch mal Geschichten oder so.«

»Toll. Falls du mal was zeigen willst, ich würde es lesen. Ich arbeite ja auch mit Text.«

Das meint der genau so ernst wie sein Lächeln. Nicht, dass sie auf Ältere steht, aber sie rafft langsam, warum Mama den Typen hot findet.

»Ooch, nee, das ist echt nur so für mich.«

Urs nickt und trinkt weiter seinen Kaffee.

»Liest du denn viel?«, fragt er.

»Ja, schon. Hab eigentlich immer ein Buch am Start.«

Urs seufzt. »Bei Corvin hat das leider irgendwann aufgehört. Der liest höchstens noch Comics.«

»Ach, ich hab auch 'ne Zeitlang nur Mangas gesuchtet. Irgendwann fängt man wieder mit Büchern an.«

Er schaut aus dem Fenster, scheint sie gar nicht gehört zu haben. »Und dabei haben wir so eine gut sortierte Bibliothek.« Urs schüttelt den Kopf, pustet auf seinen Kaffee und trinkt ein paar Schlucke.

»Echt? Wo denn?«

Er sieht sie an, als hätte sie ihn bei irgendwas unterbrochen.

»Oben. In meinem Arbeitsraum.«

»Cool. Kann … *ich* mir denn vielleicht mal was leihen? Würd ja gern mal kucken.«

»Ja, also jetzt gerade ist schlecht … ich habe nicht aufgeräumt.«

Alina kuckt ihn gespielt vorwurfsvoll an. »Das ist aber ganz schlimm, Urs.«

Er kichert. »Aber bekommst du nicht gleich Besuch?«

Sie kuckt noch mal aufs Handy.

»In 'ner Viertelstunde.«

»Na gut. Dann komm mit. Aber lass mich kurz noch die Heroinspritzen wegschaffen, ja?«

Alina muss lachen. Okay, Mama, der Urs ist ja auch noch *witzig*.

Vor der Tür am Ende des oberen Flurs bleibt er kurz stehen, kramt in der Tasche und schließt auf. Sie betreten ein helles, riesiges Zimmer, rechts eine Bücherwand, die weiter hinten zu einer Schallplattenwand wird, wo ein teuer aussehender Plattenspieler auf einem Schrein thront, davor, im *Sweet Spot*, ein Sessel und rechts an der Wand ein Sofa. Die schlanken, hohen Boxen sehen auch nicht gerade nach Sonderangebot aus und stehen auf so kleinen Spitzen. In der Mitte des Raums ein Schreibtisch mit großem Monitor. Sehr großem Monitor. Die Seite zum Garten ist vollverglast, man sieht einen holzgetäfelten Balkon mit Korbmöbeln und ein Stück schmutzigen Himmel, von herbstroten Bäumen eingerahmt. Auf der linken Seite des Raumes, und da hat Urs jetzt wirklich nicht übertrieben: eine kleine Bibliothek. Drei Regale ragen in den Raum und bilden mit weiteren Regalen an der Wand Buchten voller Bücher. Eine mobile, hölzerne Miniwendeltreppe steht in einem der Gänge. Hammer.

Urs geht zum Sofa, nimmt eine vom Mittagsschlaf zerwühlte Wolldecke und faltet sie ordentlich zusammen. Dann greift er zwischen Platten- und Bücherregal, und gegenüber in der Bibliothek wird es hell.

Alina geht langsam auf die Bücherwände zu. Urs folgt ihr.

Es klingelt. Kim.

Alina kuckt aufs Handy. Zehn Minuten zu früh.

Sie dreht sich zu Urs. »Ich glaube, mein Besuch ist da.«

Er setzt sich auf die Kante seines Schreibtischs.

»Na, du wohnst ja jetzt gleich um die Ecke. Dann machen wir das ein andermal.«

Er zwinkert ihr ein Lächeln zu.

»Ja, gern.«

Sein Po berührt die Maus, der Bildschirm wacht auf. Ein riesiges Word-Dokument erscheint. Hilfe, ist das albern. Dafür braucht er dieses Geschoss von Screen? Ist er so kurzsichtig? Sie könnte es fast von dort, wo sie steht, lesen. Schnell senkt sie den Blick, unterm Schreibtisch steht ein PC, sieht neu und fett aus.

»Alter, dicke Kiste.«

Urs grinst.

»Ja, ich digitalisiere nach und nach unsere alten Familienvideos, bevor die Tapes vergammeln. Da hab ich mir mal was Vernünftiges gegönnt.«

Früher waren es Modelleisenbahnen, jetzt digitalisieren die Daddys alte Videos. Es klingelt noch mal, sie winkt und lächelt und beeilt sich.

Während sie die Treppe runterfliegt, denkt sie an Mama und an Urs. Na gut, sein Plattenspieler, die Boxen, das ganze High-End-Spielzeug ist schon bisschen peinlo, aber ansonsten, doch doch, cooler Typ, Mama.

Wo kann man hier rauchen?

»Man benötigt also den Link und ein zufällig generiertes Passwort. Die Passwörter funktionieren zuverlässig nur einmal, das haben wir gecheckt. Du hast an Corvin und …?«, Kim sitzt an ihrem Laptop, schaut fragend zu ihr.

»Semmel.«

»… an Corvin und Semmel einen zusätzlichen Code rausgegeben, weil er angeblich nicht funktionierte beziehungsweise weil er seinen verloren hatte. Wir können zwar nachvollziehen, wann welcher Code benutzt wurde, aber nicht von wem – weil ihr gelost habt.«

»Das ist alles korrekt, Frau Adenauer.«

Kim tippt sich mit der Fingerkuppe gegen die Lippen, ganz schnell, und hört erst mal nicht damit auf.

»Zwei Personen haben einen neuen Code eingefordert und könnten sich theoretisch ein zusätzliches Profil angelegt haben: Semmel oder Corvin.«

»Aber Corvin fällt wirklich aus, das ist der absolute Technik-Honk. Der checkt gar nichts.«

»Ich würde erst mal niemanden aufgrund von Mutmaßungen ausschließen.«

Alina nickt, Kim fährt fort.

»Also, wer auch immer – falls jemand zwei Profile angelegt hat und zwischen diesen hin- und herwechselt, würde man das an den Login-Zeiten im Protokoll erkennen. Die zwei Nutzer wären signifikant oft direkt nacheinander online und definitiv niemals gleichzeitig. Aber …«, sie öffnet eine Tabelle, »… wenn man die Login-Zeiten aller Profile miteinander abgleicht, gibt es diesen Fall schlicht nicht.«

Alina hockt mit angezogen Knien in ihrem Sessel, trinkt Kaffee und lauscht und betrachtet Kim.

»Vermutlich hat Semmel den Link und den Code einfach einem Kumpel gegeben, damit sie ein bisschen Spaß zusammen haben können«, sagt Kim, lehnt sich zurück, und verschränkt die Hände hinterm Kopf.

Alina trinkt ihren Kaffee aus.

»Klingt leider einleuchtend.«

»Klingt leider *zu* einleuchtend. Was ist mit eurem Lehrer, wie genau weiß der über diese Anmeldeprozedur mit den zugelosten Passwörtern Bescheid?«

»Herr Kujawa? Der weiß alles. Ich hab das ja in der Klasse präsentiert und die Codes im Unterricht verteilt, am freien Freitag.«

»Kennt er auch den Link zur Web-App?«

»Nein.«

»Konnte er da irgendwie dran gelangen? Hatte er beispielsweise Zugang zu einem Schüler-Handy?«

Alina will natürlich *Nein* sagen, reißt aber die Augen auf.

»Er hat mir meins im Unterricht abgenommen! Weil ich unterm Tisch ein Video gekuckt habe. Es war also entsperrt, er hat das Video noch weiterlaufen lassen und dumme Sprüche gemacht, als er damit rausgegangen ist. Da konnte er sich auf dem Weg ins Lehrerzimmer schön auf meinem Smartphone umsehen, bevor es dort in den Handyknast kam.«

Kim zieht die Augenbrauen so hoch es geht. »Soso.«

Sie lächelt. »Kujawa kennt das Prozedere. Er weiß, wann ihr das Projekt startet. Er sieht den Zettel mit dem Zugangscode bei Semmel auf dem Tisch liegen und nimmt ihn unbemerkt an sich. Jetzt fehlt ihm noch der Link, den du nur an die Klasse verschickt hast. Als er dein Handy einsammelt, weiß er, wonach er suchen muss. Die Seite mit der Web-App ist vermutlich offen. Ist der Link lang?«

»Lang genug, dass man ihn sich nicht einfach so merken kann.«

»Okay. Da er keine Nachrichten von deinem Telefon verschicken kann, ohne Spuren zu hinterlassen, schreibt er den Link der Web-App ab – und registriert sich später in Ruhe von seinem Handy aus mit dem von Semmel entwendeten Code.«

Kim nickt zufrieden. »Was meinst du? Würde er seine eigenen Schüler stalken? Ist er pervers?«

»Ich weiß nicht. Er liebt Stepptanz und Barbara Schöneberger.«

»Dann ist er vielleicht schwul, aber nicht pervers.«

»Es würde schon irgendwie passen. Er hat anfangs Bedenken angemeldet bei dem Projekt. Wollte am liebsten als Moderator oder Sittenwächter mit dabei sein.«

Alina fällt die Aktion mit der handyfreien Woche ein, sie erzählt Kim, wie er anonym ein Konzept für die Projektwoche eingereicht hat.

Kim nickt erneut.

»Alles klar. Ich glaube, Kujawa ist unser Mann. Weißt du noch, an welchem Tag und zu welcher Uhrzeit er dir das Handy abgenommen hat?«

»Aber sicher.«

»Dann kann er nur einer der User sein, die sich *nach* diesem Zeitpunkt registriert haben.«

Alina sagt ihr das Datum von Montag und die Zeit, Kim fängt an zu tippen und zu klicken und liest vor:

»*High-Buh* oder *Yung-Kujo.*«

»Oh Mann, natürlich.« Alina nimmt sich ihren Tabak und dreht sich eine. »Dieser Witzbold. *Kujo* ist unser Spitzname für Kujawa.«

»Und dazu ist *Yung-Kujo* der einzige User, der noch nichts gepostet und nur *einen* Kommentar abgesetzt hat.«

»Welchen?«

»Warte …«, Kim tippt, »Hier. *Göhte kann einpacken.*«

»Herr Kujawa ist Goethejünger. Der ist es.«

»Keine vorschnellen Festlegungen. Verlassen wir mal die Schule. Kennt irgendjemand deinen Handy-Code? Deine Mutter?«

»Glaub mir, meine Mutter fällt vollkommen aus. Die ist noch technikdümmer als Corvin. Sie dachte bis vor Kurzem, dass Siri ein Callcenter ist.«

»Irgendwelche Freundinnen? Oder dein Vater?«

Ach du Scheiße.

»Fuck. Da sagst du was … Simon, ein Kumpel von meinem … Ziehvater. Dem hab ich die App mal gezeigt. Er wollte unbedingt kucken, meinte, er will den Jugendslang checken, weil er Songschreiber ist. Der war auch 'ne Zeitlang mit meinem Handy allein, als wir draußen eine geraucht haben und ich nach dem Hund kucken musste.«

»Ist der fit? Der hatte ja keinen Code. Checkt der das, sich einen Zugangscode zu generieren, in der kurzen Zeit?«

»Keine Ahnung. Wenn ich als Admin eingeloggt war, musste er nur ins Menü gehen und auf ›neuer User‹ klicken. Dann kommt sogar so ein Infotext mit dem Code. Also, ja … kann schon sein.«

Kim steht auf. »Wo kann man hier rauchen?«

Traum

Kujawa, Simon oder Semmel?

Ist Kujawa so sick? Er kommt zwar nicht als *Cotzvin* in Frage, weil er sich nur als *Yung-Kujo* oder *High-Buh* angemeldet haben kann, aber selbst wenn er nur seelenruhig mitliest: Das kann er doch nicht machen als Lehrer – wenn das rauskommt? Und Simon kann es eigentlich auch nicht sein. Sich in so kurzer Zeit in *das App* zurechtzufinden und einen Code zu generieren ist definitiv zu advanced für ihn. Wahrscheinlich also einfach Semmel, der es geil findet, mit einem Kumpel zusammen abzuhaten.

Aber egal, nach ihrer Ansage als Admin geht es bei *MUSC* jetzt einigermaßen gesittet zu, und irgendwann denkt Alina nicht mehr über den zwölften User nach. Das Geflatter und Gesumme, das Malte in ihr ausgelöst hat, übertönt sowieso alles andere. Neulich nach dem Umzug hat sie noch mit allen Jungs Nummern getauscht, zwei Mal war sie seitdem schon zu Besuch, in der Wohnküche abhängen. Fühlt sich fast schon normal an, dass sie heute wieder zum Chillen in Hammerbrooklyn vorbeischaut. Mit der S3 über Hauptbahnhof, noch vor den Elbbrücken raus, schon ziemlich am Arsch der Stadtteil, und dirty, aber cool, vor allem mit Musik in den Ohren. Sie muss ein Stück zu Fuß gehen, zwischendurch ein Kanal mit Hausbooten, dann wieder Bürogebäude und fettige Fressbudenstände. Die WG ist in einer ausgebauten Fabriketage, unten ist ein Studio drin, vor der Tür wird langhaarig gekifft.

Sie würde natürlich gern wie beim Umzug mit dem Fahrstuhl direkt in die Wohnung fahren. Aber leider hat sie keinen Schlüssel und muss die Treppe nehmen.

Wie gern sie da wohnen würde, echt mal: mega Wohnküche mit Kicker und in der Ecke ein 4K Screen mit Playsi. Jeder hat eine Hochebene in sein Zimmer gezogen, alles riesig und rough und arschcool bei den dreien. Malte, Hanuta und Karl. Letzterer nervt leider. Ein gnubbeliger Flummi mit Ohrtunneln, nonstop die Bong am Hals, der von sich immer nur als »der Kärl« spricht, mit »ä«, wie Alina einer Nachricht auf dem Block an der Küchenwand entnimmt. Er sagt alles in ulkiger Betonung. Wenn man ihn fragt, »Wie geht's?«, dann antwortet er »Dem Kärl geht es gut«, wie ein Character von *Southpark*, Kiekser, Glucksen, vollkommen aggressiv machend und ultra nervig. Stellt sich schnell heraus, dass er nicht nur viel, sondern auch viel Scheiße redet, ausschließlich, wenn man ehrlich ist. Hanuta hingegen ist stumm. Alina hat ihn ohne Scheiß noch nicht ein einziges Mal reden hören. Er kann schon was hören, nur sprechen will er anscheinend nicht. Aber nicht arrogant, kuckt immer voll schüchtern weg. Vielleicht hat er ja das gleiche Problem wie Raj von *Big Bang Theory*. Ein langer, langlockiger Schlaks mit Hakennase und Augenlidern auf halbmast, auch wenn er nicht bekifft ist. Was in dieser WG relativ selten der Fall ist. Haut- und Haarfarbe kommen aus einem Land, das deutlich mehr Sonnenstunden als Deutschland abkriegt. *Woher er kommt,* fragt sie aber lieber nicht – wenn sie eins von Twitter gelernt hat, dann das.

Malte, Hanuta und Alina sitzen am Küchentisch bei der zweiten Flasche Wein und reden erst über Maltes Comics und dann über Mangas. Hanuta sagt wie immer nichts, *der Kärl* mischt sich von Zeit zu Zeit aus der Daddelecke ein. Mit dem Rücken zu ihnen metzelt er sich gerade durch einen Fantasy-Porno, jagt irgendwelche Elfenkriegerinnen über den Screen und stöhnt lustvoll mit, wenn sie getroffen werden. Ja, ja, ist bloß ein Spiel. Jetzt schnellt er nach vorn, reißt den Controller nach links, brüllt:

»NIMM DAS, NUTTE!«, jubiliert, steht auf und zieht triumphierend an der unsichtbaren Leine einer Lkw-Lufthupe, mitsamt langem Trötengeräusch, während eine prollige Stimme aus Richtung Screen seinen Sieg verkündet.

Alina wirft Malte einen fragenden Blick zu, der zieht entschuldigend die Augenbrauen in die Höhe und macht eine Darein-da-raus-Geste durch den Kopf. Hanuta betrachtet sein Teeglas. Sieht türkisch aus. Das Teeglas.

Am Wochenende kommen noch andere Kollegen dazu, ältere, ein paar kennt sie vom Umzug, auch manchmal Mädels, zum Teil ganz cool, die meisten *zu* cool, so zwei Punklesben, die ihr noch härter auf die Titten glotzen als der Kärl. Eine Freundin hat aber anscheinend keiner von den Jungs. Benni aus der alten Klasse ist gelegentlich auch am Start, normal, redet jetzt mit ihr, als wär nie was gewesen, und sie folgen sich sogar auf Insta, obwohl sie kaum was postet und ihr Profil auf privat hat.

Allein mit Malte ist sie leider nie. Sie will so gern mal dabei zuhören, wenn er Cello übt, aber er meint, er ist zu schlecht, das ist ihm peinlich.

Und in *ihrer* WG, das muss sie leider zugeben, läuft es tagsüber einigermaßen easy mit Mama und den Cotzensens – nur nachts, da gibt es ein Problem. Das Haus ist nämlich hellhörig. Und man kann unten den Urs und die Ulli hören. Sie sind sehr engagiert und mit anhaltender Begeisterung bei der Sache, das wird selbst in der Etage darüber noch deutlich. Alina geht jedenfalls nur noch mit AirPods ins Bett, acht Stunden »Sleep« von Max Richter auf den Ohren, zwar Dad-Musik, aber anders ist das alles nicht auszuhalten.

Trotzdem: Langsam kommt Ruhe in Alinas neues Leben.

Aber ist ja kein Geheimnis, dass das nie lange so bleibt.

Denn schon in einer der folgenden Nächte, sie schwebt wie in Nährlösung mit dem Schlaf-Soundtrack durch die Dunkelheit, wacht sie davon auf, dass sie angestupst wird. Corvin? Bitte nicht. Sie riecht Alkohol. Mama? Die Silhouette passt nicht, und die würde auch »Lini-Maus, wach auf« oder irgendeinen Scheiß flüstern. Aber die Person steht da und sagt nichts. Ist Corvins Schwester unangemeldet wiedergekommen, Nina? Und wundert sich, dass ihr Bett belegt ist?

»Äh, hallo?«, fragt Alina, pult die Stöpsel aus den Ohren und richtet sich auf. Tastet nach ihrem Handy.

Es ist 04:03 Uhr. Das Haus ist still. Im Dunkel des Zimmers ist kaum etwas zu erkennen, aber das Leuchten des Displays reicht, um zu sehen: Wer da leicht schwankend vor ihr steht, ist nicht Corvin. Das ist auch nicht Mama. Und definitiv nicht Corvins Schwester. Sie hebt das Handy noch höher, um ganz sicher zu gehen. Träumt sie? Das ist … JeanX. Die am Bett steht und lächelnd winkt.

Und flüstert: »Moin! Kannst du mal ein Stück rücken?«

Und dann krabbelt JeanX zu Alina unter die Decke und ist warm und riecht sehr gut nach Haut und Wein und Leben, und es ist kein Traum.

ganz normal scheiße

Am Morgen Geschrei, unten in der Küche. Alina schreckt hoch, allein im Bett. Das war kein Traum, gestern, ganz sicher nicht. Sie kuckt sich um. Da, ein Rucksack. Darauf liegt das gestreifte Shirt, das JeanX gestern anhatte. War das wirklich JeanX?

Ist JeanX die Freundin von Corvins Schwester Nina?

Und hat einen Schlüssel und spaziert hier einfach so rein? Dann durchfährt es Alina: Nicht die Hamsterbacke auf den vielen Fotos ist Corvins Schwester – sondern JeanX!

Nina Cotzensen ist JeanX ist Corvins Schwester.

Kann das sein?

Sie steht auf und zieht sich schnell an. Will zum BH greifen, überlegt, lässt es und wirft ein ärmelloses Shirt über. Geht noch ins Bad, Zähne putzen, bisschen Mascara, minimal Eyeliner, das muss reichen. Haare bürsten, sind noch nicht fettig, ein Glück. Brille lässt sie oben. Sie geht die Treppe runter, extra polterig, damit man sie kommen hört.

In der Küche geht es ab.

Auf den letzten Stufen bleibt Alina stehen, ihr Blick fällt durch den breiten, türlosen Durchgang in die Küche, sie sieht Corvin und Mama am Frühstückstisch – und Nina, die davorsteht. Den Urs kann Alina nicht sehen.

Aber hören.

»Darf ich dich daran erinnern, dass du vor ein paar Jahren ausgezogen bist? Wie ich mein Haus gestalte und mein Leben lebe, ist seitdem – Gott sei Dank – meine Sache!«

Urs kann also auch richtig laut.

Alina schleicht langsam über den Flur, bleibt im Durchgang stehen, Corvin und Mama kucken betreten auf ihre Müslischalen, Urs wütend aus dem Fenster, sitzt am Kopfende wie ein Patron, Nina, Hände in den Hüften, steht aufrecht mit Hohlkreuz, wie eine Tänzerin.

Alina ist Luft.

Mama will was sagen, aber Nina zeigt sofort auf sie und sagt scharf: »Das hier ist 'ne Familiensache. Halt dich da raus.«

Mama senkt den Kopf.

»Du kannst ja nichts dafür«, schiebt Nina hinterher, um etwas

Sanftheit bemüht, Ulli zuckt mit dem Mund und wackelt irgendwie mit dem Oberkörper.

Jetzt dreht Nina den Kopf rüber zu Alina, so schnell, es müsste eigentlich ein Geräusch machen, und mustert sie, sieht ja schließlich zum ersten Mal so richtig, zu wem sie da vergangene Nacht ins Bett gekrabbelt ist, registriert Alinas nicht vorhandenen BH und hebt völlig unpassend die Augenbraue, zwei Mal, und dreht den Kopf genauso schnell wieder zurück, als ihr Vater fortfährt.

»Wo hast du überhaupt die letzten Monate gesteckt? Unerreichbar? Wir haben uns Sorgen gemacht!«

Danke, Urs, genau das will Alina nämlich dringend wissen – und eine Million andere Follower übrigens auch.

Nina senkt den Kopf und sagt leise: »Ich habe das hohle Dasein als *IN-FLU-ÄÄNZERIN …*«, sie zieht jede Silbe und ihr Gesicht übertrieben in die Länge und Breite und lässt ihren hübschen kleinen Kopf hin- und herwackeln, »... so was von satt. *UÄRRCH!*«

Sie steckt, passend zum aggressiven Kotzgeräusch, ihren Finger in den Mund.

»Diese ganzen Events und Shootings für die Leute, die wollen, dass ich ihre Sachen anziehe oder in die Kamera halte. Nur Hohlbirnen und Schwachmat*innen.«

Sie spricht das Gendersternchen als kurze Pause, will sich Alina schon lange angewöhnen, aber kriegt es einfach nicht hin, da jedes Mal dran zu denken.

Bei Nina aka JeanX kommt es völlig selbstverständlich über die Lippen: »Wenn ich noch einmal auf so ein verficktes Blogger*innentreffen muss, wo alle den Goodiebags nachjagen und sich die Rollkoffer mit Klamotten vollstopfen, im Maul kiloweise veganes Sushi, dann erschieß ich mich. Live auf Instagram.«

Urs grinst spöttisch. »Das hätte man aber auch wirklich nicht ahnen können, dass der Beruf der *IN-FLU-ÄÄNZERIN*«, er sagt es genauso wie seine Tochter, »eine ausgesprochen dämliche und sinnbefreite Betätigung ist.«

Nina schweigt und kuckt jetzt auch aus dem Fenster. Spannender Baum anscheinend. Dann blickt sie zu ihrem Vater.

»Papa, Mareike hat mich verlassen. Mir ging es gar nicht gut in den letzten Monaten, ich musste in Ruhe über mein Leben nachdenken.«

Jetzt ist sie ganz weich, die Tränen rollen, alles echt. Ihr Vater erhebt sich langsam und geht zögerlich auf sie zu. Sie kuckt wieder weg und spricht weiter. »Und ich dachte, ich überrasche euch zu Ellas Geburtstagsfeier.«

Wer ist Ella? Die Mutter?

Urs macht noch einen Schritt auf sie zu.

»Und jetzt sind hier alle Bilder von ihr abgehängt und eine fremde Frau sitzt im Morgenmantel am Frühstückstisch.«

Sie umschlingt sich selbst und schaut zu Alinas Mama. Dann zu ihrem Vater, der jetzt vor ihr steht.

»Kannst du nicht verstehen, was das für ein Schock ist?«, quäkt sie jetzt richtig, weint und spricht und schluckt und schluchzt gleichzeitig, wie eine Vierjährige, und der Urs macht das, was Alina jetzt gern machen würde, und nimmt seine Tochter in den Arm, was nicht ganz klappt, weil sie sich selbst schon umarmt und er dadurch einen ganz schön großen Brocken Tochter umfassen muss.

Dann windet sie sich aus seiner Umarmung, dreht ihm den Rücken zu.

Urs lässt die Arme sinken.

Fuck … was ist hier los? Die Eltern haben sich erst vor Kurzem getrennt, und Nina, die monatelang offline war, hat es nicht mitbekommen? Kommt als Überraschungsgast aus Nepal zur

Geburtstagsparty und muss feststellen, dass die Mutter längst ausgezogen und eine neue Frau eingezogen ist … Horror! Wie eine Zeitreisende, die zurück in die Gegenwart kommt und alles ist anders, weil sie in der Vergangenheit rumgepfuscht hat.

Alina steht noch weiter unnütz rum und lauscht dem Schluchzen und tröstenden Gemurmel, und dann fängt Corvin auch noch an zu flennen, und Mama beugt sich vor und streichelt ihm über den Kopf, kommt gerade so mit den Fingerspitzen dran, als ob er das jetzt braucht, Corvin zieht den Kopf weg, und Alina geht einfach raus, sie ist wieder Luft, sie wird nicht gebraucht und verschwindet langsam Richtung Treppe.

Corvin kommt hinterher, aber biegt in den Flur ab, bei der Kommode mit dem Spiegel bleibt er stehen, zieht die Schublade auf und holt ein gerahmtes Bild raus. Alina geht vom Fuß der Treppe in seine Richtung, langsam, vorsichtig. Aus der Küche leiser werdendes Schluchzen, vor ihr Corvin, auch am Schluchzen, was für eine Heulparty in letzter Zeit, immer alle am Flennen, sie ja auch, das nervt echt langsam.

Als sie neben Corvin zum Stehen kommt, wirft sie kurz einen Blick in den Spiegel – ach ja! Sie hatte vergessen, dass sie sich zurechtgemacht hat – an manchen Tagen, im richtigen Licht, ohne Brille, findet sie, sieht sie gar nicht sooo scheiße aus. Vor allem, wenn sie selbst alles leicht unscharf sieht, ohne Brille. Sie senkt den Blick. Das Bild auf der Kommode ist ein Schwarz-Weiß-Foto von einer schönen, ernst dreinblickenden Frau, und der Pagenschnitt ist auch ohne Brille unverkennbar, das muss die gleiche Frau wie auf dem Foto mit der Staffelei oben an Ninas Pinnwand sein. Das ist dann wohl Frau Carstensen. Und dass da so ein schwarzer Streifen diagonal über die Ecke läuft, kann sie auch erkennen, und sofort ist klar, dass Frau Carstensen nicht nur totgeschwiegen wird, sondern tot *ist* – und so, wie das Bild aussieht, schon recht lange.

Oh nein, Corvin. Alina hat zwar eine bekloppte Mutter und sonst nur einen Ex-Dad, aber immerhin sind die nicht tot. Die Tränen laufen ungebremst aus Corvins Gesicht, und jetzt macht Alina auch wieder mit bei der Heulparty und sieht dann auch endlich wieder normal aus, ganz normal scheiße.

wie weh es ihr tut

In der Küche immerhin ist das Schluchzen irgendwann vorbei, es wird wieder gemurmelt. Corvin wischt sich übers Gesicht, zieht eine weitere Schublade auf und holt noch ein Bild raus und hängt es auf. Jetzt erst registriert Alina überall die kleinen Nägel in der Raufasertapete des Flurs, sie sind beim letzten Renovieren weiß übermalt worden, was nicht lange her sein kann, denn man sieht keine Ränder, wo vorher Bilder hingen. Hat der Vater mal einfach so die Mutter der Kinder aus dem Leben gelöscht, weil Mama und sie eingezogen sind? Na gut, nur die Bilder, aber trotzdem, was für ein Horror für Nina – und vor allem für Corvin. Jetzt erst wird ihr klar, was der mitmacht. Da gibt es auch einen Sack voll mit Vergangenheit und Kindheitserinnerungen, und der Geburtstag der toten Mutter wird anscheinend immer noch gefeiert. Sie will doch nicht die böse Stiefschwester sein, will nicht Deborah, nicht Wyndi sein, und Corvin will auch bestimmt nicht *Cotzensen* heißen.

Wortlos beobachtet sie, wie er jetzt ein Foto nach dem anderen rausholt. Die meisten in Schwarz-Weiß und alle von der Mutter, Urlaubsfotos mit ihr und der kleinen Nina, und dann mit einem Baby, mit einem Kleinkind, das muss Corvin sein, und jetzt rafft sie, dass die Fotos der Mutter, obwohl sie so aussehen, gar nicht aus den Sechzigern oder Siebzigern sein können – Corvin ist ja der gleiche Jahrgang wie sie. Aber selbst die Farbfotos sehen alt aus, nicht mit Vintagefilter, sondern *echt* alt. Nur an Sachen wie Autos und Getränkedosen erkennt man manchmal, aus welcher Zeit sie stammen, ansonsten wirkt die Frau, die ganze Familie mit ihrem Style komplett aus der Zeit gefallen.

Der junge Urs ist nicht zu sehen, der hat dann wohl all die Fotos gemacht. Alina kuckt sich eins der Porträts ganz genau an, muss nah rangehen dafür. Die Mutter scheint direkt aus einem alten Film gesprungen zu sein. Vielleicht sind sie ja wirklich Zeitreisende. Aber wahrscheinlich eher Analogfreaks. Urs mit seinem Vinyl hat bestimmt auch so 'ne alte Kamera, wo man von oben reinkuckt, und bringt seine Filme noch zur Entwicklung. Oder hat sogar 'ne Dunkelkammer, würde passen.

Aus einer Abseite, in die Alina noch nie gekuckt hat, Staubsauger und so sind da wohl drin, holt Corvin jetzt großformatige, gerahmte Gemälde. Landschaften, Seestücke, Berge. Es sind schwarze Radierungen und Ölgemälde, fotorealistisch, aber alles ebenfalls in Schwarz-Weiß. Erst auf den zweiten Blick merkt man, dass einige Details nicht stimmen. Ein schilfgesäumter Felsen, der in einen See ragt, entpuppt sich bei näherer Betrachtung als riesiges Brot. Ein weiteres Gemälde zeigt ein Tal, schneebedeckte Berggipfel in der Ferne. Am Himmel zieht ein Schwarm vorbei, und dass es keine Gänse, sondern Kraken sind, sieht Alina erst, als sie ganz nah rangeht. Vielleicht sind das ja alles gemeinsame Erinnerungen, Orte, die Ella für die Familie in Öl verewigt hat? Vielleicht sind es Geschichten, die für immer ins Familiengedächtnis geschrieben sind, diese Bilder, die lächelnd einen lieben Gruß aus der Vergangenheit senden, wenn man den Flur entlanggeht und sie mit den Augen streift.

Und Alinas Mama ist ein Clown. Ein Babyclown. Zwar einer, der jonglieren und zaubern kann – aber wie soll sich Alina mit einem jonglierenden, zaubernden Babyclown auf dem Arm freischwimmen? Ausziehen, ein Leben beginnen, eine Steuererklärung machen? All das, was nach dem Abi kommt, ist schon ohne Mamaballast beängstigend.

Hat sie eigentlich irgendetwas von ihrer Mutter gelernt? Alles, was Alina kann, hat sie sich selbst beigebracht – oder von Dad mit auf den Weg gekriegt: Klavier spielen, Filme auf Englisch kucken, Tagebuch schreiben. Mama funktioniert dagegen eigentlich nur als lebendes Beispiel, was man alles *nicht* machen sollte:

– nicht peinlich sein
– kein Kind ohne Vater in die Welt setzen
– nicht von Kleinkunst leben wollen
– keine selbst gebastelten Clownsperücken auf etsy verkaufen (und nur 1 € Gewinn pro Perücke machen)

Und vor allem:

– immer schön die Miete zahlen.

Damit man nicht mit dem Kind für immer in einem niemals enden wollenden Heulpartyloop hängen bleibt.

Und täglich weint das Murmeltier.

Corvin hängt das letzte Ölgemälde auf. Auf allen ist rechts unten ein kleines Signet, sieht aus wie ein »B«, aber mit Querstrichen nach links, als wäre vorn ein spiegelverkehrtes »E« drangeklebt.

»Hat deine Mutter die gemalt?«, fragt Alina.

Corvin nickt, während er kleinkindmäßig die Rotznase hochzieht und das Bild ausrichtet, einen Schritt zurücktritt, noch einmal dagegen tickt und schließlich zufrieden ist. Auf diesem, dem größten Gemälde, sind zwei kleine Kinder zu sehen, offenbar Corvin und Nina, ungefähr drei und elf oder zwölf Jahre alt.

Sie hocken mit nackten Oberkörpern und gesenktem Blick auf felsigem Boden und betrachten andächtig ein kleines, brennendes Haus, das vor ihnen steht. Es ist so groß wie ein Playmobilhaus, sieht aber aus wie ein echtes Haus, mit einer Frau, die am Fenster um Hilfe ruft und mit einem Feuerwehrauto und einer Menschenmenge davor. Wenn man nur den Ausschnitt mit dem Haus betrachtet, ist es eine in sich stimmige Szene, total realistisch, aber die hockenden Kinder sind auch realistisch und sehen dadurch aus wie Riesen. Die kleine Nina stochert mit einem Stöckchen im brennenden Dachstuhl herum. Die Frau am Fenster hat einen Pagenschnitt. Ganz schön dark.

Mama kommt aus der Küche in den Flur und verschwindet mit gesenktem Blick am anderen Ende des Gangs auf der Toilette. Alina sieht ihr hinterher. Was bleibt von ihrer Mutter, wenn die mal nicht mehr ist? Worauf darf Alina dann ihren Blick legen, voller Zärtlichkeit und einem warmen Gefühl hinter den Augen? Auf ein YouTube-Video von der großen Gisella mit viertausend Views?

»Wann ist sie denn gestorben?«, fragt sie.

Corvin wischt sich mit dem Handrücken über die Nase. »Vor vierzehn Jahren. Krebs.«

Immer sterben alle an Krebs.

»Kannst du dich an sie erinnern?«

»Nur eine Szene am Strand. Ich bin mir nicht sicher, ob es wirklich eine Erinnerung ist, oder ob ich es mir aus alten Fotos und Videos zusammengesetzt habe. Ich war drei, kann schon sein, dass ich mich an Fehmarn im Herbst erinnere. Kann aber auch sein, dass sich mir nur die vielen Fotos in die Hirnrinde eingebrannt haben.«

Alina nickt. Das kennt sie. Ihre erste Erinnerung sieht genau aus wie das eine Foto aus der kleinen Wohnung in der Barner Straße, in der sie zu dritt gewohnt haben. Dads weißes Klavier und daneben der Weidenkorb mit seiner Sammlung von Tröten, Rasseln und anderen Percussion-Instrumenten.

Alina studiert einen gerahmten Artikel. Es ist ein Bericht über die Eröffnung einer Ausstellung mit Gemälden einer gewissen Eleanor Bender. Ella.

»Und feiert ihr jedes Jahr ihren Geburtstag?«

Corvin nickt.

»Seit ich denken kann. Dann blättern wir den ganzen Tag in den Fotoalben, kucken stundenlang Videos und die 8mm-Filme, die meine Eltern gedreht haben, als sie noch jung waren. Und mein Vater und meine Schwester erzählen Geschichten.«

Und jetzt heult er wieder ein bisschen, und Alina muss ihn endlich mal in den Arm nehmen. Corvin nimmt das Angebot an, als hätte er nur darauf gewartet, legt seine Stöckchenarme um sie, und dann steht Alina da, mit dem dünnen Jüngelchen vor der Brust, das zitternd in ihre Schulter schluchzt. Sie lässt ihn in Ruhe ausschluchzen.

Nach einiger Zeit sagt sie: »Ach, Corvin. Du Ärmster. Sie war offenbar eine ganz tolle Frau.« Alina kuckt sich um. »Die Bilder von ihr. Wahnsinn.«

Er atmet tief ein, wird ein bisschen fester und mehr in ihrem Arm und nickt in ihren tränennassen Hals. Ohne Mutter aufwachsen. Puuh. Wenn hier bis vor Kurzem ausschließlich alles voller Ella hing, scheint es auch keine Nachfolgerin gegeben zu haben. Sie denkt an ihren Vater. Nicht an Dad. An den Bio-Vater, der nichts von seinem Vaterglück ahnt, ein Loser ohne Gesicht, in Hannover Ricklingen oder Misburg. Oder ein Bulle oder Pfarrer oder Postbote. Wenn er gestorben wäre, richtig mit Grab zum dran zusammenbrechen und mit alten Fotos zum draufkucken und hemmungslos losheulen können, dann könnte sie ihn wenigstens vermissen. Aber wie soll sie einen vermissen, über den sie gar nichts weiß? Ist er ein Arschloch? Ein scheiß

Banker? Oder vielleicht doch ein cooler Typ … ein Programmierer oder Autor – ein Mentor? Noch nie hat sie zugelassen, diese Leerstelle mit einem Traum zu füllen, hat einfach immer dran vorbeigedacht, doch mit Corvin und seiner übercoolen Mutter vor den Augen sind mit einem Mal alle Schleusen offen, die Sehnsucht strömt in sie hinein und füllt die Leere, bis Alinas Tochterherz in einem dunklen, engen Tank schwimmt und keine Ahnung hat, wie man wieder herausfindet.

Durch Corvin geht noch mal ein Zittern, und sie streichelt ihm über den Rücken. Nichts daran fühlt sich falsch an. Alina meint es, und macht weiter – schließlich hat sie eine Menge wiedergutzustreicheln.

Als Corvin wieder ruhig atmet und seinen Kopf hebt, lässt sie ihn los, sieht ihn an, zieht ihr Shirt über den Handballen und tupft ihm das Gesicht ab. Er nimmt die Brille runter und lässt es mit geschlossenen Augen geschehen, wie ein Kätzchen, das von der Mutter trockengeschleckt wird.

»Dein Vater hat sie für euch am Leben gehalten, mit den Bildern und den Filmen und den Geschichten. Das ist doch total schön.«

Er setzt seine Brille auf und schaut sie an. Und schaut doch durch sie hindurch.

Alina fährt fort. »Aber das Leben geht weiter. Für dich, für deinen Vater. Und für meine Mama auch. Trotzdem muss man deshalb ja nicht gleich alle Bilder abhängen.«

Wow, sie klingt richtig weise. Solche Sätze kriegt sie sonst nur getippt raus, mit tausendmal umschreiben. Wie Mama wohl auf diese Lebensweisheiten reagiert hätte?

Alina dreht sich um, und da steht sie, ihre Mama. Mit versteinertem Gesicht betrachtet sie die Ella-Galerie, hat alles gehört. Hat aus dem Mund ihrer Tochter gehört, dass das jetzt so ist, dass sie Urs nur im Gesamtpaket haben kann, inklusive Vergangenheit, mit der toten Mutter der Kinder an der Wand, und dass ein Teil von Urs für immer Witwer bleiben wird, für immer ein Mann, der seine Frau nicht freiwillig verlassen hat. Der seine große Liebe verloren hat.

Auf Mamas Gesicht legt sich so etwas wie ein Lächeln, aber jeder kann die Anstrengung darin sehen, kann sehen, wie schwer das ist, wie weh es ihr tut.

unten

Als sie alle drei wieder in die Küche kommen, hängt vorgetäuschte Normalität im Raum. Nina schneidet Möhren und Gurken in Streifen, Urs kocht frischen Kaffee. Er wuschelt seinem Sohn durch die Haare, der sich wie jeder vernünftige Siebzehnjährige aus der Berührung herauswindet. Corvin hat das gerahmte Foto seiner Mutter in der Hand und stellt es jetzt auf den Küchentresen, macht eine Kerze an. Als Urs es bemerkt, wirft er Alinas Mama ein unsicheres Lächeln zu, nicht mehr als ein breiter Strich. Alle versuchen, so zu tun, als hätte alles nicht stattgefunden, als würde das Frühstück erst jetzt beginnen.

Urs schenkt Kaffee ein.

Corvin schneidet Brötchen mit dem Brotmesser auf.

Alina holt den O-Saft aus dem Kühlschrank.

Nina knabbert Rohkost.

Mama starrt auf ihr Brettchen. Dann häuft sie drei Löffel Zucker in ihren Kaffee, fängt an umzurühren und vergisst, damit aufzuhören.

Was Corvin im Flur veranstaltet hat, weiß der Urs noch gar nicht. Dafür weiß die Ulli es. Und obwohl Alina mal wieder recht hatte, dass nämlich bei so einer Patchwork-Elternsex-WG die Horrorabfahrt vorprogrammiert ist, fühlt es sich nicht wie der große Triumph an – sondern wie ihr eigenes Totalversagen. Alina hätte verhindern müssen, dass sie hier einziehen, sie wusste doch genau, dass das schiefgeht, sie allein hätte Mama vor diesem Fuck-up bewahren können.

Dummerweise hat sie das blöde Gefühl, dass das noch längst nicht alles war. Und, Spoiler Alert: Ihr blödes Gefühl täuscht nicht.

»Wo warst du eigentlich zum … Nachdenken?«, durchbricht Alina die Stille, damit all die Gedanken mal hier raus und zusammen eine Reise machen können.

»Nepal«, sagt Nina. »In Dolpa. So schön. Wäre fast für immer dageblieben. Mareike und ich waren vorher noch zusammen in Nordindien. Da hat sie mich sitzen lassen. Völlig abgebrüht, hatte den Rückflug schon umgebucht.«

Den Nepal-Post hat Alina noch vor Augen, weil es der letzte war und sie ihn immer wieder gesehen hat, wenn sie zwischendurch gecheckt hat, ob sich vielleicht was getan hat bei JeanX.

»Als meine Freundin dann weg war, wollte ich nur noch verschwinden. Ich bin in die Berge und hab schön theatralisch mein Handy in den Fluss geschmissen. Und als ich mich geärgert habe, weil ich das nicht gefilmt hatte, wäre ich fast hinterhergesprungen.«

»Und was hast du da den ganzen Tag gemacht?«, fragt Alina. Das hätte sie schon von JeanX gern gewusst, aber jetzt fragt sie Nina, und Nina blickt ihr freundlich ins Gesicht.

»Ich hab in einem Dorf gewohnt und mich langsam mit den Menschen dort angefreundet, eigentlich so, wie ich es immer mache, wenn ich neu irgendwo bin. Ich helfe mit, lerne ihre Lieder, bis wir irgendwann zusammen kochen.«

»Cool.«

Alina denkt an die vielen, vielen Kochvideos, die JeanX schon von den entlegensten Winkeln der Welt auf ihr Handy gebeamt hat, und all die rot leuchtenden Herzen, die Alina ihr dafür gegeben hat.

»Aber es war das erste Mal, dass nicht die Kamera auf alles draufgehalten wurde. Ich musste mich nicht mehr fragen, ob das Licht stimmt und wie ich mich extra so schusselig anstellen kann, dass irgendwas spektakulär schiefgeht. Für die Likes.«

Alle schweigen eine Runde.

»Das ist alles so fake«, sagt Corvin traurig. Der hat es, wenn man ehrlich ist, als Einziger gecheckt. Hat weder 'n Insta-Profil noch sonst irgendwas, kuckt sich auch nichts an außer vielleicht ein paar YouTube-Filme über neues Getier, das er sich holen will, oder Terrarien-Bauanleitungen und so was. Aber am liebsten beglotzt er seinen afrikanischen Tausendfüßler und die Spinnen und Lurche in echt.

»Und was hast du jetzt vor?«, fragt Alina, typische Elternfrage, schämt sich sofort, aber Nina grinst, als hätte sie drauf gewartet.

»Ich habe in Dolpa ein paar Hefte vollgeschrieben.«

»Wie … Tagebuch?«

»Ja, erst war es nur Tagebuch, aber die Tage waren ja alle gleich, da habe ich angefangen, mein Leben aufzuschreiben. All die Erinnerungen an meine Mama.«

Urs hebt den Kopf, und Vater und Tochter kucken sich über die Länge des Tisches an, in Ninas Blick ist wieder was Kampflustiges, Widerspenstiges, recht deutlich jetzt sogar. Alina kuckt hin und her und wird nicht schlau draus.

»Ich möchte es aufschreiben, Papa. So wie es *wirklich* war.«

Was ist das jetzt? Offenbar ist Alina nicht die Einzige, die nicht versteht, was Nina meint, Mama und Corvin kucken mindestens genauso lamamäßig. Aber zwischen Vater und Tochter geht es mit den Blicken richtig ab, in den Augen knistert's, gleich zuckt der erste Blitz durch den Raum.

Urs schweigt, legt seine angebissene Brötchenhälfte ab, kaut fertig, reibt sich die Krümel vom Mund und den Handflächen und steht auf. Alles langsam, alles, ohne den Blick von Nina zu nehmen.

»Darüber reden wir am besten noch mal in Ruhe, Ninja.«

Wohl ein alter Kosename. So einer, den nur Eltern benutzen. Also, nur der Vater. Für Corvin ist es *Corvy*, für Nina also *Ninja*. Passt.

Urs atmet aus. »Ich hole schon mal Projektor und Camcorder und bereite im Wohnzimmer alles vor.« Und an Alina und ihre Mama gewandt: »Ihr könnt natürlich auch mitkucken, wenn ihr sehen wollt, wie Corvy noch in die Windel gemacht hat.«

Anscheinend war die Geburtstagsfeier und das Filmekucken schon Thema, als Alina mit Corvin im Flur war, Mama zuckt jedenfalls nur mit den Schultern. Alina will natürlich eigentlich nichts lieber als das, alte Filme sind ja sowieso immer lustig, wenn man die Leute kennt, und dann auch noch alte Filme von JeanX? Als kleines Mädchen, als Teenie? Wie krass süß wäre das denn bitte?!? Aber dummerweise weiß sie genau, dass Mama das alles überhaupt nicht aushält. Ein Wunder, dass sie noch nicht heulend zusammengebrochen ist, ihre Eifersucht auf Dads Ex-Freundin war ja früher schon immer ein Riesendrama. Mama und ihre Looping-Selbstzweifel, die, na klar, so richtig bestätigt wurden, als Dad sie dann wirklich für eine Jüngere sitzen ließ. Für *Amber Swoon*.

Und jetzt soll sie es mit einer Heiligen, einer Untoten aufnehmen?

Boxkampfmoderatorenstimme:

In der linken Ecke, aus dem Reich der Toten, die ungeschlagene Weltmeisterin, die Titelverteidigerin: Eleanoooooooor Bender! Genannt »Die Malerin«! Uuuuuuund rechts – die Herausforderin: Die grooooooooße Gisella!! Putzclown!

Wer diesen Kampf wohl gewinnt?

Alina betrachtet Mamas zuckenden Mund und weiß, was zu tun ist. Die alten Filme müssen leider ausfallen. Also spricht sie, im Namen der Familie: »Voll lieb, aber ich glaube, das ist heute besonders wichtig für euch drei, dass ihr dabei unter euch seid. Ist ja jetzt auch ein bisschen viel für alle gewesen.«

Sie schon wieder: Alina, die Weise. Sie blickt mariensanft in die Runde.

»Mama und ich gehen einfach ins Kino oder so. Oder, Mama? Soll ich mal schauen, was heut Nachmittag im Zeise läuft?«

Als hätte sie nur auf das Kommando gewartet, springt Mama auf und nickt eifrig.

»Jaja, das ist doch klar, da wollen wir euch nicht stören«, Stimme kurz vorm Abkacken, »wir zwei gehen ins Kino, dann könnt ihr eure Familientradition pflegen.« Im Durchgang zum Flur bleibt sie stehen und sagt zu Alina, die bereits das Handy checkt: »Genau, kuck mal, was du findest, Lini! Aber mit Happy End!«, und schon ist sie im Flur und nimmt ihren Mantel vom Haken und kann, typisch Mama, sich jetzt nicht normal von ihrem Lover verabschieden.

Aber Urs geht hinterher, Alina sieht, wie er vor seiner neuen Seelenverwandten am Fuß der Treppe stehen bleibt, und jetzt erst bemerkt er, dass die Fotos und Gemälde der bereits verstorbenen Seelenverwandten wieder an den Wänden hängen. Alina bleibt lieber erst mal in der Küche, gerade so, als ob Mama jetzt einen Moment mit Urs bräuchte. Aber Mama, zwischen all den St.-Ella-Bildern, starrt auf die Erde und schweigt, und Alina kann sehen, wie sie den Blick hebt und Urs anschaut, *sie ist nur ein Clown, ein dämlicher Clown,* und Alina weiß, dass sie jetzt ganz schnell losmüssen, bevor hier wieder die Heulparty losgeht.

Sie flitzt vorbei an den zwei Schweigenden, Starrenden, die Treppe hoch, zieht sich richtig an und wischt das Desaster aus ihrem Gesicht, drückt sich etwas Zahnpasta in den Mund, spült mit einem Schluck Wasser den Kaffeegeschmack weg – und schon ist sie wieder auf der Treppe nach unten.

hoch die Tassen!

Als sie im Erdgeschoss ankommt, kann sie links den Gang runter Corvin und Urs im Wohnzimmer stehen sehen, sie sind mit Camcorder und Projektor beschäftigt. Mama steht in Jacke vor der Haustür, zeigt der wieder vereinten Familie Cotzensen den Rücken. Alina steckt noch mal den Kopf in die Küche, Nina hebt die Hand aus dem Abwaschbecken und winkt, schaut ihr länger als normal in die Augen, Alina macht mit.

Und dann sind Mama und Alina raus aus dem Eleanor-Bender-Museum und verbringen den besten Mutter-Tochter-Tag *ever*, geben Geld aus, das sie nicht haben, für Sushi, da macht Vegetarierin Alina immer mal 'ne Ausnahme, und Mama freut sich übertrieben, dass ihre Tochter totes Tier frisst. Dann ins Kino, mit Popcorn süß UND salzig UND Elyas M'Barek. Krass, dass sie damals, nach *Fack ju Göhte*, in den verknallt war – voll eklig, mit zwölf. Aber eigentlich ist alles eklig, was man mit zwölf fühlt, vor allem, wenn man, wie Alina, mit zwölf schon die Regel und Mamas Oberweite hat.

Nach dem Film, der ein bisschen dumm, aber auch ein bisschen lustig war, gehen sie sogar noch ins Mercado, shoppen, und weil Mama nicht das geringste Interesse zu haben scheint, jemals wieder zu den Cotzensens zurückzukehren, landen sie am Ende im Café, mit Torte und Prosecco, und als Alina zwischendurch mal auf Toilette geht, denkt sie: Könnte man eigentlich auch mal als Feiertag einführen, das alles, genau so, einmal im Jahr, wäre doch irgendwie nice. Vor allem, falls sie wider Erwarten doch irgendwann nicht mehr zusammenwohnen.

Sie macht sich einen »MAMALINA«-Termin im Kalender, stellt *Wiederholen: Jedes Jahr* ein und geht zurück zu Mama.

Die schiebt sich gerade das letzte Stück Käsekuchen in den Mund, draußen schlägt die Ottenser Fußgängerzone lang hin, ins Dämmerlicht. Die Straßenlaternen springen erschrocken an.

»Ich weiß nicht, wie die Leute das hinkriegen«, sagt Mama, aus dem Fenster schauend, kauend.

»Was?«

»Patchwork.«

Mama trinkt ihren Prosecco aus, Alina kuckt auch raus.

»Keine Ahnung. Voll kompliziert auf jeden Fall.«

»Wie macht Falk das denn? Auch noch mit dem Ex von … *Amber* …«, der Name kommt ihr immer noch wie ein hochgewürgtes Fellknäuel aus dem Mund, »… unter einem Dach? Ich würd *durchdrehen*!«

»Ach, ich glaube, das läuft schon halbwegs easy. Die Kids nerven ja vor allem *mich*. Deborah ist immer mega eifersüchtig, wenn ich da bin. Dad ist ja auch so was Ähnliches wie ihr Dad seit ein paar Jahren. Aber Amber macht das ziemlich cool, ist trotzdem immer voll nett zu mir, egal, wie Deborah rumzickt. Und Simon und Dad sind echt beste Buddys.«

»Ich sag es nicht gern, aber: bewundernswert. Ich könnte das nicht.«

Könnte oder *kann*?

Sie wohnt ja auch mit der Ex von Urs unter einem Dach, im Flur, an den Wänden, im Kopf.

»Und jetzt?«, fragt Alina.

Mama schielt sie an und grinst wie ein Clown.

»Jetzt? Noch mehr Prosecco.« Und ordert mit großer Geste eine ganze Flasche – das gab's noch nie.

Mother and Daughter III – Das Leben ist scheiße, hoch die Tassen!

umsonst studiert

Mama ist noch kurz aufs Klo und dann zahlen. Alina geht schon mal raus und steht ordentlich angeschickert auf dem Bürgersteig und raucht ins Laternenlicht. Sie beobachtet die Leute, die vorbeigehen, viele sind es nicht. Beim Asia-Imbiss drückt einer von innen die Tür auf, eine schwangere Frau schiebt sich an ihm vorbei, lachend, weil es fast nicht geht mit ihrem dicken Bauch, der Mann stolpert ebenfalls lachend hinter ihr auf die Straße, und der Mann ist Ray.

Sofort geht Alinas Pumpe.

Sie brüllt: »EY! Ray!!«

Ray bleibt stehen, kuckt, dumm, die Frau auch. Er sagt leise etwas zu ihr und kommt langsam über die Straße, Alina macht nur einen Schritt nach vorn.

»Alina. Schön, dich zu sehen.«

»Ach ja? Dein Ernst, du WICHSER?«, blafft sie ihn scharf an und raucht die Zigarette heiß.

Ray scheint sich nicht recht entscheiden zu können, ob er sie einfach stehen lassen oder sich für seine Arschlochaktion rechtfertigen soll.

»Uns einfach rauszuschmeißen von heute auf morgen? Was für ein abgefuckter Arsch bist du eigentlich?!«

Ray schaut sie mit traurigen Augen an. Dann sieht er an ihr vorbei. Alina dreht sich um. Da steht Mama. Und bleibt stehen.

»Hallo, Ulli«, sagt Ray. »Wie geht's dir?«

Mama zuckt mit den Schultern, sagt nichts, senkt den Blick.

Alina starrt sie fassungslos an und kuckt zurück zu Ray und zurück zu Mama, die leise sagt: »Komm, Lini, lass uns gehen.«

»WAS?! Das ist alles, was du zu sagen hast?«

Ray schweigt.

Mama geht einfach los.

Alina macht einen Schritt auf Ray zu und stößt ihm ihren Zeigefinger auf die Brust, was für ein Schwachsinn, aber es scheint so im Drehbuch zu stehen. »Wegen dir wären wir fast auf der Straße gelandet!«

»Ulli!«, ruft er scharf an Alina vorbei, fast hätte er sie getroffen.

Ulli bleibt stehen, dreht sich aber nicht um.

»Wäre es nicht besser, wenn du hier mal für Klarheit sorgst?«, ruft er mit ernster Stimme in ihre Richtung.

Alina will an der Zigarette ziehen, aber die ist aus, und eh nur noch ein Stummel, sie ballert ihn auf die Erde und zermalmt ihn mit der Hacke. Gerade kam Mama ihr noch vor wie erziehungsberechtigt, aber nein, einen Schritt vor die Tür, und schon sind sie wieder in der Clownswelt, die sich einfach nicht mit der Realität synchronisiert kriegt.

Fick Dich, Dr. Mannteufel.

Alina schreit den Rücken ihrer Mutter an.

»EY MAMA?! WAS IST HIER LOS?!?«

Das ist wieder sooo typisch Mama, natürlich gibt es da irgendwas, natürlich war das nicht die ganze Wahrheit, Ray würde sie doch nicht einfach so rausschmeißen?!

Was hat Mama ihm getan?

Doch Alinas Mutter antwortet nicht und geht einfach los, dreht sich nicht um, wird schneller, rennt fast über den Alma-Wartenberg-Platz. Wie ein Kind.

»MAMA!«, schreit Alina, und »AAAAAAAAAH!« aus Leibeskräften, sie muss irgendwo reintreten oder irgendwas kaputthauen, aber hier ist nichts, nichts außer Ray, also schmeißt sie sich auf ihn und trommelt mit beiden Fäusten in seine Richtung, auf die Brust, er weicht erst zurück, dann umschlingt er sie ganz fest, und hält sie, sodass sie sich nicht mehr bewegen kann, scheiße ist der stark, Alina gibt auf, und dann wieder Heulparty, aber nur sie allein. Traurige Party. Der menschliche Schraubstock lockert sich, sie tritt zurück und wischt sich die Nase mit dem Handballen ab.

Ray kramt in der Jackentasche, hält ihr eine Packung *TaTü* hin.

Alina zieht eins raus und schnäuzt sich.

»Danke«, sagt sie so klein wie möglich.

Zieht nochmals hoch, dann kuckt sie Ray in die Augen und rubbelt an der Nase rum.

»Also, erzähl. Was hat Mama gemacht?«

Ray runzelt die Stirn, streicht sich die halblangen Haare zurück, macht dicke Backen.

»Oh Mann … Alina.«

Er gestikuliert in Slomo, wie immer, schwebende Riesenhände.

»Ulli hat mir schon seit letztem November nichts mehr überwiesen. Die schuldet mir ein ganzes Jahr Miete. Sie wusste, dass

Marleen nach Hamburg kommt und wir zusammenziehen wollten. Ich habe ihr schon zu Jahresbeginn gekündigt. Also, mündlich, wir hatten ja keinen richtigen Mietvertrag.«

Ray sieht rüber zu Marleen, die immer noch vorm Asialaden wartet. Er schiebt sich ein kurzes Lächeln in die Backen und macht das kleinste Winken der Welt, einmal die Finger runter auf die Handfläche klappen. Marleen setzt sich lächelnd in Bewegung und lässt dabei beide Hände auf ihrem Kugelbauch kreisen. Ray dreht sich zurück zu Alina.

»Ich musste deiner Mutter versprechen, dass ich dir nichts erzähle. Da hattest du gerade diesen ätzenden Stress in der Schule. Und sie meinte, sie kümmert sich um was Neues.«

Alina schüttelt nur langsam den Kopf, betrachtet das Pflaster des Bürgersteigs und schweigt.

Marleen ist jetzt bei ihnen, haucht »Hi« und schmiegt sich an Ray. Er legt seinen Arm um sie.

»Bevor ich nach Namibia bin, hab ich ihr gesagt, sogar schriftlich, Ende September müsst ihr endgültig raus sein. Tut mir leid, Alina. Ich hätte auch nie gedacht, dass ich Ulli mal mit 'nem Anwalt aus der Wohnung schmeißen muss.«

Alina sagt nichts, was soll man dazu auch sagen, also redet Ray irgendwann weiter.

»Ich schwimm schließlich nicht im Geld. Und Ulli weiß, dass wir schwanger sind …«, er blickt runter zu Marleen mit der Gigantnase, fasst ihr auf den Bauch. »Das Baby kommt ja bald, und wir müssen die ganze Bude noch renovieren.«

Alina nickt, ganz wenig, ganz langsam, dafür um so länger, aber sagen kann sie nichts, sie quält noch einen Mundwinkel in Richtung Ohr, weit kommt er nicht, dann dreht sie sich weg, geht los, ballert sich mit voller Lautstärke »bad guy« in den Schädel und wünscht sich, dass ihre Nase so cool zu bluten anfängt wie bei Billie Eilish im Video, stampft im Takt die Fußgängerzone runter, am Mercado vorbei. Beim ZOB fährt ihr der 15er vor der Nase weg. Drinnen sieht sie Mama, die im Bus den Gang runtergeht und heult, beim Anfahren durchgerüttelt wird und sich an einer der Schlaufen festhalten muss. Alina tritt gegen den Mülleimer, einmal, zweimal, dreimal, völlig unbefriedigend, nicht kaputtzukriegen, paar Leute kucken, ihr egal. Na gut. Sie schiebt die Ärmel hoch, presst Unterarme und Stirn an das kalte Glas des Fahrplans, das Neonlicht besorgt den Rest. Sie kühlt runter. Hat Frau Mannteufel also doch nicht ganz umsonst studiert.

ins Haus

Als Alina einen Bus später nach Hause kommt, *nach Hause,* was für ein Scheiß, hört sie aus dem Wohnzimmer Gelächter. Ist Mama gar nicht hier? Oder schon nach oben gegangen? Die Tür geht auf, und Nina kommt in den Flur, hübsches Sportrot auf den Wangenknochen.

»Alinaaaaa-Schatz!«

Hilfe. Was hat die denn jetzt.

Schon ist sie bei ihr und fällt ihr um den Hals, hat wieder den guten Geruch im Gepäck, Haut und Wein und Leben, heute aber einen Schluck Wein mehr.

»Kommst du auch es ist so lustig das musst du sehn ich muss nur mal kurz pullern … wo isn deine Mama?«

Mehr als einen Schluck.

»Keine Ahnung. Ich dachte, sie ist hier.«

»Also … bei uns issie nicht«, Nina kneift das Gesicht und die

Beine zusammen, geht in die Knie und fasst sich in den Schritt, dann verschwindet sie auf der Toilette.

Mama kommt mit ihrer prallen Reisetasche die Treppe runter, hat den Mantel immer noch oder schon wieder an. Sie blickt starr zu Boden, damit Ellas viele Blicke im Flur sie nicht in Stein verwandeln. Ein paar Meter vor Alina bleibt sie stehen. Ihre *Mutter*. In Alinas Brustkorb tobt ein kleines Teufelchen und will raus. Wenn sie jetzt den Mund aufmacht, würde man es im ganzen Haus, in der ganzen Straße hören, also presst sie die Lippen aufeinander.

Nicht jetzt. Nicht hier.

Doch dann huscht Mama tatsächlich mit gesenktem Kopf an ihr vorbei nach draußen.

Alina sofort hinterher.

Auf jeden Fall jetzt und ganz bestimmt hier.

Sie knallt die Tür zu, tritt Corvins selbst geschnitzten Halloweenkürbis vom Treppenabsatz, und dann reißt ihr das kleine Teufelchen von innen das Maul auf – Alina spuckt Feuer.

»WARUM BIST DU IMMER SO SCHEISSE, MAMA?«, Lava fließt über Alinas Gesicht, »WARUM HAB ICH DIE UNFÄHIGSTE SCHEISSCLOWNMUTTER DER WELT? ALLES, WAS DU ANFASST, WIRD ZU SCHEISSE, IST DIR DAS SCHON MAL AUFGEFALLEN?!«

Mama lässt die Tasche zu Boden gleiten, zittert und verbirgt das Gesicht in den Händen.

Corvin öffnet die Tür und schaut raus.

»AAAAAAAAAAH!«, schreit Alina ihn an, und er schließt die Tür wieder, ohne was zu sagen.

Mama zieht, immer noch bebend, die Schultern nach oben. Eigentlich schiebt sie eher den Rest von sich nach unten, und die Schultern bleiben, wo sie sind.

»Lini … ich … ich dachte … Ray … du kennst ihn doch …

mit seinen Frauen … ich dachte … das wird sowieso nichts mit Marleen, und …«, Schluchzen, »… und dann ist er am Ende froh, wenn er uns als Mieter behalten kann.«

Alina kneift die Augen zusammen, atmet mit offenem Mund, Fäuste geballt.

»Und ich hab doch diesen Riesenjob in Aussicht … wenn der klappt … ich dachte, alles wird gut.«

»GAR NICHTS IST GUT! ALLES IST SCHEISSE!«

Mama bückt sich und hebt ihre Tasche wieder auf. Mit gedämpfter Stimme sagt sie: »Schrei mich bitte nicht so an. Ich geh zu Tatjana. Das hier …«, sie nickt in Richtung Haustür, »… geht jetzt gerade leider nicht. Und du musst dich, glaube ich, auch erst mal beruhigen.«

Sie schluchzt noch mal, Alina öffnet die Augen, ihre Mama schaut hoch.

»Ich melde mich. Und dann sehen wir weiter. Tschüss.«

»TSCHÜSS«, speit Alina aus, wie eine Verfluchung, dreht sich um und geht ins Haus.

da wo sonst das Gehirn ist

Im Wohnzimmer ist es gemütlich, es gibt Rotwein, da ist der Urs grundsätzlich gut dabei, und heute sogar extra gut, gibt ja einiges zu verdauen, zu betrauern und bedauern, außerdem: Es ist immer noch Geburtstag, eine Flasche, noch eine Flasche, und noch eine, Urs, Nina, Alina. Corvin weiß um seinen Vollbreitknopf und trinkt lieber Cola, gibt es hier sonst auch nicht. Sie schauen sich supersüße Videos an, Klein Corvin, Klein Nina, die schöne Mama der beiden, der reinste Märchenfilm. Danach wird noch erzählt, trotzdem ist irgendwas nicht ganz richtig, eine Dunkelheit hängt über allem, über Alina sowieso, aber auch über den anderen, die alten Geschichten von der zauberhaften Ella kommen nur mit angezogener Handbremse über die Lippen von Urs und Nina, Corvin schweigt, er war ja noch zu klein damals.

Als schon wieder eine Flasche alle ist, sagt Alina *Gute Nacht!* und geht nach oben, beide Hände am Geländer. Nina-JeanX haut morgen wieder ab, zurück nach Berlin, und sagt, sie müsse früh raus, und dass sie auch bald kommt.

Oben im Bett klappt Alina ihren Laptop auf und schreibt. Und schreibt und schreibt. In ihren Privatblog. Headline: »Was für ein Tag«.

Als sie fertig ist, klickt sie auf »Vorschau«. In dem coolen Layout fühlt es sich beim Lesen immer so schön anders an. Dann geht die Tür auf und Nina kommt herein, in einer Hand eine Weinflasche, in der anderen zwei Saftgläser, lehnt sich an den Türrahmen, fixiert das Bett, und geht dann wie der *Dinner for one*-Butler hart nach vorn geneigt zum Bett und lässt sich neben Alina plumpsen. Die Gläser klingeln. Glotzt ungehemmt auf den Screen.

»Was liestn da?«

»Ach, nix«, sagt Alina und klappt zu.

Wie selbstverständlich macht sich Nina fertig fürs Bett, T-Shirt aus, oben ohne, Schlafshirt an, Unterhöschen wegstrampeln, Schlafshorts an, muss sich festhalten, Alina geht schnell rüber ins Frauenbadezimmer.

»Noch nich ßeeneputzn«, ruft Nina ihr hinterher.

Sie macht nämlich noch die Flasche auf, und Rotwein auf frisch geputzte Zähne ist noch mieser als O-Saft auf frisch geputzte Zähne.

Sie sitzen in Ninas Queensize-Bett, die dickwandigen Gläser gefüllt, prosten sich zu.

Nina lächelt.

»Was für ein Tag.«

Sie hat wohl die Headline lesen können vorhin.

Dann erzählt sie, ohne Einleitung, langsam und mit rotwein-dicker Zunge, von damals. Was ihre Eltern für ein Dream-Team waren.

»Er: junger Literatur- und Kunstkritiker, sie: junge Malerin. Ihr wurde eine große Zukunft prophezeit, er war bereits etab-liert. Wäre sogar fast mal Gastkritiker beim *Literarischen Quartett* gewesen, ausgerechnet in der Sendung, in der sein Liebling Houellebecq besprochen wurde.«

Falls du mal was zeigen willst ... Ich arbeite ja auch mit Text.

»Er liebte die Franzosen, kaum ein Werk eines deutschen männlichen Autors kam gut weg bei ihm. Die Unterstützung junger weiblicher Stimmen hatte er sich allerdings auf die Fah-nen geschrieben, vor allem die Lyrikerinnen, die entdeckte er regelmäßig und lobte sie ins Rampenlicht.«

Sie richtet sich auf, trinkt einen Schluck mit spitzen Lippen, legt sich wieder hin.

»Mein Vater war mal ein richtig gefürchteter Kritiker. Und er hatte den Plan, es dem *Boys Club* der Literatur zu zeigen. So nannte er die anderen immer. Die Rezensenten, Verleger und Autoren. Die *Circle Jerks*, die sich gegenseitig in den Blurbs ab-feiern, im Feuilleton lobpreisen und als Juroren die Preise zu-schieben.«

Nina macht immer wieder Pausen, spricht zäh und superlang-sam, um Deutlichkeit bemüht.

»Wie wollte er es ihnen denn zeigen?«

»Mit einem Buch, unter Pseudonym veröffentlicht. *Jacques*

Felling. Ein so unfassbar exzellentes Werk …«, sie seufzt und verdreht die Augen, »… dass wirklich alle sich einig sein würden. Sogar der verhasste *Boys Club.* Und dann, wenn ihm einer der großen Preise zugesprochen würde – denn davon war er überzeugt –, wollte er das Geheimnis lüften. Bei der Preisverleihung. Auf der Bühne.«

»Klingt irgendwie nach einem ziemlich … komischen Plan?«

»Er hatte schon immer diesen Hang zum Größenwahn. Meine Mutter hat das ganz verrückt gemacht.«

»Hat er das Buch denn wirklich geschrieben?«

»Ja.«

»Aber der Plan … ging anscheinend nicht auf?«

»Kein einziger Verlag hatte Interesse an *Jacques Fellings* Manuskript. Schließlich musste er *Liebenslänglich* im Selbstverlag veröffentlichen.«

»*Liebenslänglich?*«

»Ja. Der Roman ist meiner Mutter gewidmet. Er erzählt die Geschichte meiner Eltern. Fast 900 Seiten Chaos, auf tausend Zeitebenen. Und zu allem Überfluss gibt es auch noch ganz viel Sex.«

Nina verzieht das Gesicht und sieht Alina angeekelt an.

»Iiih, hör auf … ich weiß genau, was du meinst«, lacht Alina, und obwohl sie nicht will, muss sie an die Eskapaden von Urs und Ulli denken, und natürlich wird ihr direkt im Anschluss die unauslöschbare Sexszene mit Hasen-Dad und Schlackerbusen-Mama eingespielt.

»Wie fand deine Mutter das denn?«

»Die hatte … die war da schon tot.«

Nina trinkt einen Schluck, Alina auch.

»Nina, das ist so furchtbar. Wie alt warst du, als sie gestorben ist … zwölf?«

Nina schaut sie erstaunt an. »Ja, genau.«

»Corvin hat vorhin erwähnt, wie lang es her ist. Bin ganz gut in Mathe.«

Alina lächelt ein Zeichentricklächeln mit Zähnen.

»Und worum soll es in *deinem* Buch gehen? *So wie es wirklich war*? Du willst doch auch von deinen Eltern erzählen?«

»Ach … es war nicht alles so schön, wie mein Vater es in seinem Buch darstellt. Natürlich nicht.«

»Sondern?«

Nina blickt sie an.

»Du kannst es dir denken.«

»Hatte er eine … andere?«

Nina schiebt lediglich die Stirn in Falten und legt ihre Hand auf Alinas Hand.

»Das weiß niemand außer mir, nicht mal Corvin. Und ich habe keine Ahnung, warum ich dir das erzähle.«

Alina nickt und legt ihre andere Hand auf Ninas Hand, sie stapeln auch die restlichen Hände, wie ein Schwur.

»Bei mir ist es sicher, keine Sorge. Versprochen.«

Die Flasche ist leer, und Alina aber mal so richtig besoffen. Fährt ein bisschen Karussell sogar. Sie kann es nicht glauben, JeanX betrinkt sich mit ihr im Bett und erzählt Geschichten aus ihrer Kindheit, vertraut ihr ein *Familiengeheimnis* an und ist inzwischen so was wie ihre Stiefschwester, und diese coole große Stiefschwester macht jetzt Musik an und das Licht aus und kommt ganz nah, und atmet sie an, mit Wein, Haut und Leben, legt ihren Arm auf Alinas Bauch, umfasst ihre Hüfte, der Unterarm berührt ganz leicht den Busen, Alina dreht sich zu ihr, und dann, als wäre es das Normalste der Welt, und das ist es ja auch nach so einem Tag, finden sich ihre Münder, und die Hände finden Haut.

Alina hat noch nie ein Mädchen mit Zunge geküsst, sie weiß nicht, wie ihr geschieht und was sie denken oder fühlen soll, in ihrem Kopf ist nur wildes Leuchtfeuer, das überall innen abprallt und in chaotischen Bahnen rumbounced, da wo sonst das Gehirn ist.

fühlt sich alles andere als klein an

Am nächsten Morgen. Nina hat schon gepackt und alles, steht vor ihrer Pinnwand. Alina tritt zu ihr. Nina atmet tief ein. Nach und nach nimmt sie alle Bilder mit der blonden Hamsterbacke ab.

»Mareike?«, fragt Alina.

Nina nickt.

»Weißt du, was sie jetzt macht? Habt ihr Kontakt?«

Nina dreht den Kopf wie ein Vogel, überhaupt erinnert sie manchmal an einen Vogel, die kurzen schwarzen Haare am kleinen Köpfchen, die etwas spitze Nase, die braunen Winzaugen, die kleine, sehnige Figur, kaum Busen.

»Ihr Sandkastenfreund Kai-Uwe hat sie mit offenen Armen zurückgenommen.«

Sie schließt die Augen und atmet noch mal tief ein, durch die Nase, mit Geräusch, ganz bewusst, Yoga. Öffnet die Augen und schaut Alina an. »Jetzt ist sie schwanger in Pinneberg.«

»*Schwanger in Pinneberg.* Klingt wie 'ne richtig miese Doku-Soap auf RTL.«

Nina lacht verächtlich. »Aber echt.«

»Wart ihr lange zusammen?«

»Fast zwei Jahre. Als Kai-Uwe Kinder wollte, bekam sie Panik, brach aus ihrem Endreihenhaus aus und ist als Kamerafrau mit mir um die Welt gereist. Aber auf lange Sicht war ihr die Reihenhaussiedlung lieber als die weite Welt – und ich nur ihr letztes großes Abenteuer.«

Dann dreht sie sich zu Alina, legt ihr die Hände auf beide Wangen und küsst sie, zärtlich, drückt eigentlich nur sanft die Lippen auf ihre Lippen.

»Ich hoffe, dir hat dein kleines Abenteuer auch gefallen.«

Alina nickt wie H-Milch, ultrahocherhitzt. Sie hat mit einem Star rumgemacht, natürlich hat ihr das gefallen, schließlich liebt sie Chaos, wie man unschwer erkennen kann, sie kann gar nicht ohne, möglichst kompliziert alles und durcheinander und erst Mama anbrüllen und dann mit JeanX ins Bett. Und um die Sache perfekt zu machen, hat sie auch noch ein schlechtes Gewissen gegenüber Corvin, weil sie heimlich mit seiner Schwester rumgemacht hat und das Familiengeheimnis kennt und er nicht, und irgendwie sogar gegenüber *Malte*. Das macht zwar überhaupt keinen Sinn, aber dass Gefühle keinen Sinn machen, dahinter ist sie inzwischen auch so langsam gekommen. Nur das Gefühl auf ihren Lippen, das immer noch da ist, macht Sinn, und alles, was sie denken kann: Sie will nicht, dass es nur ein kleines Abenteuer war. Und weiß, dass das Quatsch ist. Sie ist ein Groupie, JeanX hat bestimmt Tausende davon. Aber kann JeanX nicht Alinas coole große Stiefschwester sein? Mit der sie manchmal was Verbotenes macht?

»Kann ich … wollen wir vielleicht … Nummern tauschen oder so?«

JeanX kuckt streng. Dann nickt sie. »Na klar. Bist ja Familie. Aber auf keinen Fall weitergeben, sonst bist du erledigt.« Sie kuckt noch mal extraböse, Zähneblecken und Raubtiergeräusch inklusive. »Und nur über *Signal*. WhatsApp und Messenger hab ich gelöscht, und bei Insta lese ich grundsätzlich keine DMs.«

Alina nickt und hält ihr das Handy mit einem Blankokontakt

hin, wo sie oben schon »Nina« eingegeben hat. Um ein Haar hätte sie »JeanX« getippt, das war knapp.

Nina sagt noch: »Ich bin aber die nächsten Monate wieder offline, nicht dass du dich wunderst«, tippt bei *Nachname* »Bender« und dann ihre Nummer ein.

»Wieso, was machst du?«

»Ich will dieses Buch schreiben.«

»So wie es wirklich war.«

Nina nickt und schweigt und tippt zu Ende.

Als sie rechts oben auf »fertig« klickt, sagt Alina: »Eine Sache noch.« Sie geht zu einem ihrer Kartons und holt Dads Polaroidkamera raus. Die hat er ihr damals mit einem Stapel Filme dagelassen, und das letzte Bild in der letzten Kassette steckt seit Jahren drin und wartet auf seinen großen Auftritt.

»Darf ich? Nur für privat.«

JeanX nimmt ihr mit Influencerinnenroutine die Kamera aus der Hand, stellt sich neben Alina, sie stecken die Köpfe zusammen, JeanX hält den ausgestreckten Arm in die Höhe, und dann machen sie das letzte Polaroid.

Schweigend betrachten sie, wie sich das Bild langsam hervorschält. Alina wedelt das Foto, so wie Dad das früher immer gemacht hat, keine Ahnung warum, geht es dann schneller? Verteilt sich die Chemie besser?

Endlich sind sie richtig zu erkennen. Alina und JeanX. Es ist perfekt.

»Ich muss los.«

Noch ein letzter, trockener Knutscher, und dann ist Alinas kleines Abenteuer verschwunden, und der Abdruck, den es hinterlässt, fühlt sich alles andere als klein an.

nach Hause

Es ist so: Falls Mama nicht zurückkommt – und wundern würde es wohl niemanden, der Alinas Urschrei gehört hat –, wohnt sie hier jetzt allein mit Urs und Corvin Cotzensen.

Sie braucht dringend ein neues Leben.

Also los.

Mama macht eh, was sie will.

Zu Dad? Kommt nach wie vor nicht in Frage.

Also muss sie sich eine WG suchen.

Und dafür braucht sie einen Job.

Alina
Hi Rainer
wir wollten uns
doch mal unterhalten
Wann kann ich vorbeikommen?

Rainer
gerade viel los hier
Mittwoch pitchen wir
Nächste Woche Freitag
wäre gut – passt?

Alina
k

Was sie wohl verdient, wenn sie zwei-, dreimal die Woche ein paar Stunden bei DNApp aushelfen kann? Wie hoch ist denn der Mindestlohn? Irgendwas um die neun Euros. Sie öffnet den Rechner. Neun Euro pro Stunde, drei Stunden nach der Schule, dreimal die Woche, vier Wochen im Monat ... $9 \times 3 \times 3 \times 4 = 324$ €.

Alina geht auf das WG-Portal, bei »MIETE BIS:« gibt sie 300 € ein. Muss sie von Reis und Nudeln leben, vielleicht containern gehen, passt schon.

Filter anwenden.

Sie scrollt die Ergebnisse durch. Puh. Wenn sie nicht in einem Schrank in Harburg wohnen will, braucht sie wohl mehr als 300 € im Monat. Sie setzt den Stadtteil-Filter auf Hammerbrook.

Nichts für 300 €.

Sie erhöht den Maximalbetrag auf 400 €.

Nichts.

500 €.

Ein Ergebnis: 23 qm in 3er-Frauen-WG für 485 €. Sie klickt drauf. Na klar, geil, und riesig, in Hammerbrooklyn und mit zwei Frauen – aber wie soll sie so viel Kohle zusammenkriegen?

Sie schließt die Seite des WG-Portals, das zieht sie nur runter. Sowieso erst mal abwarten, was Rainer sagt.

Also fängt sie an, so gut es geht, an den zwei Cotzensens vorbeizuleben, schafft es, dass sie sich nicht begegnen, trinkt den Kaffee morgens im Zimmer. Fährt täglich in die WG zu den Jungs, als ob das eine gute Idee wäre, denn da ist Malte, und sie trinken Rotwein, und seine unküssbaren Lippen werden ganz fleckig davon, man will sie unbedingt sauber lecken, auch wenn man dafür ziemlich lange darauf herumlutschen müsste, so tief frisst sich das Rot in seine Lippen, und seine Blicke sind genauso unaushaltbar tief, aber führen zu nichts als nassen Träumen.

Mit Mama die ganze Zeit Funkstille. Mit Dad ebenso, auch wenn der Gedanke, in Allermöhe unterzukommen von Tag zu Tag der attraktivere Haufen Scheiße wird.

Ein paar Tage nach Alinas Kernschmelze, sie kommt aus der Schule und steht gerade unten im Flur, Sprachnachricht. Mama klingt gelöst, geradezu gut gelaunt. Hat mit Urs gesprochen, angeblich alles geklärt – *bis heute Nachmittag!* Tut so, als ob jetzt wieder alles gut wäre, alles weitergehen könnte wie bisher. Alina schaut sich um im Flur, betrachtet die Gemälde, die Fotos, Geister-Ella vom andern Stern. Wie will Mama das hinkriegen? Das kann doch nicht ihr Plan sein, hier mit Urs und Corvin und Ella zu wohnen. Alina hätte auch keinen Bock, in der Soloausstellung ihrer Vorgängerin zu leben. Und Mama doch erst recht nicht.

Was soll's, die muss selbst wissen, was sie tut, und irgendwie ist sie trotz allem froh, dass Mama zurückkommt und sie hier nicht allein mit den beiden Typen hocken lässt. Immerhin das scheint sie zu raffen.

Als Mama kommt, ist Urs gerade einkaufen und Corvin wie immer bei seinen Krabbelviechern. Sie sitzen in der Küche, Ellenbogen auf dem Tisch, Kaffeebecher beidhändig vorm Gesicht. Mama erzählt von Tatjana, die jetzt einen neuen Freund hat, Bernd, einen Motivationscoach, und dass Tatjana ebenfalls eine Coachingausbildung macht, die Heilpraktikerschule hat sie abgebrochen. Sie haben ein Konzept erarbeitet, wo man Clowns, also Mama, in Firmen schickt, um die Arbeitsmoral zu steigern: *Clowns at work.*

Alina stellt sich vor, wie die große Gisella bei DNApp fröhlich feudelnd durch die Reihen der Programmierer zieht und mit der Seifenblasenpistole die Screens einnässt. Sie müsste ihr eigentlich sagen, dass kein Mensch auf dieser Welt beim Job von einem Clown genervt werden möchte, aber wieso? Mama ist und bleibt Mama, warum sollte sich das, sollte Mama sich plötzlich geändert haben? Mit aufeinandertuckernden Lippen sitzt sie vor Alina. Das wieder.

»Mama, was willst du mir erzählen?«

Mama grinst erleichtert.

»Lini ... ich habe den Job!«

Sie strahlt wie zuletzt auf dem Elternabend.

»Was für einen Job?«

»Sehr lukrativ, was Regelmäßiges, und kommt ehrlich gesagt sehr passend ... zur neuen Situation.«

»Echt, Tagesschausprecherin – als Clown? Krass.«

Mama muss lachen.

»Nein ... stell dir vor, es gibt da ein neues Kreuzfahrtschiff, quasi ein schwimmender Zirkus, jeden Abend Vorführungen, Akrobatiknummern, mit Flaschen jonglierendem Barkeeper, zaubernden Kellnern, überall kleine Varietés – und es ist sogar ein weltbekannter Hypnotiseur an Bord!«

Genau so stellt Alina sich die Hölle vor.

»Kreuzfahrtschiff, habe ich das richtig gehört?«

»Ja. Ich wurde gefragt, ob *die große Gisella* mit auf große Fahrt gehen möchte!«

Sie macht ein echt aufgeregtes Gesicht, als wäre das eine sehr, sehr gute Neuigkeit.

»Mama, auf ein *Kreuzfahrtschiff*?!? Das ist ... wie All-inclusive-Urlaub, nur die Faschovariante für Zombies! Die fahren unter Billigflagge, zahlen keine Steuern, beuten ihre philippinischen und afrikanischen Angestellten aus und verpesten obendrein die Umwelt hoch zehn, Wasser UND Luft. Da willst du mitmachen?!«

»Ach, du schon wieder. Es gibt aber auch an allem was auszusetzen.«

»Was machst du als Nächstes? Ronaldine McDonald's oder Clownporno?«

Schon wieder alles viel zu laut.

»Das ist doch was ganz anderes.«

Auf ein Kreuzfahrtschiff.

Als Clown.

»Und wie lange willst du an Bord gehen?«

»Ja, also … der Vertrag geht erst mal über drei Monate.«

»*Drei Monate?!?* Am Stück? Wann?«

Jetzt erst fällt ihr auf, dass ihre Mutter ohne ihre Reisetasche gekommen ist. Alina wird weiß, der ganze Körper, Haare, Brille, Kapu, Jeans, Doc Martens, alles von Kopf bis Fuß entfärbt sich, sie ist nur noch schwarze Outlines.

Mama druckst kurz, dann sagt sie mit geschlossenen Augen: »Nächste Woche.«

Das kann nicht wahr sein.

»WAAS?«

Maximale Lautstärke.

»SPINNST DU?!«

Alina springt auf, der Kaffeebecher muss dran glauben, war zum Glück kein besonderer, nur IKEA, und Kaffee war auch keiner mehr drin. Es klirrt unbefriedigend dumpf, die Situation hätte eindeutig besseres Sounddesign verdient. Alina schnappt sich ihre Jacke und stapft auf die Terrasse, Mama kommt hinterher.

Draußen steckt sich Alina eine Kippe an. Sie nimmt ein paar Züge, Nikotin und Kälte fahren sie eine Etage runter.

»Und Urs?«

Mama macht wieder die Zahnlose.

»Der weiß es noch gar nicht? Ernsthaft?«

Ihre Mutter nickt. Das kann alles nicht wahr sein.

»Und wann willst du's ihm sagen? Per WhatsApp, wenn das Schiff gerade ablegt?«

Das wäre der Normalfall.

»Nein, ich sag's ihm heute noch. Versprochen.«

»Richtig, richtig uncool, Mama.«

Sie raucht. Atmet aus. Es ist sackkalt, man weiß nicht, was Rauch ist und was Atem. Alina schüttelt den Kopf, die Wut ist noch da, aber die Kälte quetscht sie zuverlässig zusammen, bis nur noch ein Diamant aus Verachtung in Alinas Brust funkelt. Vielleicht muss sie nach Grönland ziehen.

»Ey, Mama … erst landen wir fast auf der Straße, weil du keine Miete zahlst, dann zerrst du mich hierher, zu deinem Lover und dem größten Loser der Klasse … und jetzt lässt du mich mit denen allein? Um auf einem Kreuzfahrtschiff zu arbeiten? Merkst du eigentlich noch *irgendetwas*?«

»Lini, ich …« Mama spricht nicht weiter. Warum auch.

»Bist du Weihnachten auf hoher See?«

Alina zieht an ihrer Zigarette. Sie hat noch nie ohne ihre Mutter Weihnachten gefeiert.

Mama nickt.

»Und an meinem Geburtstag bist du auch nicht da.«

»Ich weiß.«

Mama schaut Alina traurig an.

»Aber Lini-Schatz, du weißt doch, ich brauche das Geld. Dringend. Und ganz ehrlich: Hattest du vor, deinen achtzehnten Geburtstag mit deiner Mutter zu feiern? Oder nicht doch lieber mit deinen neuen Freunden?«

Ärgerlicherweise hat sie damit recht. Als Malte, der Kärl und Hanuta neulich für die WG-Einweihungsparty einen Termin gesucht haben, fiel die Wahl ausgerechnet auf den ersten Samstag im Dezember – an dem Alina Geburtstag hat. Und natürlich hatte Alina nie vor, ihre Mutter an ihrem achtzehnten Geburtstag auf die Kiffer-WG-Party einzuladen, aber … wer ist denn hier das Kind? Die Mutter kann sich doch nicht einfach verpissen und ihre Tochter bei den Cotzensens zurücklassen. Sie hätte nicht übel Lust, zum Jugendamt zu gehen – *meine Mama hat mich bei diesem fremden Mann allein gelassen, nein, einen Vater*

173

habe ich nicht, wo sie ist, weiß ich nicht, ich habe keine Adresse, es ist irgendein Schiff, mehr weiß ich auch nicht – einfach, damit ihre Mutter schwarz auf weiß mit Hamburg-Logo auf dem Briefkopf erklärt bekommt, wie SCHEISSE sie ist.

Alina wirft die Kippe achtlos in den Garten und öffnet die Terrassentür, während sie Rauch in Richtung ihrer Mutter aus-pustet.

»Ey, Mama, mach, was du für richtig hältst. Hau einfach ab«, sagt sie und geht rein.

Aber komm bloß nicht mit einem scheiß Harlekin nach Hause.

Von einem Clown

Tatjana und Mama schleppen die Kartons ins Auto, die Mama noch hier stehen hatte. Viele sind es nicht. Alle Möbel liegen auseinandergebaut in Dads Bootsschuppen, das Clownzeug ist im Keller vom Institut untergebracht.

Alina steht regungslos in ihrem Zimmer am Fenster und be-obachtet alles von oben. Urs kommt vom Einkaufen, steigt aus dem Wagen, Mama und er schauen sich an. Er lächelt matt. Alina kann nicht und will auch gar nicht hören, was sie reden, sie halten sich an den Händen, wechseln ein paar wenige Silben. Tatjana sitzt in ihrem Kombi, und wie sie auf ihrem Handy rum-datscht, spielt sie safe Candy Crush. Mama pult den Schlüssel vom Bund, gibt ihn Urs, der nickt, verzieht aber keine Miene, schließlich umarmen sie sich, nein, Mama umarmt ihn, er lässt es geschehen, ohne wirklich mitzumachen. Der Kuss, den sie ihm gibt, auch der wird nicht erwidert, nur stoisch ertragen.

Dann hoppelt sie ins Auto, ohne sich noch mal umzudrehen. Alinas Arme baumeln schlaff herunter, nur die zwei gekrümmten Mittelfinger ragen aus den Fäusten. Tschüss, Mama.

Als Tatjana losfährt, greift Urs sich die Einkäufe und trägt sie ins Haus, wie ein Rentner sieht er aus von hier oben, krumm und alt. Jetzt hebt er den Kopf und schaut hoch zum Fenster. Ihre Blicke begegnen sich.

Shit.

Alina tritt mit geschlossenen Augen zurück und wünscht sich weg. Und dann denkt sie an Mama, und dass Mama auch immer vor allem die Augen verschließt, und sie reißt sich los von Mama und nimmt die Treppe nach unten. In der Küche wuchtet Urs gerade die Papiertüten auf den Tisch.

»Hi«, sagt sie, und beginnt Sachen in die Schränke zu räumen. Urs nickt ihr nur zu.

Weil er keine Miete haben wollte – scheint irgendwie genug Kohle zu haben –, hat Mama gleich nach dem Einzug das Putzen übernommen, und auch Alina ist hier bei den Cotzensens extra fleißig, mit Tisch decken und Müll rausbringen und was noch alles so anliegt. Jetzt räumt sie Butter und Milch in den Kühlschrank, die Sojaschnitzel in Corvins Schublade, die inzwischen auch irgendwie ihre ist.

Als die Tüten alle ausgeräumt sind, sagt Alina: »Ich zieh natürlich so schnell wie möglich aus. Bin schon auf WG-Suche. Tut mir leid mit Mama.«

Urs schaut sie erstaunt an.

»Alina, du kannst so lange hier bleiben, wie du willst. Das ist ja wohl klar.« Er nickt ihr zu und lächelt. Sieht aber aus wie ein Stück Scheiße dabei. Kein Wunder, ist ja auch gerade verlassen worden. Von einem Clown.

kann man ja wohl machen

Mama auf hoher See und Alina allein mit den beiden Cotzensens.

Was für ein Sequel.

Sie kennt diese Menschen erst seit ein paar Wochen und WOHNT jetzt bei denen. Und das ist kein Frankreichaustausch, was auch ein Albtraum ist, aber wenigstens nach zwei Wochen vorbei, nein, sie *wohnt* jetzt bei Familie Cotzensen, und die einzige Cotzensen, mit der sie hier wohnen *möchte*, ist – genau wie Mama – weg. Sie hat niemanden. Sie hätte so gern Nina, ein bisschen nur. Wie es ihr wohl geht? Ob sie schreibt? Feiert? Schläft? Warum nicht einfach anrufen, *hey Nina, wie läuft's mit dem Schreiben ... ja, bei mir auch ... ach so, ja, ich schreib auch ... nee, eher wie so'n Blog, aber nur für mich ... echt? Na sicher ... dann schick ich dir mal was.* Doch sie probiert es gar nicht erst. War ja klare Ansage, dass Nina erst mal offline ist.

Aber irgendwann zwischendurch wird Nina das Telefon ja wohl mal anmachen.

Alina
hey Nina
hoffe du bist gut angekommen in B
hier mein Kontakt

Herzchen?

Too much, sie löscht es wieder.

Küsschensmiley mit Herz?

Nee, Küsschensmiley ohne Herz.

Den mit Augen auf? 😌

Oder den mit Augen zu? 😔

Natürlich hat sie nicht ganz cool ein paar Tage gewartet. Im Gegenteil. Sie hat emsig ihren Twitterfeed aufgeräumt, ist einigen peinlichen Leute entfolgt, hat auch das Instaprofil geputzt, den ganzen Kinderkack raus, ist zwar privat, aber wer weiß, kann ja sein, dass ihr bald JeanX folgt …

Und dann hat sie ihre Blogeinträge durchgescrollt, ihren passwortgeschützten Nur-für-mich-Blog. Seit Wyndi allen in der Klasse von ihren Wattpad-Liebesgeschichten erzählt hat, hat sie eigentlich keine Lust mehr, irgendwas von sich im Netz preiszugeben. Damals war sie zu langsam, irgendwer hatte längst alle Geschichten von ihr runtergeladen, und als sie ihren Account schnell gelöscht hat, haben die anderen einfach unter ihrem Klarnamen *Alina Beinert* alles wieder hochgeladen, mit einem voll hässlichen Foto als Profilbild, eins, das sie auf der Klassenfahrt in der Zehnten von ihr im Schwimmbad gemacht haben, wo sie mit Nasezuhalten vom Einer springt und voll fett aussieht. Und alle haben ihre Liebesgeschichten wie bescheuert ironisch kommentiert und »das ist eine wirklich gelungene Passage« und so Deutschlehrersachen geschrieben, wenn sie mal falsche Grammatik benutzt hat oder es richtig kitschig oder peinlich wurde mit Sex im Auto in der Waschanlage.

Sie schreibt ihren Geheimblog noch nicht lange, erst seit dem Sommer. Wordpress ist aber auch zu geil. Manchmal lädt sie zum Schluss nach dem Schreiben noch ein neues, slickes Theme, aktiviert es im Backend und schließt den Browser, ohne noch mal zu kucken. Und wenn sie dann am nächsten Tag wieder auf ihre geheime Seite geht und auf »Vorschau« klickt, sieht sie ihren Eintrag das erste Mal in dem neuen fremden Look, und sie stellt sich dann vor, es wäre wirklich ein Blog, einer, den ganz viele in ihrem Alter lesen, denn eigentlich wäre sie auch gern ein Internet-Star-über-Nacht, nur eben nicht für Fitness oder Beauty, das geben Body und Face auch gar nicht her.

Wofür dann? Für kluge und zynische und witzige Selbsthass-One-Liner, wie Wasted Rita oder @zirkuspony. Nur dass bei ihr dann keiner das Gesicht kennt, sie bleibt ein Phantom à la BARBARA, und dann machen sie ein Buch draus, und es wird ein Bestseller.

Bestseller.

Träum weiter.

Jetzt will sie erst mal nur, dass Nina – ein für alle Mal, sie ist Nina, nicht JeanX, sie sind jetzt Freundinnen –, also dass Nina sich ihren Kontakt ankuckt und ihre Profile abklappert und ihre Postings und Tweets ankuckt und sie interessant und spannend und klug findet und Likes hinterlässt. Bei denen, die sie übrig gelassen hat. Und dann ist da wieder dieses Funkeln im Kopf, sie denkt in chaotischen Leuchtbahnen, ändert einfach alle Namen in ihrem Blog mit »Suchen & Ersetzen«: aus Finn wird Malte, aus Judith Johanna, die blöde Irmi wird Wyndi, Marcus wird zu Corvin, und aus Solway First macht sie JeanX. Sich selbst nennt sie Alina, wie das Mädchen aus dem Buch, das sie im Sommer gelesen hat, das erst keinen Namen hatte und von allen auf der Insel gehasst wurde und das dann im Dorf die Revolution anzettelte. Und dann veröffentlicht sie all ihre Blogeinträge, der Reihe nach, mit dem echten Entstehungsdatum, es sind etwas über vierzig Beiträge, zu jedem ein unscharfes Foto von irgendwas. Deaktiviert, dass die Google Bots das alles erfassen können, in den Suchmaschinen soll nichts davon auftauchen, der Löschantrag bei Wattpad und Google hat damals ewig gedauert. Denn eigentlich will sie, dass nur Nina es liest, doch es mit einem Passwort zu schützen, wäre voll aufdringlich, dann müsste sie ihr ja direkt das Passwort schicken. Solange niemand außer Nina die

URL kennt, kann doch eigentlich nichts schiefgehen. Also wählt sie ein supercooles Theme und liest sich alles noch mal von vorn bis hinten durch, was die ganze Nacht bis in den Morgen dauert, sie trinkt Cola und Kaffee und schläft einfach nicht, und als sie durch ist, gibt sie ihre Wordpress-Url bei »Homepage« in ihrem Kontakt ein und schickt ihn Nina per Signal.

Alina
hey Nina
hoffe bist gut angekommen in B
anbei alles was du über mich
wissen musst.

😙

Küsschensmiley mit Augen zu und roten Wangen.
   Kann man ja wohl machen.

zu teuer

Am Freitag nach der Schule fährt sie zu DNApp. Da ist richtig Alarm, sie haben den Pitch gewonnen und jede Menge zu tun – Alina kann direkt nächste Woche anfangen. Krass, sie hat tatsächlich einen Job. Nachmittags dreimal die Woche, und sie kriegt richtig Kohle dafür, vierzehn Euro die Stunde! Bei DNApp arbeiten sie inzwischen tatsächlich mit Pair Programming, was für Alina perfekt ist: Man sitzt die ganze Zeit zu zweit vorm Rechner und programmiert im Team, einer tippt und kommentiert, was er tippt, der (und neuerdings auch *die)* andere hat den

Überblick, und regelmäßig wird getauscht. Dabei lernt sie noch schneller, und die Nerdkollegen merken, dass sie gar nicht so dumm ist. Sie schreibt Kim, was *Consultant Adenauer* für Spuren im Laden hinterlassen hat, die freut sich. Rainer fragt direkt, ob sie nicht Vollzeit anfangen will. 1800 € Gehalt. WTF. Sie könnte sofort richtig Geld verdienen. Aber natürlich will sie erst Abi machen, das mit dem Schuleabbrechen hat sie ja nur als Erpressung zu Mama gesagt, und Rainer versteht das natürlich und schämt sich sofort, dass er überhaupt gefragt hat. Es ist einfach sauschwer, gute Leute zu finden.

Trotzdem, sie hat jetzt ein kleines Einkommen und durchforstet täglich die WG-Anzeigen, das Zimmer in der Frauen-WG in Hammerbrooklyn ist natürlich schon weg. Bei einer 7er-WG in Bahrenfeld hat sie ein Kennenlerntreffen, würde sie sofort einziehen, aber die wollen sie nicht. Bei einer anderen WG mitten auf der Schanze, megafett, läuft es so Casting-Show-mäßig ab, vier Kandidaten gleichzeitig, und die vier WG-Leute sitzen wie die Jury in einer Reihe, und das meinen die nicht mal witzig. Sie verlässt die Veranstaltung vorzeitig, mittelfingerwinkend, war auch eh zu teuer.

leider nicht

In der Jungs-WG kann sich Alina einiges abkucken.

Für später.

Für bald.

Malte, der Logistikersohn, hat das alles organisiert, Putzplan, Magnettafel in der Küche, Zettelblock auf einem Holzbrett an der Wand, mit Kuli an einer Schnur, für Nachrichten, außerdem Google-WG-Kalender und online Kassenbuch. Sie machen Kommunistenkasse: Jeder zahlt 120 Euro im Monat ein und davon wird reihum eingekauft, Bons mit Handyscan als PDF in die Dropbox, läuft wie ein Familienbetrieb der Kifferverein, die »Malte Janssen, Harun Ata Uysal und Karl Meier GbR«. So steht es jetzt an der Klingel, weil, Gewerbemietvertrag – offiziell sind sie eine Agentur.

Inoffiziell haben sie zwei Spülmaschinen. Ist die eine sauber, lassen sie das Geschirr einfach drin, nehmen immer nur raus, was sie gerade brauchen, und das dreckige Zeug räumen sie in die andere Maschine. Wenn die dann voll ist, wird sie angeschmissen, und danach geht das Spiel von vorn los, in die andere Richtung. So brauchen sie keinen Geschirrschrank und müssen nie wieder eine Geschirrspülmaschine ausräumen. Genial.

Als sie anfangen, die Party zu planen, kriegt Alina einen Invite zum WG-Kalender und weiß jetzt komplett Bescheid. Wann wer Putzdienst hat, wer mit Altglas dran ist, wann Plenum ist, wann sich die Dota-2-Truppe vom Kärl trifft, wann Hanuta bei Mama ist *(WTF übrigens? regelmäßig! Womöglich wäscht sie noch seine Wäsche …)*, und sogar, wann Malte Ruhe braucht, weil er Cello übt: Montag, Mittwoch und Freitag um 17:00 Uhr. Donnerstag hat er Unterricht, vor Johanna. Das weiß Alina auch ohne Google-Kalender.

Inzwischen kommt sie manchmal nachmittags spontan auf einen Kaffee vorbei, irgendwann auch mal an einem Mittwoch. Zufällig genau um 17:00 Uhr. Der Kärl ist arbeiten, Hanuta und Alina sitzen schweigend am Küchentisch und lauschen den Celloklängen aus Maltes Raum. Von wegen peinlich. Klar, paarmal verhaut er sich. Aber das Stück ist getragen, langsam, sehr traurig. Und sehr, sehr schön.

Als das Cello verstummt, spricht Hanuta zum ersten Mal in Alinas Gegenwart. Er wischt sich eine Träne aus dem Auge und sagt langsam: »Booh, das macht mich immer echt fertig.«

Alina nickt und lächelt ihm dankbar zu. Diese Art Tränen lässt sie sich gern gefallen. Wenn seine Hand mit den schönen schlanken Fingern jetzt auf dem Tisch läge, könnte man sie greifen, müsste man sogar, liegt sie aber zum Glück leider nicht.

zusammen mit allen

Mit Johanna ist es inzwischen so cool, dass sie einfach fragt, ob das Angebot noch gilt, dass sie bei ihr pennen kann. Um mal bei den Cotzis rauszukommen. Johanna schlägt gleich dieses Wochenende vor, *dann machen wir uns 'ne entspannte Zeit,* und lässt verschwörerisch die Augenbrauen tanzen, die so aussehen, wie Augenbrauen gerade aussehen müssen, nur dass sie aus Johannas Gesicht einfach so herauswachsen.

Also fahren sie an einem überraschend milden Freitag mit dem Bus über die Autobahnbrücke, auf die helle Seite der Stadt, nach Othmarschen, diese andere Version von Hamburg, wo das Geld wohnt, die Elbe einen Strand hat und die Sonne wie bestochen scheint.

Das Haus ist kein Haus, sondern eine Villa, ohne Namensschild, mit großem Garten vorn, und wenn man hinter dem Haus ist, rafft man, dass das nur der Vorgarten war. Hinten eher so: Park.

Johanna hat im oberen Stockwerk ein helles, großes Zimmer mit Balkon, sie holt eine Gästematratze aus einem der vielen

Räume und legt sie neben ihr Bett. Kuckt sich das kurz an, hebt ihre Matratze dann aus dem Bettkasten, und Alina hilft ihr, sie neben der anderen zu platzieren.

»Matratzenlager«, sagt Johanna und lächelt.

Sie gehen runter zu den Eltern in die Küche, Johanna macht erst mal die Dunstabzugshaube aus, die supernervig laut auf vollen Touren läuft.

»Jedes *fucking* Mal, ey«, sagt sie zu Alina und schüttelt genervt den Kopf. Dann connected sie ihr iPhone mit der Boombox und pumpt UNFASSBAR LAUT *Migos* durch die Küche. Johanna grinst Alina an. Die Beats ballern, die Eltern gebärden fröhlich vor sich hin, als ob nichts wär. Für die ist ja auch nichts.

Beim Essen ist es dann gar nicht so Horror wie befürchtet, im Gegenteil. Die Eltern können ihr fast alles von den Lippen ablesen, den Rest übersetzt Johanna, und Alina kriegt einen kleinen Abendbrotkurs, es wird auf Sachen gezeigt und die entsprechende Gebärde gemacht, Brot, Butter, Bier. Dazu, immer noch brüllend laut, *trapping like the narco, got dope like Pablo.*

Richtig cool ist das mit den Namenszeichen. Jeder bekommt eins, das man sich ausdenkt. Das für »Johanna« ist das Handzeichen für »J«, neben dem zum »O« geformten Mund. Beim »J« malt man mit dem ausgestreckten kleinen Finger ein »J« in die Luft, von oben. Alinas Zeichen ist die »A«-Faust, an die Schläfe gehalten, und dabei wird grimmig gekuckt. Sie fragt Johanna, was das grimmige Kucken zu bedeuten hat, und weil sie die ganze Zeit fast schreien müssen, macht Johanna per Telefon die Musik leise und kichert ihr helles Grübchenlachen oder lacht ihr helles Grübchenkichern und gebärdet ihren Eltern irgendwas rüber, und jetzt lachen sie doch alle ein bisschen behindert, und Alina weiß nicht, warum, doch Johanna klärt sie sofort auf.

»Du kuckst halt die ganze Zeit son bisschen grumpy. Finden meine Eltern. Aber ist nur Spaß.«

Na gut. Zum Spaß macht Alina noch mal das Zeichen, an der Schläfe den Daumen, die Faust aber nicht geballt, sondern leicht gestreckt, sodass man die Handinnenfläche noch sieht, und kuckt richtig grimmig die Eltern an und gebärdet *Brot, Butter, Bier* und zeigt anschließend in ihren geöffneten Schlund und alle lachen, und sie macht das Zeichen für Applaus und wedelt sich mit gestreckten Händen auf Ohrhöhe in die Herzen von Johannas Eltern.

Später kommt ein Typ mit dunklen Haaren und dunklen Locken vorbei, auch er gebärdet mit den Eltern, dann gehen sie alle drei hoch und hängen mit ihm bisschen auf Johannas Balkon. Joel. Sein Namenszeichen ist der ausgestreckte Zeigefinger in der Backe, wo ein Grübchen ist, das er schon als Baby hatte. Und das mega cute ist übrigens. Joel und Johanna machen Zeichensprache, Alina geht aufs Klo, und als sie wiederkommt, liegt ein Tütchen mit Pulver und ein fetter Beutel Gras auf dem Tisch. Johanna begutachtet alles routiniert, gibt ihm dann dreihundert Euro, führt die Fingerspitzen der ausgestreckten Hand zum Kinn und bewegt sie in Joels Richtung vom Kinn weg, was in einer geöffneten Handfläche endet. Dazu formt sie lautlos »Danke« mit dem Mund.

Als Joel gegangen ist, baut Johanna sehr gekonnt einen Joint. Alina dachte, Ganja wäre die Oberkifferin der Klasse, aber Johanna hat auch 'ne richtige Profitasche mit Longpapes, Grinder und Tips. *Dann machen wir uns 'ne entspannte Zeit ...* Alles klar. Und dann, als sie schon richtig lash in den Liegestühlen hängen, läuft ernsthaft ein Reh durch den Gartenpark. Scheiße, so will sie auch mal wohnen, und scheiße, so wird sie niemals wohnen.

Dann Matratzenlager, auf dem Boden liegen sie nebeneinander und trinken Moscow Mule aus beschlagenen Kupferbechern, wer hat so was bitte zu Hause? Nebenbei läuft irgendein stumpfer Netflix-Film ohne Ton, stattdessen pumpt ein geil schmatziges House-Set auf Soundcloud, der Screen ist nur Kaminfeuer, sie labern. Johanna hat schon mit vier Jungs geschlafen, einer davon hieß leider Kevin, aber sie hat ihn »Vince« genannt. Er war ein halbes Jahr ihr Freund. Fußballer. Hat sie dann aber mit einer frühreifen fünfzehnjährigen Assibraut mit Riesentitten betrogen, voll eklig. Johanna hat ihn natürlich verlassen und ist endlich drüber hinweg, war aber eh nicht so prall im Bett, immer nur paar Sekunden und dann fertig. Hat jetzt einen süßen Typen kennengelernt, muss aber erst mal kucken, was das ist, und will nicht drüber reden.

Alina kann nicht so viel berichten. Ist ja noch Jungfrau. Sie erzählt vom Gefummel mit Jens und Karsten und dass Jens wollte, dass sie ihm einen bläst, so wie im Porno auf Knien, hat sie aber nicht gemacht. Außerdem hat sein Pimmel immer voll gestunken.

Nach einem letzten Joint auf dem Balkon bleibt Netflix aus, sie liegen auf dem Rücken, jede auf ihrer Matratze, jede eine Decke.

»Am schlimmsten sind die, die mit der Zunge Mundbumsen machen«, lacht Johanna, und Alina lacht auch und muss an ihre Nacht mit Supermodel JeanX denken, und würde soooo gern erzählen, wie gut die küssen kann, aber das ist aus soooo vielen Gründen nicht möglich, erstens: weil es JeanX ist, zweitens: weil sie Corvins Schwester ist, drittens: weil keiner wissen darf, dass Corvins Schwester JeanX ist, viertens: weil JeanX ein Mädchen, nee, eine Frau ist, fünftens: weil Alina ein Mädchen ist, das nicht weiß, was das alles zu bedeuten hat, und sechstens: weil sie sich sowieso nicht traut.

Jetzt dreht sich Alina zur Seite, kuckt zu Johanna, stützt den Kopf in die Hand und traut sich dann einfach doch. Ein bisschen jedenfalls.

»Hast du schon mal ... mit einem Mädchen ...?«, fragt sie vorsichtig, und weiß schon beim Stammeln, dass das dumm ist, und zieht das T-Shirt wieder hoch, das genau so dumm die Schulter entblößt hat beim Abstützen. Johanna registriert das aus dem Augenwinkel und antwortet, als wäre Alina wieder die Neue in der Klasse: »Nein. Und auch kein Interesse, danke.«

Und dann sagen sie nichts mehr, und Alina will sagen, dass das doch nicht SO gemeint war, aber dann würde es noch verdächtiger klingen, und lässig genug um »Schade, du bist nämlich echt süß« zu sagen ist sie auch nicht, und irgendwann sagt Johanna »Gute Nacht« und dreht ihr den Rücken zu, und Alina sagt »Schlaf gut«, und dann schläft sie gut, denn natürlich hat Alina einen Sextraum, mit Johanna, JeanX und Malte, alle zusammen mit allen.

Sie lässt es lieber

Am nächsten Mittwoch wieder nach Hammerbrooklyn, *spontan* zur Cellozeit. Sie betritt Punkt 17:00 Uhr die Küche, ziemlich auffällig, Hanuta checkt es längst, lächelt schon so, aber heute irgendwie auch schief. Stellt ihr wortlos ein Teeglas hin und schenkt ihr mit seinen halb geschlossenen Augen ein. Dann erklingt das Cello, ein anderes Stück als sonst, doch Moment – klingt so hoch heute. Ist das ein Cello? Nee. Das Cello setzt jetzt erst ein, und das andere ist doch eine ...

Hanuta senkt den Blick.

»Ist das ... eine Geige?«, fragt sie ihn.

Hanuta nickt.

Alina steht auf und geht zur Tür von Maltes Zimmer. Geige und Cello umspielen sich, schlingen sich ineinander. Sie dreht sich um, will gerade Hanuta fragen, ob er mitbekommen hat, mit wem Malte da im Duett spielt, da quietscht die Geige hinter der Tür schief und bricht ab, und Gelächter ertönt, und die Frage ist überflüssig, denn sie hört Malte lachen, und die andere Lache ist hell und kicherig, und die Melodie, um die sich das Cello nun erneut wickelt, kommt dann wohl aus Johannas Geige.

Alinas Atem geht kurz und schnell, tief atmen ist jetzt nicht drin. Das Teeglas liegt heiß in ihrer Hand, das kleine türkische Teeglas, das hat Hanuta bestimmt von seiner MAMA, sie geht zum Tisch, stellt es vorsichtig ab, das darf sie auf keinen Fall ... die Geige verspielt sich erneut, und erneut wird laut und verliebt und heftig gelacht, *HAHAHAHA, ist das witzig!*, will Alina schreien, doch da sie nicht schreien darf, muss es anders raus, und sie nimmt das volle heiße kleine türkische Teeglas von Hanutas Mama und schleudert es quer durch die Wohnküche an Maltes Tür, Hanuta hebt schützend die Hände vors Gesicht, Tee und Scherben spritzen durch die Gegend, Alina greift sich ihre Jacke und ist raus.

Liegt bei sich im Zimmer und flennt. Macht das Handy aus. Macht es wieder an, keine Nachrichten, keine Anrufe in Abwesenheit. Von wem auch? Mama ist auf dem Schiff, Nina ist offline, Dad ist ein Arschloch, Malte ein Wichser, Johanna 'ne Bitch. Sie will das Scheißhandy in die Ecke feuern, zerhacken, drauf rumtrampeln, aber dann ist sie abgeschnitten von der Welt, das kriegt sie gerade noch klar, macht es wieder aus. Schreien kann sie aber auch nicht, sonst steht gleich wieder Sorgen-Corvin im Zimmer, irgendwas anderes kaputt machen muss sie, möglichst leise, und sie kickt ein Loch in einen ihrer Umzugskartons, die sich immer noch in der Zimmerecke stapeln, dann tritt sie einen runter, *aaah*, dann noch einen, und der geht auf, scheiße, was soll das denn: Da kommt Schnaubi rausgepurzelt. Irgend so ein Volldepp beim Umzug hat ihn im Keller gefunden und in einen Karton gestopft, womöglich Malte selbst, der Wichser, der ihr die Freundin klaut, Johanna, die ihr den Malte klaut, oder Mama, natürlich Mama, es kann nur Mama gewesen sein, und dann reißt Alina dem scheiß Ameisenbär den Kopf ab, es geht erstaunlich leicht, und es quillt Füllzeug raus, und dann geht es ihr besser.

Sie macht das Handy wieder an. Neue Mail, Google Alert. Sie hat mehrere Alerts laufen: »Alina Beinert«, »JeanX«, einen neuen für »Nina Bender« und einen, den sie schon vergessen hatte: »Raymond Wohlhagen«. Sein Name ist gleich mehrmals im Netz aufgetaucht gestern. Hä? Sie klickt auf einen Link. Ein Filmnews-Portal. Und da steht es: Warner Deutschland produziert seinen Film. Staraufgebot, richtig krass. Altbekannte Fressen, die Namen kann sie sich nie merken, dieser alte Sack, der auch bei *The Masked Singer* mitgemacht hat, Palina Rojinski, was? Und sogar *Rezo* hat 'ne Rolle?

Richtig heftig.

Der Oberloser Ray, ernsthaft?

Hat es tatsächlich doch noch geschafft.

Sie denkt an Mama, die irgendwo in der Nordsee ist, das Deck des Albtraumschiffs auf lustig schrubben. Und leitet ihr den Link nicht weiter.

Danach kuckt sie in die Analytics ihres Blogs, ein paar Besucher, aber keine echten, bei »coming from« sieht sie, dass es keine aus

Berlin, nicht mal Deutschland sind. Verweildauer sechs Sekunden aus Russland ist das längste. Also alles irgendwelche Bots. Ob Nina sich ihren Kontakt überhaupt so genau angekuckt hat? Als ob es JeanX interessiert, was die Klassenkameradin ihres kleinen Bruders in ihren Blog schreibt.

Sie will lieber noch mal Twitter prüfen, ob sie nicht vielleicht doch noch irgendwelchen peinlichen Accounts folgt und ob sie nicht noch ein paar coole adden kann, *@Missy_Magazine* und *@marga_owski* hat sie schon abonniert, was gibt es denn noch, Roxane Gay ist doch bestimmt auch auf Twitter, von der hat sie neulich einen coolen TED Talk gesehen. Ah da, *@rgay*. Sie added noch mal wahllos ein paar von der Liste der Accounts, denen JeanX folgt, dann entfolgt sie *@TheKpop* und merkt da erst, dass sie zwei neue Follower hat. Einen Sprallo namens *@P_U_S_S_Y_D_O_C_69*, den sie sofort blockt.

Und eine *@BendarellaX*.

Profilspruch: *So wie es wirklich war. #amwriting #neueUfer #sowieeswirklichwar #sweww*

Follower: 10, Tweets: 0

Profilbild ist ein Landschaftsgemälde, in Schwarz-Weiß. Alles klar, das ist Nina, und sie folgt ihr! Dann hat sie sich ihren Kontakt also doch genauer angesehen. Mit pumpenden Herzen in den Augen checkt sie Signal. Tatsächlich, ihre Message wurde gelesen. Und jetzt? Hat sie auch die URL zum Blog angeklickt? In den Stats ist nichts zu sehen. Fuck, hätte sie ihr doch einen bit.ly-Link gemacht, dann könnte sie jetzt nachkucken, ob er geklickt wurde. Soll sie ihr kommentarlos auf Twitter eine DM schicken, nur mit dem Link zu ihrer Wordpress-Seite? Sie könnte ja dazuschreiben: »Hier, hab ich für dich online gestellt«, aber nee, das kommt ihr so hinterherlaufmäßig vor. Die hat bestimmt tausend Girls, die ihr Sachen schicken, Millionen Links, auf die sie klicken soll, *kuck-mal-wir-kochen-dein-Daal*

hier & *ich-hab-dich-gemalt* da, *bitte-like-meine-Katze*, und vielleicht sogar Tittenbilder, wer weiß schon, wie das abgeht in der
queer community.

Sie lässt es lieber.

Am nächsten Tag in der Schule tut Johanna ganz normal. Oder
ist ganz normal.

Hat Hanuta tatsächlich die Fresse gehalten? Hm, natürlich,
der redet ja nicht. Aber auch nicht mit Malte?

Nicht zu wissen, was Sache ist, macht sie verrückt.

Sie textet Hanuta.

Alina
hi Han,
sry wg gestern

sofort:

Hanuta
hey Al, kein Ding
hab gesagt dass ich das war
mit dem Teeglas
als Malte rauskam
weil sie so schlecht gespielt haben

Oooh, scheiße, ist der sweet. Ernsthaft?

190

Alina
ernsthaft?

Hanuta
türlich

Alina
Ehrenmann
hast einen gut bei mir

Überlegt kurz.
    Küsschen mit Herz, komm.

Alina

Hanuta

weil sie das fette Geschenk will

Partyplanung läuft also normal weiter, Malte easy wie gehabt, dank Hanuta nichts passiert. *Uff.* Aber Hanuta seitdem: geradezu gesprächig – für seine Verhältnisse. Der Kärl nervt nur noch in Maßen, hat einen DJ aus 'm Südpol und fette Boxen und Licht klargemacht, sie drehen richtig durch mit Deko, das wird die Party des Jahres, so viel ist klar.

»Zu Hause« (sie muss das immer in Anführungsstrichen denken) läuft es inzwischen eigentlich auch okay. Corvin und sie essen manchmal zu zweit, er kann richtig gut kochen, macht öfter indisch, vegetarisch. Rezepte, na klar, von seiner Schwester. Urs ist voll der Fleisch-Junkie und brät sich Steaks und Entenbrust, und sie ballern ihn zu zweit mit Horrorfotos aus Schlachthöfen zu.

Die WG-Suche nervt leider, sie hat auch kaum Zeit, sich Zimmer anzukucken, neben Schule, Job, *MUSC* und Partyplanung. Aber eigentlich kann sich Alina auch gar nicht beschweren. Das Malteherz klopft immer langsamer, und sie ist in einem mehr als okayen Grundsummen angekommen. Leider immer noch kein Lebenszeichen von Nina. Alina hat sie ohne große Hoffnung zur Party eingeladen, aber diese Message bleibt ungelesen. Sie hört auf, ihre Analytics mehrmals täglich zu checken, niemand aus Berlin, nach wie vor nur spam bots. War sie wohl doch nur das kleine Abenteuer, das zufällig im Bett von JeanX lag, als die mal besoffen nach Hause kam.

Aber: Mama meldet sich per Sprachnachricht. Ihr geht es gut, sie ist der Star an Bord.
Sie haben ihr Karriereziel erreicht.
Hat Alina zu Mama beim Abschied wirklich »Hau einfach ab« gesagt? Wenn jetzt das verfickte Zirkusschiff untergeht, weil der Messerwerfer den Käpt'n trifft, der sich auf der drehenden Scheibe zur Verfügung gestellt hat, oder der Feuerspucker alles in Brand spuckt, waren das ihre letzten Worte für Mama. Ach, Mamachen. Mit der Wohnung war zwar eine richtige Arschlochaktion, aber alles, was in den Wochen danach passiert ist, wäre sonst nicht passiert, so muss man es ja auch mal sehen. Maltes Bild in ihrem Display. Sie hätte nie mit JeanX rumgemacht. Und sie wäre nicht die Gastgeberin der Party des Jahrzehnts!

Aus Versehen alles richtig gemacht.
Danke, Mama.

Und ist sie eigentlich noch sauer auf Dad?
Ich bin nicht sauer, ich bin enttäuscht.

Wenn er wenigstens mal fragen würde, ob sie noch sauer ist. Dann könnte sie ihm Mamas Lieblingsspruch reindrücken. Gelöscht hat sie ihn jedenfalls noch nicht, nur seinen Kontakt umbenannt. Aber bisher alle Nachrichten souverän unbeantwortet gelassen.

Arschloch
wo seid ihr denn jetzt untergekommen?

und

Arschloch
Alimaus, meld dich doch mal

Zwei Wochen vor ihrem Geburtstag dann das hier:

Arschloch
wie wär's:
du kommst am Freitag vor deinem
Geburtstag zu uns
und wir feiern rein?
draußen, mit Feuer
und Wintergrillen!
es gibt Veggie Würstchen
Crémant, Marshmallows
und ein schönes Geschenk
habe ich auch noch für dich …
was meinst du?

Tja, was meint sie?

Fährt sie raus zu Dad nach Allermöhe?

Wenn, dann nur, weil sie das fette Geschenk will.

hinten

Und dann ruft eines Abends Kim an. Und man weiß inzwischen schon, wenn Kim ins Spiel kommt, dann passiert wieder was mit Computern.

»Alina, wie läuft es bei *MUSC*?«

»Ach, hat sich eigentlich auf einem halb witzigen und halb kreativen Level eingependelt. Klar, hier und da ein dummer Pimmelwitz, aber nichts richtig Hässliches mehr. Nicht mal von *Cotzvin*. Der spielt jetzt mehr oder weniger brav mit. Das ist mit ziemlicher Sicherheit Semmel.«

»Und sind immer noch zwölf User aktiv?«

»Ja. Aber *Yung-Kujo* posted nach wie vor nichts. Der liked nur und hat auch nichts mehr kommentiert. Das spricht für die Kujawa-Theorie.«

»Pass auf, ich weiß, wie du zumindest rausfindest, welcher User nicht aus der Klasse ist.«

»Erzähl.«

»Ihr müsst komplett sein, die ganze Klasse, ohne Lehrer. Du bereitest Lose vor, jeder muss eins ziehen. Auf jedem steht eine individuelle, vierstellige PIN. Und dann müssen alle gleichzeitig in deinem Beisein ihre PIN posten.«

Alina hat sofort verstanden: »… und der User von außerhalb hat keine PIN und postet nix. Frau Adenauer, Sie sind genial!«

»Das ist korrekt. Selbst, wenn es ein Kumpel von Semmel ist und der ihm per Text schnell Bescheid gibt, hat der Kumpel keine gültige PIN. Dann weißt du, welcher User es ist, und kannst ihn sperren. Oder versuchen, ihn zur Rede zu stellen.«

Alina hat die ganze Klasse beisammen. Sie haben sich in der Freistunde im Werkraum verabredet. Bitzer hat sich schon in der Zehnten einen Generalschlüssel gesnagt, und jetzt haben sie zu allen Räumen in der Schule Zugang. Ist bisher noch nicht aufgeflogen. Die haben sogar schon mal im Klassenraum übernachtet.

»Also, ich will mal was testen, ein neues Sicherheits-Feature. Bitte öffnet alle *MUSC*, da gibt es einen neuen Beitrag von mir, der heißt einfach nur *pin*.«

»Pint?«, hakt Semmel interessiert nach, weil das eins seiner unzähligen Wörter für »Schwanz« ist, die er nonstop raushaut.

»P.I.N.«, buchstabiert Alina.

Alle fummeln ihre Telefone raus, wenn sie die nicht eh schon in den Händen halten.

»Seid ihr so weit?«

Sie nimmt sich die Wahlbox ohne Deckel vom Tisch, die sie bereitgestellt hat, und schüttelt sie, so, dass es darin sanft raschelt.

»Wir ziehen jetzt jeder einen Zettel. Dann verteilen wir uns im Raum und entfalten den Zettel, ohne dass die anderen etwas sehen können. Auf dem Zettel steht eine vierstellige PIN. Und wenn jeder seine PIN parat hat, gibt er sie als Kommentar ein, und erst auf *DREI* posten wir, gleichzeitig. Okay?«

Alle murmeln, ziehen einen Zettel, verteilen sich im Raum.

»Eintippen, aber noch nicht abschicken!«, ruft Alina.

»Fertig? Auf drei: Eins ... zwei ... DREI!«

Alle tippen auf ihren Screen, Alina starrt auf die Liste der Kommentare, die der Reihe nach aufpoppen.

Corvin_Cotzensen
0937

Harry_Otter
6187

Nele_Hyne
2875

Ganja_Müller
9378 🖤

BruderTornado
1876 Peitschenhiebe

High-Buh
4873

Schnurrbert
3765 mm lang

ElleDorade
4897

Homo.Simpson
1324

Der-kotzende-Schwan
mega 3846

Yung-Kujo
3876

Okay.

Sie hat ihn. War ja irgendwie klar.

Alina loggt sich als Admin ein.

AlinaBeinert~ADMIN
@Cotzvin: du hast hier nichts zu suchen.
Willst du uns verraten, wer du bist, bevor ich dich lösche?

Eine Zeitlang passiert nichts. Alle starren auf ihre Telefone, die Ersten raffen langsam, was eigentlich los ist, und fangen an, miteinander zu reden. *Einer zu viel, wer ist das, hä, was geht ab, was soll das?*

Dann brummt ihr Handy. Ein neuer Kommentar. Auch die anderen lesen.

Cotzvin
Hallo.
Ich bin Corvin.
Und ich bin schwul.
http://bit.ly/3NEkfAq

Alle in der Klasse kucken zu Corvin, der rot anläuft.

»D… das … war ich nicht!«, stottert er.

Dann fängt Semmel schallend an zu lachen. Er hat als Einziger sofort auf den Link geklickt und kuckt sich offenbar ein Video an, unerkennbar und leise krisselt Sound aus seinem Telefon.

»DIGGA, was geht AB?!!«, jauchzt Semmel vergnügt, sofort tippen alle auf ihre Screens, drehen ihre Telefone quer für Vollbild, auch Alina, es öffnet sich ein Videoplayer, und jetzt kommt aus allen Handyspeakern dünnes Geatme und Geklatsche, und das Atmen und Klatschen gehört zu dem Video, das alle gerade kucken, und jetzt schreien und kreischen alle vor Lachen und angeekelt, und Corvin rennt aus dem Raum, denn auf dem Video kann man Corvin sehen und Kujawa, und beide sind nackt, und Herr Kujawa hat eine stark behaarte Brust und nimmt Corvin von hinten.

TEIL 2

Beat Brendels zweites Leben

Er hatte nichts dagegen

Es tat einfach zu gut. Er wusste, dass es falsch war, niedrig, unter seinem Niveau. Aber wo war in diesen Zeiten überhaupt noch Niveau zu finden? Die letzten Inseln, die fortwährend zusammenschrumpften und bald ganz untergegangen sein würden – das waren schon lange eigene Welten, Mikrokosmen, abgeschnitten vom Rest der um sich selbst kreisenden Welt. Kontroverse Reden wie einst von Walser oder Grass, die den politischen Diskurs der Republik prägten, die wunderbare *Auschwitzkeule,* gnadenlose Verrisse im Feuilleton und erbitterte Fehden in den Zeiten Reich-Ranickis – alles Vergangenheit. Das höchste der Gefühle war heute, einem Denis Scheck dabei zusehen zu dürfen, wie er den für die Massen konfektionierten Bestsellermüll über ein Transportband entsorgte. Und wenn unglückliche Verlegerhändchen ein fragwürdiges Schnellschusswerk zum Spitzentitel erhoben, wurde das zwar mit Eifer zum Skandal hochgejazzt, aber in der breiten, tumben Bevölkerung bekam das niemand mehr mit. Grass und Reich-Ranicki waren tot, und von den Greisen Walser und Handke war auch keine echte Provokation mehr zu erwarten. Das Volk brauchte immer schneller neue, spannendere Nachrichten; was mit Bildern, am liebsten mit Feuer (Hochhäuser oder Regenwälder), mit Waffen (in US-amerikanischen Schulen oder afrikanischen Kinderhänden) oder zumindest mit weiblichen Brüsten (das ging immer: Brustkrebs, Hip-Hop, Sport, Femen).

Früher, als er noch *Beat Brendel* war, sich auf den Vernissagen und Premieren herumtrieb, da wollte er sich glauben machen, das Feuilleton sei die Welt. Er glaubte es tatsächlich, noch lange – bis das Internet über die Erde kam. Es hatte das Versprechen von der Demokratisierung der Information und der Schaffensprozesse im Gepäck, dem Volk sollte die Macht zurückgegeben werden. Inhalte konnten jetzt aus dem hintersten Dschungel den Bildschirmzombies in aller Welt serviert werden – aber auch von den unterkomplexesten Exemplaren der Gattung Mensch in den digitalen Blutkreislauf der neuen Wirklichkeit eingespeist und an einem beliebigen anderen Ort wieder entnommen werden. Und alles war gratis. Erst beendete das Fraunhofer-Institut mit einem Kompressionsverfahren für Musikdateien die spätrömische Ära der Schallplattenindustrie. Dann begann das Zeitungssterben. Die Macht der Verlagshäuser bekam Risse. In den Wettstreit um Aufmerksamkeit hatte sich der Pöbel eingemischt, und im Gegenzug wurde der Pöbel willfährig bedient. Und was wollte der Pöbel? Casting-Shows, Cup-Cake-Bloggerinnen und einen Wettlauf zum Mars unter Superreichen. Und Brüste. Absurderweise sogar die Feministinnen. Sie wollten ihre nackten Brüste zeigen dürfen, wann und wo sie wollten.

Er hatte nichts dagegen.

binden

Und die Kunst?

Banksy war der Warhol des neuen Millenniums. Auch Andy Warhol hätte heutzutage wohl einen Instagram-Account mit über 10 Millionen Followern und würde, wie Banksy, selbst niemandem folgen. Immerhin, es gingen noch Menschen ins Museum. Vor allem in der LANGEN NACHT DER MUSEEN. Da hetzte das Volk dank Stadtmarketing durch die Sammlungen, weil es ein *Event* war, Mädchenbanden, die noch nie zuvor ein Ölgemälde gesehen hatten, machten Gruppen-Selfies mit eingefrorenem *Ich habe gerade eine crazy Zeit mit meinen Besties*-Grinsegesicht vor Caspar David Friedrichs »Wanderer über dem Nebelmeer« oder vor diesem anderen Bild, das ihnen irgendwann schon mal als Poster oder Kühlschrankmagnet begegnet oder als Obstcollage in den Feed gestolpert war.

Doch niemand unter dreißig las mehr Zeitungen oder Bücher. Krimischund, Liebeskitsch und Fantasy, klar. Aber ansonsten lag die Literatur, lag Print in den letzten Zuckungen. Im Kino prügelten sich nur noch hochpeinliche, muskelbepackte Männer in Leggins durch komplett in Renderfarmen realisierte Szenarien, Bikini-Amazonen oder Zauberer mit Neonstäben in der Hand kämpften gegen Mutanten und strunzdumme weiße Soldaten, die Helme trugen, welche ihnen die Sicht versperrten. All diese überbezahlten Schauspieler verbrachten einen Großteil ihrer Arbeitszeit in grünen Morphsuits, in Greenscreen-Studios, alles war steril, artifiziell, leblos. Filmkorn und Lens Flare wurden nachträglich auf den dreistelligen Millionenwahnsinn gerechnet, es half nicht. Unfassbar, mit welcher Art von Erzählung die

Masse zufriedenzustellen war – eine Blockbusterformel, sie zu knechten, sie alle zu finden, ins Dunkel zu treiben und ewig zu binden.

früher war eindeutig alles besser

Der Meeresspiegel stieg langsam, aber unaufhaltsam an, das weltweite Niveau sank dafür um so schneller. Und dieser überbevölkerte Steinball, auf dem sich versehentlich intelligentes Leben herausgebildet hatte, bewegte sich mit rasender Geschwindigkeit auf das Ende zu, ganz greifbar, geologisch wie geistig. Unaufhaltsam. Ein kleiner Club asozialer Milliardäre hatte den Kuchen unter sich aufgeteilt und die Zukunft mit Ansage an die Wand gefahren. Er hatte also noch dreißig, vielleicht vierzig Jahre, wenn er das mit dem Trinken in den Griff bekam – und nur, wenn das Klima so lange mitspielte. Warum sollte er also jetzt anfangen, sich zu ändern? Die letzten guten Jahre genussfrei außerhalb der Komfortzone verbringen? Weil die Berufspolitiker, im Würgegriff der Wirtschaftslobbyisten, es nicht hinbekamen, Kohlekraftwerke, Plastikflaschen und Verbrennungsmotoren zu verbannen? Die Höchstgeschwindigkeit auf 100 km/h zu begrenzen, wie es die bekifften Holländer vorhatten? Ausgerechnet er sollte mit gutem Beispiel vorangehen und sein Leben radikal umkrempeln, sein Auto verkaufen, den Müll trennen und auf STEAKS verzichten? Das würde nichts ändern, nichts bringen, seine Kinder konnten das machen, die brauchten diesen Planeten länger als er.

Ein letztes Schuljahr noch. Er hoffte sehr, dass sein Sohn wirklich, wie er immer behauptete, direkt nach dem Abitur nach Afrika ging, gern für immer, und sich dort seinen großen Traum erfüllte: den Riesentausendfüßler in seiner Heimat freilassen.

Dieses Kind. Er hatte es großgezogen, durchgefüttert und vergeblich versucht, positiven Einfluss zu nehmen. Dabei hatte Corvin durchaus Talent, da war er ganz Mutters Sohn, also hatte er ihn auf diese Kreativschule geschickt für teures Geld, ihm die Malsachen, die Staffelei gekauft, ihn in die großen Museen, die wichtigen Ausstellungen geschleppt, London, Zürich, Florenz, Paris. Sogar nach New York. Es hatte nichts genutzt.

Und welches Kind hatte schon Zugriff auf eine derartig exquisite Bibliothek wie die seine? Bestenfalls ein paar der Science-Fiction-Klassiker hatte der Junge gelesen. Ansonsten: Comics. *Graphic Novels*, wie dieser Schrott jetzt genannt wurde, um es aus der Kinderecke zu heben, zu Kulturgut verklärt. Wo mochte das hinführen? Am Ende dieser fragwürdigen Entwicklung konnte nur ein Literatur-Nobelpreis für *Fix und Foxi* stehen, nachdem dieser längst Hippiebarden zugelost wurde und Rapper den Pulitzerpreis entgegennehmen durften.

Aber auch die Comicphase ging vorbei, und ab da ging es in Corvins Leben nur noch um Krabbelviecher. Gewürm, das jeder vernünftige Mensch sofort zertreten würde, der bebrillte Honk aber liebevoll versorgte in seiner dunklen Wichsbutze im Obergeschoss, die Urs schon seit Jahren nicht mehr betreten hatte.

Und das gute Kind? Nina? Sein Liebling, sein Engel. Hatte sich rührend um den kleinen Bruder gekümmert, ihm, Urs, den Rücken freigehalten. Hatte die Lücke, die Eleanor hinterließ, für Corvin geschlossen. Ihm den Marsch geblasen, als es überhandnahm mit dem Trinken. Sie war sein Schatz. Keine Künstlerin zwar, das wurde früh klar, ihr kreatives Potenzial hielt sich in Grenzen. Dafür war sie so schön wie ihre Mutter – und eine hochtalentierte Sportlerin. Bei *Jugend trainiert für Olympia* hatte sie abgeräumt, einige sahen sie als potenzielle Medaillenkandidatin, Langstrecke, das war ihre Disziplin. Und dann? INFLUENCER. Es klang nicht nur wie »Influenza«, es war genau das: eine Krankheit. Ein schmerzhaftes Fieber. Als sie auszog und ihn mit dem Jungen allein ließ, hatte er nur geahnt, was er wenig später aus den sozialen Medien erfahren musste: Seine Tochter war lesbisch. Oh, nein, sorry: *queer.* Diese ganze Genderkacke. Angeblich gab es jetzt sechzig Geschlechter. Welcher arbeitslose Soziologe hatte sich diesen Schwachsinn ausgedacht? Es gab Männer, es gab Frauen, vielleicht auch was dazwischen, und wer mit wem fickte, war ihm doch egal. Aber jeder Gestörte mit Geltungsdrang, der sich nicht ganz wohl in seinem Körper oder seinem Leben oder seinem Dorf fühlte, war ja neuerdings gleich eine Minderheit, die ein eigenes Kloschild brauchte. Er hasste das alles so sehr, es war kaum noch zu ertragen, trotzdem würde er die Wahrheit niemals unter Klarnamen ausspeien, weil sie einfach zu banal klang, und die, die den Mut aufbrachten und sie laut aussprachen, hasste er dafür um so mehr.

Aber früher war eindeutig alles besser.

Seinen größten

Urs Carstensen trank das Glas aus, öffnete eine weitere Flasche Rotwein und goss sich großzügig nach.

Wer wollte er heute zuerst sein?

Es waren immer ungefähr zehn Profile, die er gleichzeitig am Laufen hatte, manchmal mehr, wenn es nötig wurde, auf eine spezielle Situation mit einem passenden Charakter antworten zu können. Dafür pflegte er grundsätzlich ein paar »Neutren«, die in diskreter Zurückhaltung mithilfe der Social Bots wahllos harmlosen Schwachsinn likten, Follower sammelten, und denen er jederzeit ein Profilbild und eine politische Gesinnung aufdrücken konnte. Die Profile, die er aktiv betrieb, hatten alle ihre eigene Geschichte, ihren eigenen Stil. Seine *Kunst-Figuren*. Denn das war es: Kunst.

Hin und wieder wurde eine seiner Schöpfungen aus dem Verkehr gezogen, wenn er es im Rausch der Rolle übertrieb. Dann schrieb er, ganz analog mit der Hand, einen Nachruf in sein Notizheft, für später, denn er plante, diese gigantische Kunstaktion als gedrucktes Werk zu veröffentlichen. Alle Tweets, alle Diskussionen, die er ausgelöst hatte, sammelte er als Screenshots und Textdateien in einem verschlüsselten Cloudspeicher.

Wenn eine seiner Figuren ausgelöscht wurde, erschuf er einen neuen Menschen. Das Profilbild erstellte er mit einer App, bei der man aus zwei Gesichtern ein neues machen konnte, dazu nahm er wildfremde Hackfressen aus dem Internet, dachte sich einen neuen Namen aus, gab dem Neugeborenen ein Motto, und dann: neues Spiel. Zurückverfolgen zu ihm ließ sich nichts. Schon seit Jahren hinterließ er keine Spuren mehr, schickte sein Trollvolk nur über *Tor* ins Netz. Spuren zu verwischen war immer seine Stärke und auch seine Leidenschaft gewesen, schon zu analogen Zeiten, als die digitale Vorhölle gerade erst verheißungsvoll am Horizont aufschimmerte. Er hatte bereits in den Neunzigern ausschließlich unter Pseudonym geschrieben, niemand kannte Beat Brendels bürgerlichen Namen, er hatte Bahntickets, Restaurants, Hotelzimmer stets in bar gezahlt und sich von Beginn an den Schritt mit unparfümierter Seife shampoonieren lassen. Nur zwei Mal war ihm ein Fehler unterlaufen. Das erste Mal ausgerechnet die Mutter aller Fehler: ein langes blondes Haar auf seinem Unterhemd. Er hatte es Eleanor noch als einmaligen Ausrutscher verkaufen können.

Später, als sie schon längst unter der Erde war und die sozialen Medien begannen, die Welt endgültig in den Schwitzkasten zu nehmen, leistete er sich seinen bis heute letzten Fehler.

Seinen größten.

woran er sich noch erinnern konnte

Ellas Eltern, steinreiche Anwälte, waren glücklicherweise vor ihr gestorben. Sie legte das geerbte Vermögen in Kunst an, überwiegend zeitgenössische Grausamkeiten, so viel, dass bald keine Wand mehr frei war und sie ein kleines Lager anmieten mussten. Wenige Wochen nach ihrem Tod verhökerte er die ganze Sammlung über einen Mittelsmann. Die daraus resultierende finanzielle Unabhängigkeit ermöglichte es ihm, an seinem Roman zu arbeiten. Heimlich, schließlich durfte niemand aus der Branche davon erfahren. Er arbeitete besessen, jahrelang und nächtelang, das Zauberpulver machte ihn hell und schnell, er trieb die Worte vor sich her wie Leibeigene, prügelte auf sie ein und ließ sie tanzen.

Beat Brendel erschuf einen Text von majestätischer Erhabenheit, mit sonnengleicher Strahlkraft.

Einen Jahrhundertroman.

Als keiner der großen Verlage sich anschickte, sein Werk veröffentlichen zu wollen, und auch keines der kleinen, aber feinen Häuser mutig genug war, es ungekürzt zu publizieren (ein Verleger zeigte zwar Interesse, schlug jedoch vor, eine zweite weibliche Hauptfigur einzuführen und den Ich-Erzähler mit Potenzproblemen kämpfen zu lassen), sah er sich zunächst noch bestätigt. Hatten nicht auch andere große Geister reihenweise Absagen erhalten? Auch Melville hatte – glücklicherweise – den Vorschlag seines Lektors abgewehrt, den Wal durch eine Verderbtheit des Protagonisten gegenüber jungen üppigen Mädchen zu ersetzen. Und was wäre der Welt entgangen, wenn Fitzgerald auf den Rat eines Verlegers gehört hätte, der ihm nahelegte, die Figur des Gatsby aus seinem Roman zu streichen?

Als am Ende lediglich ein kleiner Indieverlag bereit war, den Roman stark gekürzt und mit anderem Titel als Taschenbuch herauszubringen, musste er schließlich doch den letzten, den unliebsamen Weg wählen – und kaufte den Namen des bereits in den Neunzigerjahren stillgelegten Cherub-Verlags, reanimierte ihn, veröffentlichte zunächst zur Ablenkung das völlig unverständliche Manuskript einer verwirrten Open-Mike-Teilnehmerin, und brachte schließlich sein eigenes Buch unter dem Pseudonym *Jacques Felling* heraus.

Als sein Roman endlich erschien, ignorierte das gesamte Feuilleton seinen Geniestreich. Wie konnte das sein? Das durfte nicht sein! Wirklich nichts geschah. Er erwog, doch noch aufzudecken, dass er, Beat Brendel, sich hinter dem Pseudonym verbarg, doch dann wäre die Häme der Kollegen vorprogrammiert gewesen – schließlich hatte er *Liebenslänglich* in einem Akt der Verzweiflung bereits selbst verrissen, um wenigstens *etwas* Aufmerksamkeit zu generieren. Bert Rügenglies, der alte Feuilletonchef der *Neuen Zürcher Zeitung*, hatte nur widerwillig eine kurze Spalte freigemacht, nicht ohne ihm einen seiner väterlichen Monologe vorzusingen. *Ständig veröffentliche unbekannti Autore settig irrelevanti Text in Kleinstverläg, was het e talentfreie Afänger da verlore? Het är öppe eini vo dine Chatze bumst?*

Es git da dä Norweger, Knausgård, sehr interessant, wettsch ned dä Artikel mache? E halbi Site am Wuchenändi. Dä het in Norwege grad de Brageprisen abgrumt und verkauft sich wie verruckt. Dä wird au in Dütschland s'nächste grosse Ding.

Rügenglies sollte recht behalten. Karl Ove Knausgårds Weltkarriere nahm ihren Anfang. Dabei hätte *er* das sein müssen! In dreißig Sprachen übersetzt, viel diskutiert, von der Verwandtschaft beschimpft, auf Lesereise in den USA gefeiert wie ein Popstar. Doch *Jacques Felling* gewann keine Preise, wurde von niemandem beschimpft, niemand kaufte sein Buch. Er hatte es verbockt. Und er hatte keine Ella mehr, die ihn aufrichten konnte.

Also versuchte er, sich mit Kokain und Alkohol aus dem Leben zu schleichen. Als Vater war er längst ein Totalausfall. Nina kaufte ein, Nina wusch die Wäsche, Nina machte Corvin das Frühstück, brachte ihn zur Schule, Nina machte alles. Ohne Nina wäre er wohl zu Grunde gegangen. Oder zumindest hätte das Jugendamt irgendwann vor der Tür gestanden und Corvin mitgenommen. Vielleicht wäre es besser für alle gewesen.

An jenem verhängnisvollen Abend feierten sie Ellas Geburtstag, wie jedes Jahr zu dritt, sahen sich die Filme und Fotos gemeinsam an, lachten zusammen, verdrückten ein paar Tränen. Nina war gerade erst volljährig, aber aufgrund der fehlenden Mutter und des nur körperlich anwesenden Vaters hatte sie im Schnellverfahren erwachsen werden müssen. Am Ende der Geburtstagsfeier nahm sie ihren Vater lange in den Arm und brachte dann Corvin ins Bett. Ihr neunjähriger Bruder ging nicht nur aufgrund seines schmächtigen Körperbaus noch als Sechsjähriger durch. Aus dem Jungen würde nie etwas werden, das war schon damals klar. Auch an diesem Abend ließ er seine Schwester nicht wieder gehen, die beiden schliefen noch in einem Zimmer, meistens sogar in einem Bett, damals, in ihrer Wohnung in Zürich.

Beat Brendel saß allein im Wohnzimmer vor der weißen Leinwand, zwischen den Fotoalben, den Kisten voller Videotapes und 8mm-Rollen, und als er sicher war, dass Nina nicht mehr zurückkehren würde, holte er den Zuger Kirschbrand aus dem Schrank und legte die eine Rolle ein, die er sich nie mit den Kindern ansah.

Drei stumme Minuten, allein mit der großen Liebe seines Lebens, nur begleitet vom Schnurren des Projektors. Ella tanzt lachend durch die Morgensonne, die Spule surrt ihr Lied, ein Bergpanorama verschwindet im Sfumato, sie in Wanderstiefeln, nur mit seinem weißen Oberhemd bekleidet. Damals hatten sie sich regelmäßig in Vaters Hütte zurückgezogen, lebten ein paar Tage nur von Champagner, Gras und körperlicher Liebe, er und seine Eleanor, noch immer zog es im Schritt, wenn er sie so sah. Ella war eine Erscheinung. Ausnahmslos alle begehrten sie, Männer wie Frauen verfielen ihr, sobald sie einen Raum betrat und mit ihrem sonnigen Lachen auffüllte. Auch als Paar waren sie unschlagbar, wo immer sie gemeinsam auftauchten, die Menschen fühlten sich beschenkt von der Anwesenheit der Bender-Brendels, sie waren zusammen auf dem Weg nach ganz oben.

Und er hatte all das zerstört. Hatte *sie* zerstört. Obwohl Ella einen Teil der Schuld selbst trug: Schließlich hatte er für einen geplanten Kaiserschnitt plädiert – sie hingegen bestand darauf, auf natürlichem Wege zu gebären. Der Dammriss verheilte nur langsam. Zu langsam. Während der daraus resultierenden Sexpause hatte er sich irgendwann Ersatz suchen müssen. Und anschließend seinen Schwanz nicht mehr unter Kontrolle bekommen. Als sie Jahre später herausfand, wie lange es schon lief und dass praktisch alle außer ihr von seiner Rumvögelei wussten, legte sich ein Schatten auf ihr einstmals so lichtes Wesen. Ein Schatten, der nie wieder verschwand – und der sie letztlich zu sich nahm.

Zum Schluss des 8mm-Films dreht Ella ihm den Rücken zu, schaut neckisch über die Schulter, nichts ahnend von den Sorgen der Zukunft, sie lächelt in die Kamera und lupft das Hemd, sodass es kurz in der Sonne aufblitzt, ihr pfirsichsamtenes Hinterteil.

Wieder und wieder ließ er die Rolle durchlaufen, irgendwann goss er das Kirschwasser direkt aus der Flasche in seinen Schmerz. Schließlich knöpfte er sich die Hose auf. Das war das Letzte, woran er sich noch erinnern konnte.

Eleanor

Er wusste nicht, wie oft er zurückgespult hatte, wusste nicht, wie er ins Bett gekommen war, wann und wo er sich seiner Hose entledigt hatte. Als er am späten Nachmittag des nächsten Tages mit angetrocknetem Erbrochenem auf der Brust aus einem komaähnlichen Schlaf erwachte, war von der Flasche Etter Kirsch nur noch ein kläglicher Scherbenhaufen übrig. Auf der Wohnung lag bereits ein stilles Dämmerlicht. Die Kinder hatten, wie fast jeden Morgen, allein gefrühstückt, wo sie sich herumtrieben, wusste Nina allein. Sein Harndrang zwang ihn, sich aus dem Bett zu rollen. Als er über das Schmidt-Rubin-Gewehr seines Vaters stolperte, blitzte etwas aus der Blackbox der letzten Nacht hervor. Auf dem Schreibtisch stand sein aufgeklappter

Laptop, dessen Screensaver sanft wabernde Schlieren generierte. Er ging hinüber und gab sein Passwort ein. Facebook war noch geöffnet, sein nocturnes Posting bereits viral gegangen. Und bereits wieder von Facebook gesperrt worden. Was sinnlos war, alle hatten es gesehen, Screenshots gemacht, darüber berichtet, es zu Memes verarbeitet. Es gab sogar einen eigenen Hashtag: #brendelnacht.

Sein im Brusthaar zur Kruste gewordener Mageninhalt bekam Risse, als er nun tief Luft holte, während er sich durch die Tweets, Posts und Kommentare scrollte, die sich unter diesem Hashtag versammelt hatten.

Urs konnte nicht mehr nachvollziehen, warum er es für eine gute Idee gehalten hatte, sich mit dem Edding JESUS auf die Stirn und einen Hitlerbart auf die Oberlippe zu malen, dabei mit dem Repetiergewehr zu posieren, über dessen Lauf, wenn man genauer hinsah, ein Kondom gezogen war. Und warum er dabei – bis auf die Wanderstiefel und das weiße Hemd – unbedingt hatte nackt sein wollen.

Und so ging es zu Ende, das Leben des Beat Brendel. Vor neun Jahren. Urs schnitt sich die halblangen, stets dunkel gefärbten Haare ab und zog aschblond mit den Kindern in seine Geburtsstadt Hamburg. Es gelang ihm, unter seinem bürgerlichen Namen ein bürgerliches Leben zu beginnen. Es waren neue Idioten und neue Memes nachgekommen, Jahr für Jahr, auf immer neuen Plattformen, und irgendwann geriet das unrühmliche Ende des Beat Brendel in Vergessenheit. Er war jetzt der alleinerziehende Witwer Urs Carstensen, der Fachartikel über neue Tendenzen in der zeitgenössischen Personalentwicklung schrieb. Er war gut, den Schweizer Akzent hatte er einfach ausgeknipst, der war sowieso bloß Maskerade gewesen, er schnackte jetzt wieder wie ein Hamburger. Trug auch keine Ohrringe mehr, die

blau getönte Brille hatte er in einem albernen Ritual zerstört –
Urs war zu einem neuen Menschen geworden.

Es hätte ihm gefallen, für den Geheimdienst zu arbeiten.
Wenn es einen Staat gäbe, für den es sich lohnte. Aber der Staat
war sein Feind, das Dummvolk war sein Feind, die Journalisten,
die Weiber, die zu hässlich waren, um sich nach oben zu schlafen, aber neuerdings dank Quote mitreden durften, die *Genera-
tion Z*, oh Hilfe, diese bräsigen Hohlfrüchte, die meinten, mit
Schuleschwänzen die Welt retten zu können, aber ohne ihr
iPhone nicht wussten, ob ihnen heiß oder kalt war – und die eine
Behinderte zu ihrer Anführerin gemacht hatten.

Und von allen am meisten hasste er die Autoren. Die erfolgreichen. Die Saison für Saison überbewerteten Schund auf unter-
irdischstem Niveau produzierten, von noch minderbemittelte-
ren Berufsrezensenten in den niedrigen Himmel ihrer winzigen,
kleingeistigen Welt gelobt wurden, auf die er, gullivergroß, he-
rabblickte und einen langen, kräftigen Strahl seines Urins ab-
schlug, auf dass sie alle darin ersöffen.

Urs war ganz allein auf dieser Welt.

Und er vermisste seine Eleanor.

gefällt mir

Heute begann er mit oDDDin-88 🏴🏴🏴🔥 ☒, dem sack-
dummen Ost-Nazi.

Er musste aufpassen, dass er nicht zu kreativ wurde, las sich
immer wieder Kommentare von echten Trollen durch, um ihren

Slang einzusaugen. Auch hier gab es Trends und Modesprüche, in letzter Zeit waren Vergewaltigungsfantasien en vogue, bei denen Feministinnen mit Migrationshintergrund von hinten »geknattert« wurden, während auf dem Fernseher wahlweise Goebbels-, Hitler- oder auch Gaulandreden liefen.

Was ihn wirklich faszinierte, war die Sache mit der Autokorrektur. Bei allen ausgeschaltet. Es war kompletter Irrsinn.

Er öffnete Twitter und ging die Listen durch. Baerbock, die bescheuerte Ökomuschi von den Grünen, hatte gerade wieder irgendeinen Rotz wegen der Gaspipeline abgesetzt.

»Gas« war natürlich ein dankbarer Aufhänger.

oDDDin-88 🏴🏴🏴 🔥 🇮🇱
@ABaerbock ich finde das wir hier in Deutschland ein bischen Gas ganz gut brauchen können. türkische und sürische Gerichte kann man damit lecker kochen, auch ohne Flamme! #DDD #88

Und zack, nach ein paar Minuten schon 23 Likes. Es war so einfach. Als Nazi hätte er eine Blitzkarriere hinlegen können. Aber die AfD war ein Verein hässlicher, knäckebrotdummer Vollidioten, da konnte man unmöglich ernsthaft mitwirken. Ihm war ja die CDU schon zu niedrig. Was in Deutschland fehlte, war eine wirklich kluge, neurechte Strömung, wie bei den Franzosen. Da durfte man noch rechts und intellektuell sein. Aber was war schon rechts oder links, es löste sich doch längst alles auf und vermischte sich mehr und mehr, wie in einem Eimer, in den erst geschissen, dann gekotzt und schlussendlich gepisst wurde.

Houellebecq, das war ein echter Held. Provokant, messerscharf und blitzgescheit, schiss auf die Konventionen und trank sich durch die Tage. Der Nase nach zu beurteilen begann er den

Tag mit Weißwein. Und auch dagegen sagte keiner etwas in Frankreich, das war Kultur, ein Gläschen um 12:00, was war dagegen einzuwenden?

Das hätte er sein müssen: nicht Knausgård – der deutsche Houellebecq! Aber hierzulande wurde man medial gekreuzigt, sobald man mittags einen Genussschluck trank, und wurde als Nazi aussortiert, wenn man anregte, bei den Imamen in den Moscheen vielleicht mal etwas genauer hinzuschauen. Und weshalb war es verboten, mafiöse Strukturen anzuprangern, sobald Juden involviert waren? Die Deutschen waren zu Recht vom Aussterben bedroht.

Er loggte sich aus und gleich wieder ein. Weiter machte er als *Aluhut-Akbar-الله*, das war seine älteste Identität. Die war ihm ein bisschen ins Komödiantische abgeglitten über die Jahre und wurde von den meisten längst als Satire wahrgenommen – er hatte seit Kurzem über 10 000 Follower. Hier verknüpfte er islamistischen Quatsch mit Verschwörungstheorien und Esoterik: Chemtrails gegen Christen, Gebetsketten gegen Handystrahlen, fasten statt impfen. Er warf einen Blick auf die Seite der AfD Schachnow, das waren wirklich die dümmsten von allen. Stets darum bemüht, höhnisch und überlegen zu klingen, was aber bei ihrer unfassbaren Simplizität und ihrem beschränkten Wortschatz so ungelenk und lächerlich wirkte wie ein Jahrmarktgewichtheber im Tutu, der versucht, einen *Ailes de Pigeon* zu springen. Es gelang ihm stets mühelos, sich in das Mindset der grotesk schlichten AfD-Fratzen und frustrierten Verlierer zu begeben und die richtigen Knöpfe zu drücken, um ihren Hass zu triggern.

Und siehe da, ganz frisch auf der Facebook-Seite der AfD Schachnow: ein klimakritischer Post zum Wetter, weil es so heftigen Regen gegeben hatte in letzter Zeit. Ein Bild von einem

Feuerwehrauto, zwei Feuerwehrmännern und einem AfD-Mit-
glied mit riesigem, schnapsgefüttertem Schmerbauch, alle den
Daumen nach oben.

AfD-Schachnow
Keller der Parteizentrale nach Dauerregen vollgelaufen, unser
Helden von der Freiwillige Feuerwehr kommen aber auch am
heiligen Sonntag. Was ist denn jetzt mit Dürre die Greta Tunfisch
und ihre #Klimakids uns profezeit haben?

Prophezeiung, Klima, da sollte sich doch was machen lassen.
Urs googelte eine Koran-Sure mit dem Schlagwort »Wetter«. Er
übernahm auch das Bild, das die entsprechenden arabischen
Schriftzeichen dazu lieferte, und postete es zusammen mit dem
deutschen Text als Kommentar. Wahrscheinlich hätte allein das
Bild mit den paar Zeilen Arabisch den Dumpfbacken schon gereicht.

Aluhut-Akbar-الله
O siehst du nicht
dass Gott zusammentreibt Gewölke,
Dann verdichtet ers unter sich,
Dann macht er es zu Schichten;
Da siehest du die Flut hervor
Brechen aus seinen Spalten,
1/2
Aluhut-Akbar-الله
Und niedersendet er vom Himmel Berge,
In denen Hagel ist,
Mit diesem trifft er wen er will,
Und wendet ihn von wem er will ab,
Doch seines Blitzes Leuchtung nimmt
Beinah hinweg die Sehe.
2/2

»Seines Blitzes Leuchtung«, er musste breit grinsen, konnte man sich wirklich nicht ausdenken. Zufrieden trank er aus, schenkte sich nach. Quasi innerhalb von Sekunden hatte er zehn, zwanzig, über dreißig wutschnaubende Kommentare, er nahm einen langen Schluck und las sich das alles durch.

Es war zu herrlich. Er war Gott.

Deutschland-Deutschland
Geh zurück in die Wüßte, Ölauge!!!!!1!

Speckhahn_1999
MANN spricht hier deutsch! DU bist an scheinent kein Mann!

Blausäure88
geh deine Ziegen f****n die haben Hunger. die stehen auf arabische Wurst.

Granadolf
@Blausäure88 @Aluhut-Akbar-الله
arabische WurstZIPFEL

Blausäure88
Ich dachte ZIPFEL wird bei den Wüstensöhnen abgeschnitten 😄 😉

Aluhut-Akbar-الله
@Blausäure88 @Granadolf
Meine Wurst ist groß, scharf, hart und halal, ihr kleinen Kartöffelchen
Isch besorg es euren Weibern von hinten (weil zu hässlich) während ihr am Späti gammelt.

Er loggte sich wieder aus, die Reaktionen darauf würde er sich zum Abschluss gönnen.

Dann drehte er eine kleine Runde als *Prince Gay One*, seiner Identität für schwule Kommentare unter Deutschrap-Interviews und »-Ansagen«. *Prince Gay One* brachte ein paar dem Profilbild nach 14-jährige Capital-Bra-Fans und Farid-Bang-Jünger gegen sich auf, indem er behauptete, die zwei in einem Schwulenclub gesehen zu haben, was er sogleich mit einem gephotoshoppten Saunabild »bewies«, auf dem Capital Bra das durchschnittlich große Glied von Farid Bang massierte. Anschließend war *alice_schwarzer_kaffee* an der Reihe. Was tat es gut, sich als TERF mit den intersektionalen Einwanderertöchtern anzulegen. Die Sache mit dem Kopftuch zündete immer wieder zuverlässig. Und zu guter Letzt postete *Brigitte Vollmer* noch in einer geschlossenen Facebook-Gruppe für alleinerziehende Mütter, dass hin und wieder ein wenig körperliche Züchtigung, in Maßen versteht sich, und niemals ins Gesicht, Wunder bewirken könnte. Ihr Nilsi respektiere sie total, seit sie von der guten, alten Gürtelmethode Gebrauch mache, die schon ihrem Vater geholfen habe, für Klarheit zu sorgen. Kinder bräuchten nun mal Grenzen, und man könne die Prägung der eigenen Sprösslinge nicht den verweichlichten Erzieherinnen überlassen, die Angst um ihren Job hatten und nicht mehr zulangten, wenn es angebracht war.

Eine Mutter postete:

Ich bin voll bei dir, Brigitte.

Eine andere kommentierte:

#regrettingmotherhood

Brigitte Vollmer klickte *gefällt mir*.

Womit hatte er das verdient?

Am nächsten Tag erwachte er auf dem Sofa seines Arbeitszimmers. Während die Kopfschmerztabletten langsam wirkten, holte ihn, wie jedes Mal nach einer Trollnacht, der Schatten eines Gewissens ein. Zum Kater gesellte sich der Seelenkater – und schließlich die Angst. Was, wenn er eines Nachts wieder einen Fehler machte? Wenn alles aufflog? Nicht wenige seiner Tweets oder Kommentare erfüllten den Tatbestand einer Straftat. Irgendwelche aufmerksamkeitsgeilen Investigativreporter – junge Leute, technisch versiert, die wurden immer besser – arbeiteten über Monate an einer schnell geschnittenen Reportage, die dann bei FUNK oder VICE millionenfach geklickt und überall geteilt wurde. Waren sie ihm womöglich längst auf der Spur?

Nein, solange er seinen Hass über den Schattenrechner in die Welt spie und sich nicht in die vollkommene Willenlosigkeit trank, war sein weltentlarvendes Projekt nicht in Gefahr. Mochten die Kinderreporter noch so gewieft sein – ein Urs Carstensen würde ihnen immer um Jahre voraus bleiben.

In seinem seelenwunden Zustand tat ihm heute Morgen sogar Corvin ein wenig leid. Warum musste sein Sohn so anders sein als er? Was hatte er falsch gemacht? Er wollte ihn lieben, wirklich, hatte sich Corvins Horror-Wurm mit den eintausend Beinen zeigen lassen und bestaunt, hatte interessiert genickt, als sein Sohn sich beim Paarungsverhalten der Vogelspinnen in Rage monologisierte. Aber die ganze Zeit flog ein *HALT-DIE-FRESSE*-Spruchband, von einer winzig kleinen Sportmaschine gezogen, durch seinen Kopf und nahm seine gesamte Aufmerksamkeit in Anspruch, denn auf keinen Fall durfte das Flugzeug seinen Kopf durch den Mund verlassen.

Er hatte immer gedacht, dass sei automatisch so, von der Evolution in die Gene geschrieben: Eltern lieben ihre Kinder – komme, was wolle. Seine Nina liebte er doch auch trotz allem. Aber Corvin? Ein negativer Vaterschaftstest hätte Urs die Möglichkeit geboten, ihn einfach abzustoßen, wie ein Körper das Spenderherz eines Fremden. Doch Corvin war sein Fleisch und Blut. Das hatte er leider schriftlich.

Um Nina machte er sich Sorgen. Vor vier Monaten war sie von der Bildfläche verschwunden. Auch Corvin hatte angeblich nichts von ihr gehört. Das letzte Lebenszeichen war ein Bild ihrer Füße auf Instagram aus Nepal gewesen.

Macht euch keine Sorgen
#neueUfer #sowieeswirklichwar #sweww

Er wusste nicht mal, wie ihre Freundin Mareike mit Nachnamen hieß, jetzt ärgerte er sich über seine demonstrative Ablehnung. Hätte er etwas mehr Interesse an der Partnerin seiner Tochter geheuchelt, Nummern getauscht, dann könnte er sie jetzt kontaktieren. Aber als Nina ihren »Schatz« mit nach Hause brachte, war ihm schlecht geworden bei der Vorstellung, dass diese Bäuerin aus Schleswig-Holstein seiner Tochter die Scheide ausleckte. Oder umgekehrt. Jetzt wurde ihm schon wieder schlecht, er drehte sich auf die Seite und sah auf die Uhr. Verdammt, schon vier Uhr nachmittags. Bis wann hatte er die Trolle gestern wieder tanzen lassen? Bis zum Filmriss durfte er es nicht mehr treiben. Das hatte schon Beat Brendel das Genick gebrochen. Urs Carstensen brauchte seins noch. Er tastete nach dem Schlüssel, öffnete die unterste Schublade des Schreibtisches, zupfte mit

Daumen und Zeigefinger eine Prise Feenstaub aus dem Tütchen, die er sich mehr in die Nase rieb, als zu schnupfen. Bald darauf ging es ihm besser.

Nach einer halbstündigen Dusche und einer weiteren Ladung Kokain war er fast wiederhergestellt. Er briet sich zwei Eier und sechs Rostbratwürste, Corvin kam in die Küche und verzog angewidert das Gesicht. Nina hatte ihn letztes Jahr kurz vor Weihnachten mit dem Vegetarier-Virus angesteckt. Zum ersten Mal hatte es keine Ente gegeben. Sondern geräucherten Tofu. Er hatte noch nie etwas so Widerliches gegessen. Seitdem musste er sich immer wieder Bilder von Schlachthöfen oder wundgeschubberten Schweinen in zu engen Käfigen ansehen, die Corvin ihm ungefragt per WhatsApp schickte, wann immer er sich ein Steak oder Schnitzel briet.

»Heute ist Elternabend, das hast du auf dem Zettel, Papa?«

Scheeeeeiße. Auch das noch. Das Schuljahr ging ja wieder los. Urs hatte sich auf einen Assi-Abend im Bett gefreut, mit Chips, in der einen Hand ein Konterpils, die andere Hand in der Hose, dazu irgendein vollkommen unspektakuläres Fußballspiel aus dem Netz, gern was Drittklassiges, Russland oder Asien, null zu null.

»Aber sicher Corvy, um wie viel Uhr noch mal?«

»Der Elternabend beginnt um 19:00 Uhr.«

Urs schüttete sich die Würstchen und die Eier, *sunny side up*, auf den Teller, trug alles mit einem Glas Wasser zum Tisch und setzte sich.

»Fahren wir mit dem Auto?«, fragte Corvin.

Urs kaute, die Schläfen pumpten, er sah seinen Sohn an, trank einen, zwei, drei Schlucke.

»Wir?«

Mit der Zunge pulte er ein Stückchen Wurstrest zwischen Zahnfleisch und Backentasche hervor.

»Ja, ist doch *Klassenabend* heute, mit Schülern. Wir wählen ein Konzept für die Projektwoche, den Klassensprecher – und eine neue Leitung für den Festkreis wird auch gewählt.«

Er durfte sich das Entsetzen nicht anmerken lassen, probierte es mit Verschlucken, hustete, trank einen weiteren Schluck. Als ob die ganzen verstrahlten Muttis nicht schon Folter genug waren, würde heute auch noch ihr vollkommen fehlentwickelter Nachwuchs mit dabei sein. Das gab es jedes Mal zu Beginn eines neuen Schuljahrs.

»Alles klar, dann fahren wir so um Viertel vor sieben los. Das reicht, oder?«

»Nein, erst ist doch noch die Ansprache der Schulleiterin in der Pausenhalle. Um 18:00 Uhr.«

Urs wischte das letzte Würstchen durch das zerlaufene Eigelb und steckte es sich am ganzen Stück quer in den Mund, kaute, schluckte und dachte dabei mit geschlossenen Augen an den Small Talk, den er würde führen müssen. Entweder im Klassenzimmer, während sich der Stuhlkreis nach und nach mit Menschenmüll füllte, oder unten vor der Tür, wo die Rauchermamas standen und darauf warteten, dass ihr Highlight des Monats endlich losging. Er sah auf die Uhr. Kurz nach fünf.

»Alles klar. Dann brechen wir also in einer halben Stunde auf.«

Womit hatte er das verdient?

in die Luft schnellen

Und das hatte ja keiner ahnen können.

Sie waren noch vor allen anderen im Klassenraum gewesen, betraten den Raum gemeinsam mit dem Klassenlehrer, dieser Tom-Selleck-Schwuchtel namens Kujawa. Dann kamen ein paar der Mütter, der dumpf glotzende Semmel, schließlich kurz nacheinander die beiden Väter, die er am meisten hasste. Sie gaben sich die Hand, so wie Mannschaftsführer und Schiedsrichter es heutzutage vor dem Spiel zu tun pflegen: kumpelhaft obenrum, auf Schulterhöhe. Wer hatte diese Prollsitte eigentlich eingeführt, ließ sich das recherchieren? Man sollte denjenigen ausfindig machen und öffentlich züchtigen.

Bei den sich auf diese Art begrüßenden Männern handelte es sich um irreparabel kaputte Superkretins: Herr Hein war ein Mittfünfziger, Typ Landarzt, der auch tatsächlich Arzt war, in Edelrockerjacke. Vermutlich fuhr er im Sommer mit seinen Freunden aus dem Club auf der Harley die Route 66 entlang und fühlte sich frei. Und der andere, Herr Bittsheimer, war ein erbärmlicher Ökospießer in Rohseidenhose, mit einer Frisur wie der verrückte Professor aus einem Kinderfilm, in angepisstem Blond, dazu eine goldene Nickelbrille und einen Vollbart. Aber nur untenrum, wie ein Kapitän.

Urs fragte sich, wie er diesen Abend überleben sollte.

Doch dann kam sie.

Die war neu.

Verdammte Axt.

Sie betrat den Raum mit ihrer Tochter, einer unscheinbaren Brillenschlange kurz vor Pummelchen, die sich sofort in entgegengesetzter Richtung zu ihrer Mutter im Stuhlkreis einen Platz suchte. Die Mutter kam lächelnd auf ihn zu, wie auf einen Bekannten, den man im Ausland trifft, dem man sonst kaum mehr als im Vorbeigehen zunicken würde, dem man aber hier, unter diesen zufälligen Umständen mit einem Leuchten im Gesicht begegnet. Sie setzte sich auf den freien Platz neben ihm, ordnete ihre blonden Locken, wollte gerade etwas sagen, beugte sich zu ihm, oh Hilfe, was für Titten, und öffnete die Lippen, oh Hilfe, was für Lippen, der Impuls, sie hier, vor allen Eltern und Schülern direkt zu küssen, war so groß, wie er es lange nicht gespürt hatte. Seit Eleanor nicht. Er starrte auf ihren Mund, in ihren Ausschnitt und dann – in ihre Augen. Auch sie fixierte ihn, musste ihren Atem kontrollieren. Sie bewegten sich jetzt tatsächlich, ganz, ganz langsam aufeinander zu. Er hatte seinen Mund leicht geöffnet und spürte sein Herz bis in die Zunge schlagen.

»So, dann wollen wir mal beginnen«, rief sein Sohn, sein dummer, verfickter, hässlicher Scheißsohn. Sie rissen sich los, die blonde Unbekannte zog noch einmal zum Kommentar lachend die Augenbrauen hoch, als würde sie ihn fragen: *Was war DAS denn?*, und er antwortete, während er sich zurücklehnte, mit klimpernden Augenlidern und einem leichten Kopfschütteln: *Ich habe KEINE Ahnung!*

Herr Kujawa begrüßte die Runde – und das Unheil nahm seinen Anfang. Wie lange noch? Urs sah auf die Uhr. Einer der zwei Übersetzer von der taubstummen Mutter begann mit seiner wilden Wedelei. Jede Viertelstunde wechselten sie sich ab, weil das Rumfuchteln ja ach so anstrengend war. *Jede Viertelstunde.* Was waren das bitte für Weicheier?

Als Erstes stand die Wahl zur Leitung des Festkreises an. Da war er zum Glück raus. Er hatte sich vor zwei Jahren einmal zum Kassenwart wählen lassen, das Geld für die Klassenfahrt und für

Lehrer-Geburtstagsgeschenke eingetrieben und verwaltet. Auf dem Gebiet der digitalen Kommunikation und des elektronischen Geldverkehrs hatte sich ihm in der Elternschaft eine Digital-Inkompetenz offenbart, die ihn zutiefst erschüttert hatte. Es gab Mütter, die ihre Mails nur ein Mal in der Woche abriefen. Andere hatten kein WhatsApp, da sie ein zwanzig Jahre altes Tastenhandy benutzten, wieder andere verstanden das Prinzip *PayPal* nicht, es machte ihnen *irgendwie ein ungutes Gefühl, ist das denn überhaupt richtiges Geld?*, weshalb sie lieber *bar* einzahlen wollten, und für diese Zwecke einen *Hunderter* mitbrachten, in der Annahme, dass ein *Kassenwart* eine *Kasse* dabeihatte und *wechseln* konnte. Die Aggressionen waren nur sehr schwer zu bändigen gewesen.

Aber er hielt das Jahr durch und hatte damit seine Schuldigkeit getan. Er würde bis ans Ende von Corvins Schulzeit keine Elternarbeit mehr machen müssen.

»Wer von Ihnen hätte denn eventuell Lust, die Leitung des Festkreises zu übernehmen?«, fragte sein Sohn jetzt. Kujawa nickte aufmunternd einmal in die Runde.

Als die Frau, die aus dem Nichts aufgetaucht war, sich neben ihm begeistert meldete, erlosch sein Elterndienst-Trauma im selben Moment, es schaltete sich einfach aus. Ohne auch nur einen Gedanken an die enervierenden Diskussionen und Abstimmungsrunden zu verschwenden, die diese Aufgabe zwangsläufig mit sich bringen würde, die E-Mails, die zu schreiben sein würden, die Deko, die gebastelt werden wollte, ließ er seinen Arm ebenfalls in die Luft schnellen.

Sammler

In den Jahren nach Eleanors Tod hatte er eine endlose Serie freudloser Ficks aneinandergereiht. War die Geheimhaltung seiner Affären zuvor noch Arbeit auf BND-Niveau gewesen, konnte er nun, als junger Witwer, offene Türen einrennen. Wie sie sich darum rissen, ihn zu trösten! Quickies im Stehen mit Debütantinnen, schon am Abend vor der Buchmesse. Der Strom versiegte nie, es gab viele kleine und die drei großen Ereignisse im Jahr, die für ihn nun als Selbstbedienungsladen für sexuelle Schnellbefriedigung fungierten: Leipzig, Klagenfurt, Frankfurt. Dann noch Bologna, für die Kinderbuchautorinnen aus aller Welt, und manchmal auch Venedig – doch Klagenfurt war eindeutig das Highlight. Der Wörthersee. Im Sommer. Nachwuchsautorinnen aus dem Häschenkurs präsentierten sich in Bademode, so gab es im Hotelzimmer keine bösen Überraschungen. Er war damals in Bestform, wusste, dass sein Körper am Strand das Pfund war, mit dem er die bleichen Autoren, beleibten Verleger und kahlköpfigen Kritikerkollegen ausstach, die aus den gleichen niederen Gründen wie er die alljährliche Fleischbeschau am Ingeborg-Bachmann-Strand besuchten.

Auf den Veranstaltungen dieser Jahre folgte ihm jede Nacht eine Autorin, manchmal auch eine Buchhändlerin oder zur Not eine Leserin mit aufs Zimmer. Dann wurde »gebrendelt«. So nannte er es, nur für sich. Vieles, was er in seinem Kopf mit Begriffen belegte, wurde niemals ausgesprochen. Er sprach alle mit »Baby« an, er benutzte stets ein Kondom, und er gab immer nur die Telefonnummer seines extra für diesen Zweck angeschafften Telefons (des »Muschifons«) heraus. Dort antwortete grundsätzlich die Mailbox, das Gerät zeichnete Voicemails auf, die ungehört gelöscht wurden. Auf Textnachrichten und Fragen nach einem Wiedersehen ging er nicht ein. Er hatte einen Chatbot-Service eingerichtet, der auf die erste SMS jeder neuen Nummer mit einer standardisierten Begrüßungsnachricht antwortete. Und dann für immer verstummte.

Beat
Du, das war echt besonders mit dir.
Danke!

Ansonsten blieb das Muschifon aus. Keine der Nummern speicherte er ab, alles wollte er so schnell wie möglich vergessen, die »Babys« aus seinem Leben halten, er war Jäger, kein Sammler.

du verlierst

Doch all diese Episoden konnten nicht abtöten, was sich schleichend in ihm ausbreitete, ihn von innen zerfraß und brüchig werden ließ, wie der Schwamm im Gebälk eines zu lange von der zerstrittenen Erbengemeinschaft vernachlässigten Gutshauses. Zu oft hatte er sich den Triumph ausgemalt, auf der Preisverleihung für das Phantom *Jacques Felling*:

Wie er zur Bühne schlendert, während alle gespannt warten, ob der große Unbekannte sich zeigen würde – *Brendel? Hält der noch eine Laudatio?* –, fragende Blicke und Getuschel.

Wie er die staunende Menge darüber in Kenntnis setzt, dass er, Beat Brendel, hinter *Jacques Felling* steckt, dass er diesen Meilenstein der Literaturgeschichte, *Liebenslänglich*, erschaffen hat.

Wie er in die versteinerten Gesichter der Kritikerkollegen blickt, die ihn unwissend in den Himmel gelobt hatten.

Wie er sich an den Visagen der Schriftsteller weidet, die er einst verrissen und die ihre hymnischen Blurbs auf dem Schutzumschlag hinterlassen hatten.

Und wie die Weiber vor seinem Hotelzimmer Schlange stehen.

Sein Buch, für das er keinen Verlag gefunden und welches er schließlich im Selbstverlag hatte veröffentlichen müssen, war trotz einer flächendeckenden Verschickung von Leseexemplaren vollständig von der Presse ignoriert worden. Und niemand staunte und niemandes Gesicht versteinerte und niemand stand Schlange vor *Jacques Fellings* Hotelzimmer. Und dann kam Jesus Hitler und machte für lange Zeit das Licht aus.

Heute war es wieder angegangen.

Urs hatte nicht für möglich gehalten, jemals wieder Gefühle für eine Frau empfinden zu können. Er hatte es aufgegeben, über Partnerbörsen nach Ficks zu jagen. Bei Tinder wurden ihm, als er zu Beginn nachlässigerweise sein echtes Alter angegeben hatte, *Omas* angeboten. Doch selbst als er sich zehn Jahre jünger machte und sich zu dem ein oder anderen faltigen Profilbild ins Bett wischte – der soziale Aufwand, der damit einherging, war ihm zu anstrengend geworden.

Vorbei waren auch die Zeiten, in denen er auf seinen Spaziergängen mit dem Köter des alten Brackmüller Hundebesitzerinnen ansprach. Keine der Bekanntschaften aus dem Volkspark oder den Elbhängen hatte je zu einem Abenteuer geführt, lediglich die WhatsApp-Gruppe, in die er aufgenommen wurde, bereitete ihm weiterhin Freude: ein privater Warndienst. Wenn ein Hund verloren ging, oder wenn irgendwo von einem Hundehasser vergiftetes Futter verstreut wurde, sagte man sich hier Bescheid. Er machte sich den Spaß, und verteilte in den beliebtesten Hundegegenden Hamburgs mit Abführmittel präparierte Hackbällchen, um dann als Erster eine empörte Nachricht in der Gruppe abzusetzen und sich an der Panik zu weiden, wenn mehr und mehr Mitglieder der Gruppe von ihren »sich im Todeskampf windenden« Kötern berichteten. Als der Chor der Hundehalterinnen in seine Forderungen nach der Todesstrafe für den Hundemörder einstimmte, war er glücklich. Natürlich starb keiner der Hunde, er war ja kein Sadist. Die Hunde kotzten und schissen ihren Frauchen lediglich das Bett voll.

Sein Bett blieb leer.

Nur wenige Male war er im Bordell gewesen. Die Stimmung dort hatte ihn, im Gegensatz zu früher, in der sauberen Schweiz, deprimiert. In Gedanken war er die ganze Zeit bei den Zuhältern der jungen Nutten gewesen, musste an die vielen anderen Schwänze denken, die kurz vor ihm in derselben Scheide herumgefuhrwerkt hatten, in der er gerade versuchte zu kommen.

So hatte er irgendwann ein Arrangement mit seiner Ende fünfzigjährigen Putzfrau Roswitha getroffen, das ihm vollkommen genügte: Jede Woche, wenn sie fertig geputzt und gebügelt hatte, klopfte sie, er bezahlte sie in bar, ohne Rechnung. Und wenn ihm danach war, hielt er ihr noch einen Hunderter hin. Also jedes Mal. Dann öffnete er seine Hose, stellte sich hin, sie setzte sich in seinen Bürostuhl und machte es ihm ohne Gummi mit dem Mund. Nicht auf Knien, er geilte sich nicht an der Unterwerfung auf, es war für ihn, auch wenn es von der Seite betrachtet nicht so aussah, ein Geschäft auf Augenhöhe. Niemand hegte romantische Gefühle, niemand handelte gegen den eigenen Willen, es kam durchaus vor, dass Roswitha »*heute nicht*« sagte. Sowieso war sie es, die nach ein paar Probeläufen die Bedingungen festlegte: Er musste nüchtern sein. (Betrunken brauchte er manchmal Stunden, um zu kommen, was üblicherweise von Vorteil war. Roswitha hatte das, als sie ihr Geschäft gerade zum dritten Mal abwickelten, bemerkt und nach zehn Minuten abgebrochen.) Außerdem sollte der Penis frisch gereinigt und bereits vollständig erigiert sein, wenn sie mit der Arbeit begann.

Manchmal, wenn der Druck zu groß wurde, fragte er sie unter der Woche per SMS, ob sie heute außerhalb der Reihe »nur mal kurz das Arbeitszimmer durchwischen« könnte. Auf diesen Code hatten sie sich geeinigt. Dann kam sie vorbei, lutschte seinen frisch gereinigten und bereits vollständig erigierten Penis, bis er in ihrem Mund kam, was schnell ging, sie drehte sich diskret weg und ließ das Sperma geräuschlos in einen unbenutzten Putzlappen laufen, den sie anschließend ausspülte und zum Trocknen aufhängte. Dann putzte sie sich die Zähne, gurgelte mit Mundwasser und verließ das Haus um hundert Euro reicher.

Als er wenig später Ulli erst in sein Bett und dann in sein Leben ließ, übernahm sie sofort den Putzdienst in der Wohnung, als Gegenleistung für die Unterkunft in der Not. *Hallo, sie war schließlich ein Putzclown.* Und so kam das Arbeitsverhältnis mit Roswitha zu einem mehr oder weniger natürlichen, undramatischen Ende. Er offenbarte ihr, dass ihre Hilfe in doppelter Hinsicht nicht mehr nötig sei, da es eine neue Frau in seinem Leben gebe, die leidenschaftlich gern putze. Ein letztes Mal hielt er ihr den Hunderter hin, doch Roswitha sah ihn nur fragend an.

»Deine neue Frau. Ist Liebe?«, fragte sie.

Urs sah sie irritiert an. In den acht Jahren, in denen sie nun bei ihm saubermachte, hatten sie nie über etwas anderes als Schmutz, Geld und Oralsex gesprochen.

»Äh, ja, ich glaube schon.«

Roswitha schüttelte den Kopf. »Kein guter Start.« Sie drückte die Hand mit dem Geldschein sanft herab. »Musst treu sein, sonst du verlierst.«

Ja

Und es hatte ihn noch nie derartig erwischt: Ihm war vollkommen klar, was hier geschah, es war dumm, doch es war ihm gleich, er wollte dumm sein, schön dumm, endlich durfte er wieder etwas fühlen, und so stürzte er sich mit Seemannsköpper hinein in die Liebesfluten.

Direkt nach dem Elternabend hatte er mit dem Google-Stalking begonnen, herausgefunden, dass Ulli ein Clown war, ein echter, professioneller, Preise gewinnender Superclown. Er sah sich alle Videos von der *großen Gisella* an, es gab derer haufenweise – und sie waren allesamt unglaublich witzig. Urs rauchte einen Joint nach dem anderen und lachte Tränen, bis er ganz leer und leicht war; sein Trollvolk schlummerte friedlich in dieser mondlosen Nacht.

Unter der Woche blieb Urs für gewöhnlich liegen, während der Junge sich ein Brot machte und in die Schule verschwand. Doch heute, am Morgen nach dem Klassenabend, war er früh erwacht, hatte geduscht, sich rasiert und um das Frühstück gekümmert. Mit frisch gepresstem Orangensaft und veganem Rührei, das Rezept musste er googeln, die Zutaten gab es alle in Corvins Fach.

Corvin blieb im Durchgang zur Küche stehen und betrachtete den gedeckten Tisch.

»Käffchen?«, fragte sein Vater und wedelte mit einem Tetrapak Mandelmilch.

»Äh, ja. Gern.« Corvin setzte sich, sein Vater stellte ihm einen Teller mit dem gefälschten Rührei hin, aus dem Toaster sprangen sanft gebräunte Scheiben Weißbrot. Urs nahm Platz, sie aßen schweigend.

»Ist irgendwas passiert?«, fragte Corvin.

Urs trank einen Schluck Orangensaft und stellte das Glas vorsichtig ab.

»Ja. Corvin, ich möchte mein Leben ändern. Es ist Zeit für einen Neustart.«

»Oh.«

Corvin lehnte sich zurück. Urs tupfte sich den Mund mit einer Serviette ab.

»Du weißt, dass ich zu viel trinke. Das muss ich jetzt endlich mal in Angriff nehmen.«

Corvin nickte. Urs sah auf seinen Teller und nahm einen Bissen seines *scrambled Tofu mit Kala Namak*. Es schmeckte zwar nicht nach Rührei, aber gar nicht so schlecht wie befürchtet.

»Und ich möchte auch im Haus etwas ändern. Den Flur renovieren. Weiß streichen, die Bilder von Ella … abnehmen. Wir könnten doch ein paar von deinen aufhängen? Ich weiß gar nicht, ob du noch malst, Corvin, aber es wär doch schön …«

»Wegen Alinas Mama?«

Urs sah ihn an. War es so offensichtlich? Er hatte das Gefühl, rot zu werden, wie ein Schuljunge. Und genauso kicherte er auch.

»Ja.«

TEIL 3

Alles wird gut

nur nicht jetzt

Als der Film mit Kujawa und Corvin in *MUSC* aufpoppte, war Alina geistesgegenwärtig genug, um sofort die Bildschirmaufnahme zu starten. (Alte Twitter-Angewohnheit: von krassen Tweets immer sofort einen Screenshot machen, falls sie später gelöscht werden.)

Und tatsächlich, nach zwei Minuten war der Clip schon wieder aus dem Netz verschwunden.

Heute nach der Schule fährt sie direkt zu Kim, die soll sich das mal ansehen. Alina war noch nie bei ihr zu Hause, Zeiseweg, gegenüber vom *Frappant*, auf der Klingel steht *Adenauer / Hermelin*. Dritter Stock, Altbau, vier Zimmer, der typische Hamburger-Knochen-Grundriss, abgeschliffene alte Dielen, fetter Balkon zum Hinterhof. Nicht am Fleet, aber trotzdem ziemlich nice. Die oder der oder das Hermelin ist heute anscheinend nicht da.

»Das ist ganz klar ein Deepfake.«

Kim hat ein Standbild des Schwulenpornos rangezoomt und deutet auf ein paar Artefakte beim Haaransatz von Corvin.

»Hier. Und wenn er sich zur Seite dreht, an der Nase sieht man's auch.«

Sie spult mit der Pfeiltaste ein paar Frames weiter und tippt auf den Bildschirm. Alina sitzt neben ihr und macht sich die … wievielte? … schon längst nicht mehr mitgezählte Zigarette an. Im Arbeitszimmer darf geraucht werden. Der Raum liegt im Nebel, Kim hängt in ihrem mega Chefsessel, weiches braunes Leder, abgewetzt, aber teuer. Der Rest der Wohnung ebenfalls: abgewetzt, aber teuer. Vermutlich. Alina kennt sich nicht aus mit Design, aber dass die Second-Hand-Möbel hier nicht von *Stilbruch* sind, checkt sogar die siebzehnjährige Tochter eines Putzclowns.

Ein Deepfake also.

»Die meisten in der Klasse konnten sich auch nicht vorstellen, dass das echt war.«

»Und es war sofort wieder gelöscht?«

»Ja. Zum Glück hat kein anderer ein Screen Recording oder auch nur einen Screenshot gemacht, sonst wäre der Klassenchat jetzt sicher voll mit Memes.«

»Das ist eine noch perfidere Taktik, als einfach einen gefakten Porno ins Netz zu stellen. Jetzt existiert der Clip nur noch als Legende, aber eine ganze Klasse schwört, dass sie ihn gesehen hat. Wer weiß davon? Andere Klassenstufen?«

»Heute haben zwei Vierties so getan, als ob sie Arschficken, während Corvin vorbeiging. Also weiß es unter Garantie die ganze Schule.«

»Eltern? Lehrer? Herr Kujawa hat noch nichts gesagt?«

»Er hat noch nichts gesagt, ich ihm auch nicht. Ich habe das *MUSC*-Projekt allerdings sofort beendet.«

»Und Corvins Vater weiß auch noch nichts?«

»Von mir bestimmt nicht. Und von Corvin sicher auch nicht. Er hat Schiss, dass sein Vater dann zur Schulleitung geht und Ärger macht und dass der Film irgendwie doch wieder auftaucht.«

Kim drückt noch einmal auf *play*. Alina sieht sich die Sekunden jetzt bestimmt zum fünfhunderttausendsten Mal an, und noch immer ist es verstörend glaubhaft. Die ganze Zeit eine feste Kameraperspektive, relativ amateurhaft ausgeleuchtet. Sieht aus wie ein mieses Kinderpornovideo, was es ja auch ist – Corvin wird erst nächsten Monat achtzehn.

Alina starrt und raucht und schüttelt langsam den Kopf.

»Ey … die Haare … und der dürre Körper … das sieht *echt* aus wie Corvin. Und von dem anderen die Brustbehaarung … als Kujo im Sommer den obersten Hemdknopf offen hatte, konnte man sehen, dass er genau so'n Pelz hat«, sagt Alina.

»Ich kenne die Statur der beiden nicht. Aber die Qualität ist erstaunlich.«

Alina drückt ihre Kippe im Aschenbecher aus, zwei Stummel fallen runter, so voll ist er. Sie pustet den letzten Rauch aus dem Mundwinkel.

»Als der geheimnisvolle Zwölfte fällt Kujawa also aus«, sagt Kim. »*Cotzvin* hat den Film gepostet. Dieser User war von Anfang an dabei. Kujawa, sofern er sich Zugang zu *MUSC* verschafft hat, hätte erst recht spät Zugriff auf die App bekommen können. Durch dein Handy. Das haben wir ja bereits geprüft.«

Kim überlegt. »Ist der eigentlich offen schwul? Hat er einen Partner?«

»Kujawa? Weiß nicht. Er hat sich jedenfalls nicht mit ›Hallo, ich bin schwul‹ vorgestellt … aber es ist doch … äh, ziemlich offensichtlich?«

»Und ist Corvin schwul?«

»Frage ich mich tatsächlich erst, seit ich das Video gesehen habe. Dachte bisher, der ist einfach asexuell. Oder Spätentwickler. Aber klar … schwul. Könnte auch sein.«

»Irgendjemand möchte die beiden outen … und sicherlich kein Pro-Homo-Aktivist. Hier sollen Leben zerstört werden.«

»Aber wie psycho ist das bitte? Dieser Riesenaufwand … für so einen *Scheiß*? Wer macht denn so was?«

»Was ist mit Corvins Vater?«

»Urs? Der Typ ist harmlos. Eher so die Cooler-Onkel-Nummer.«

»C'mon, das sind immer die Schlimmsten. Noch nie einen Tatort gesehen? Wie ist das, kann der mit Rechnern?«

Und jetzt, sie hatte das bisher für eine Redewendung gehalten, bleibt Alina tatsächlich kurz das Herz stehen.

Die fette Kiste.

Der übertriebene Monitor.

»Na ja … der hat schon 'nen mega PC, mit Riesenscreen. Braucht er zum Videos digitalisieren, sagt er.«

Alina schwitzt Hitze, keinen Schweiß, handfesten Dampf. Ihre Brille beschlägt.

Kim reicht ihr ein Brillenputztuch.

»Hältst du es für möglich, dass er das seinem Sohn antut? Mit viel Aufwand diesen Deepfakeporno erstellt und ihn für alle im Klassenchat postet?«

»Ey, ich weiß nicht … der *Urs*? Nee. Der ist echt voll der Korrekte. Ich darf da weiter wohnen, obwohl Mama ihn sitzen gelassen hat. Seine Frau ist an Krebs gestorben, und seit Nina ausgezogen ist, also die Tochter, kümmert er sich allein um Corvin.«

»Was haben die für ein Verhältnis? Streiten sie?«

»Nee, Streit gab es nur neulich mit Nina. Aber er und Corvin … na ja, reden nur das Nötigste. Normal.«

»Und er arbeitet zu Hause?«

»Ja.«

»Ist er zu irgendwelchen Terminen ganz sicher *nicht* im Haus?«

»Er fährt manchmal mit dem Hund des Nachbarn raus und geht lange spazieren. Wieso?«

»Ich muss mir seinen Rechner mal ansehen.«

»Du musst *was*?«

»Na ja, nur mal reinkucken. Der Rechner ist eh passwortgeschützt, da komm ich nicht ran. Aber ich würde gern einen Blick in die Maschine werfen. Deepfakes sind wahnsinnig rechenintensiv, da musst du schon richtig Power am Start haben.«

»Ey, Kim, das können wir nicht machen. Außerdem schließt er sein Zimmer eh immer ab.«

»Der schließt sein Zimmer ab?«

»Na ja, klar, ist halt 'n sehr vorsichtiger Typ. Er kennt mich ja gar nicht. Ich soll jedenfalls immer Bescheid sagen, wenn ich Besuch bekomme und von wem.«

»Das heißt, du hast ihm neulich erzählt, wer ich bin? Als ich bei dir war?«

»Ja, nee, also nur, dass ich Besuch von 'ner Freundin bekomme.«

»Hast du meinen Namen erwähnt? Mit Nachnamen?«

»Nee, gar nix. Nur, dass wir uns von der Arbeit kennen.«

Kim richtet den Oberkörper auf, hebt die Hände, lässt sie um die Gelenke kreisen und anschließend die Finger in der Luft über der Tastatur tanzen. Sie blickt mit weitertanzenden Fingern zu Alina.

»Wie heißt er genau?«

»Urs Carstensen.«

»Mit ›C‹, oder?«

»Ja. Er hat mal unter Pseudonym einen Roman veröffentlicht, *Jacques* irgendwas … *Bellinger* oder so. War aber wohl nicht so erfolgreich. Eigentlich ist er Journalist. Früher Literaturkritik. Weiß gar nicht, was er heute macht.«

Kim tippt. Sie findet ein paar Fachartikel von einem »Urs Carstensen« auf einem *Human Resources*-Portal. Und ansonsten: nichts. Keine Literaturkritiken, keine Fotos, nur ein scheintotes Facebook-Profil. Ihm gefällt *Borat*, *Queen* und *Trio mit vier Fäusten*. Als Profilbild: Papa Schlumpf. 12 Freunde, letzter Post von vor zwei Jahren. Lupenreiner Gammelfleisch-Account. Kim öffnet einen seiner Fachartikel, kopiert den Text, öffnet einen Online-Plagiatscanner, loggt sich ein, fügt den Text ein und klickt auf SCAN. Ein kurzer Balken wächst in hohem

Tempo von links nach rechts, um sofort wieder bei null zu beginnen, sobald er voll ist. Es dauert. Und dauert. Eine Minute. Zwei. Dann poppt das Resultat auf.

Über die Hälfte ist gehighlightet.

»Dacht ich's mir. Das ist ein Copy-Paste-Artikel. Ich wette, die anderen auch.«

Nach zwei weiteren positiven Stichproben dreht sie sich im Sessel zu Alina.

»Der Typ existiert online quasi nicht, und die einzigen Artikel, die es von ihm im Netz gibt, sind Fakes. Der tut nur so, als wäre er Journalist.«

»Okay, langsam wird's gruselig.«

Kim kuckt angestrengt aus dem Fenster, gegenüber im *Frappant* dreht sich eine Diskokugel und tupft Lichtflecken in den kleinen Bildausschnitt, den man von hier aus sehen kann.

»Vielleicht Zeugenschutzprogramm«, sagt sie schließlich und greift zur Zigarettenschachtel.

»Jetzt hör mal auf.«

Kim klopft die letzten beiden Filterkippen raus, nimmt sich eine und hält Alina die andere hin. Nachdem sie beiden Feuer gegeben hat, zerknüllt sie die Schachtel und knetet den Pappball, während sie spricht.

»Okay … ich fasse zusammen: Der Typ ist definitiv nicht ganz sauber, er verbirgt etwas. Er hat die nötige Hardware und könnte durchaus die Kompetenz haben, um einen Deepfakeporno zu erstellen – auf niedrigem Niveau kriegen das ja inzwischen schon Schüler hin. Urs Carstensen scheint nicht wirklich als Journalist zu arbeiten, so wie er vorgibt. Wir wissen also nicht, was er eigentlich den ganzen Tag macht. Er schließt sein Arbeitszimmer ab, und er will wissen, wer zu welchem Zeitpunkt sein Haus betritt. Er ist alleinerziehend, hat so gut wie kein Verhältnis zu seinem Sohn. Und sein Sohn ist eventuell schwul.«

»Ja, aber das ist Urs wirklich egal. Corvins ältere Schwester Nina ist queer, das stört ihn ja auch nicht.«

»Oder er zeigt es nicht. Außerdem: Väter und Töchter, das ist was anderes als Väter und Söhne. Im Sohn will der Vater immer sich selbst reproduziert sehen. An ihn will er eines Tages das Zepter weiterreichen. Und vor allem: Falls er schon damit zu kämpfen hatte, dass die Tochter sich als queer outet, ist er doch völlig am Ende, wenn der Sohnemann auch noch schwul ist.«

Kim zielt und wirft die Pappkugel in Richtung Papierkorb. Sie trifft.

»Wir müssen bei ihm einsteigen.«

Alina steht auf, schiebt sich die Finger unter die Brille und reibt sich mit beiden Händen übers Gesicht, macht ein paar Schritte auf und ab.

»Ey, Kim, das ist mir alles zu heftig. Ich kann das nicht glauben. Das macht doch kein Vater mit seinem Kind.«

»Alina. Du willst nicht wissen, was Väter alles mit ihren Kindern machen.«

Und dann kuckt sie so, als ob hinter dem Gesicht eine Geschichte steckt, die vielleicht irgendwann später mal erzählt wird, nur nicht jetzt.

Ich melde mich

Ein paar Tage später.

Alina steht in einigem Abstand am Küchenfenster und beobachtet Urs, wie er die Kofferraumklappe seines Volvos öffnet und den Windhund vom alten Brackmüller hineinspringen lässt. Er trägt Jagdstiefel, hebt den Kopf in den Nacken und betrachtet den Himmel. Dann schlägt er den Kofferraum zu und steigt ein. Als sich der Wagen in Bewegung setzt, ruft sie bei Kim an.

»Er ist weg.«

»Ich bin in zwanzig Minuten da.«

Kim erscheint nach fünfzehn Minuten in der Einfahrt, es beginnt gerade zu regnen, Alina öffnet ihr, bevor sie klingeln muss. Sie umarmen sich kurz, das ist neu, fühlt sich aber normal an, und gut, und bald schon vertraut. Kim zieht ihre nassen Schuhe aus, nimmt sie in die Hand, dann gehen sie hoch in Alinas Zimmer.

»Also. Wir müssen mindestens zweimal rein. Heute untersuche ich nur den Rechner und mache Fotos vom Raum. Mit dem Wissen bereite ich dann die nächsten Schritte vor.«

Kim holt ein Mäppchen aus ihrer Umhängetasche und entrollt es auf dem Schreibtisch. Es stecken verschiedene Metallstangen mit Haken und kleinen Zacken darin. Ihre Lockpicking-Tools. Sie nimmt zwei schlanke Werkzeuge und drei kleine Schraubenzieher heraus, steckt sie in die Innentasche ihres Blousons und rollt alles wieder zusammen. Ein Blick aufs Handy. »Komm. Ich brauche höchstens zehn Minuten.«

Als sie den Flur betreten, schleicht Corvin gerade aus seinem Zimmer. Er stutzt, als er Kim sieht, grüßt schüchtern, Kim bewegt sich in Richtung Treppe, als hätte sie nie was anderes vorgehabt, Corvin geht an ihnen vorbei zur Toilette. Alina folgt Kim runter in die Küche, die plaudert dabei irgendwelches Zeug von der Katze ihrer Nachbarin, die sie manchmal füttern muss und die völlig gestört ist. In der Küche sagt sie leise, aber streng: »Das der hier ist, hast du mir nicht gesagt.«

»Sorry. Man sieht den aber auch so gut wie nie. Der ist immer in seinem Zimmer. Schließt übrigens auch ab.«

»Sympathische WG seid ihr.«

Oben hört man die Klotür wieder aufgehen, die Spülung läuft noch kurz, die Tür geht zu, dann noch eine, und dann ist Ruhe.

Kim schaut aufs Handy. »Du bleibst hier«, flüstert sie, »und stehst am Fenster Wache. Du hast das Telefon in der Hand und ein Ausrufezeichen schon eingetippt, sodass du nur noch auf *Senden* klicken musst, falls Urs vorzeitig nach Hause kommt. Ich gehe jetzt hoch.«

Alina gehorcht und horcht ins Haus und starrt aus dem Fenster und hat einen trockenen Mund. Inzwischen kommt draußen das Wasser in langen Strichen nach unten. Ihre Poritze juckt. Was macht Kim da oben? Ist die eigentlich wahnsinnig? Was, wenn der Typ Agent ist oder wirklich im Zeugenschutz oder so was? Dann hat der doch Überwachungskameras oder Lichtschranken oder 'ne Alarmanlage installiert?

Erst mal was trinken.

Sie geht zum Regal, nimmt sich ein Glas, geht zum Waschbecken, füllt das Glas, trinkt, das tut gut. Sie nimmt das Handy wieder in die Hand und geht zurück zum Fenster. Es vibriert. Eine Nachricht.

Kim
alles erledigt
schließe jetzt ab
treffen bei dir

Alina schaut aus dem Fenster.

Urs' Auto steht in der Einfahrt.

Alina
!

Kim
fuck

Der alte Brackmüller kommt gebückt die Einfahrt runter, eine Hand an den Nieren, in der anderen einen Regenschirm.

Alina
bleib oben bei mir
komme hoch sobald er
bei sich im Zimmer ist

Urs steigt aus, zieht die Kapuze über und grüßt Brackmüller mit der erhobenen Hand, öffnet den Kofferraum. Rugby, der schwarze Windhund, hebt skeptisch seine Langnase in die nasse Luft, will nicht raushüpfen, also muss Urs ihm einen Schubs geben. Er läuft mit eingekniffenem Schwanz durch den Regen zu seinem Herrchen unter den Schirm und drückt sich an dessen Beine. Brackmüller lacht, beugt sich hinunter zu seinem letzten Freund und steckt ihm was ins Maul. Die Männer verabschieden sich, dann kommt Urs in die Wohnung, zieht im Flur seine Barbour-Jacke und die Stiefel aus und betritt die Küche in Hausschuhen.

»Ach, hallo, Alina!«

»Hi.«

»Dieser Hund. Geht keinen Meter bei Regen, das kenn ich schon.«

Er schüttelt lächelnd den Kopf, geht an den Kühlschrank, nimmt sich eine Flasche Mineralwasser, greift sich einen Apfel und nickt Alina noch mal lächelnd zu. Dann geht er die Treppe hoch. Alina wartet und folgt ihm in sicherem Abstand. Als sie bei ihrer Tür angekommen ist, sieht sie ihn noch am Ende des oberen Flurs stehen. Er schließt auf und verschwindet in seinem Zimmer. Alina öffnet ihre Tür und tritt ein.

Kim ist nicht zu sehen.

»Kim?«, fragt sie leise.

Der Kleiderschrank öffnet sich.

»Im Kleiderschrank. Ernsthaft.«

»Sicher ist sicher«, flüstert Kim.

»Und?«

»Die Kiste ist vollgestopft mit RAM und der fettesten Grafikkarte überhaupt. Aber am besten, ich verschwinde so schnell wie möglich. Er ist in seinem Zimmer?«

»Ja.«

»Dann schleiche ich mich jetzt raus.«

Es klopft an der Tür, die Klinke wird heruntergedrückt, »Alina, wenn du mal nach Büchern kucken willst …«

Kim fällt Alina in den Arm, dreht den Rücken zur Tür und vergräbt das Gesicht in Alinas Schulter und schluchzt leise, als die Tür sich öffnet.

»… kannst du gern jetzt … Ups, sorry!«

Alina atmet teure Hautpflegeprodukte ein und streichelt Kim tröstend über den Rücken. Sie blickt zu Urs und schüttelt minimal den Kopf, der zieht entschuldigend den Mund breit und den Kopf ein und die Tür wieder zu.

Kim lässt Alina los, macht mit völlig normalem Gesicht noch zwei kleine Schluchzgeräusche, geht langsam zur Tür und lauscht eine Weile.

»Er ist wieder bei sich im Zimmer. Also, ich hau ab. Sag ihm, es war ein Notfall. Eine Freundin brauchte dringend deine seelische Unterstützung und ist spontan vorbeigekommen. Sag ihm auf keinen Fall meinen Namen.«

»Aber er kennt dich doch gar nicht.«

»Nein, aber egal, welchen Namen du nennst, er wird ihn mit Sicherheit googeln. Dass ich mal bei den Hamburger Haecksen aktiv war und auf dem Chaos Communication Congress interessierten jungen Menschen erkläre, wie man Türschlösser knackt, muss er vielleicht nicht unbedingt wissen.«

»Na klar.«

»Aber denk dir auch keinen Quatsch aus. Hat irgendwer in deiner Klasse ansatzweise ähnliche Haare wie ich? Von hinten?«

Alina überlegt.

»Höchstens … Nele.«

»Okay. Nele war hier. Ihr Freund hat sie betrogen.«

Kim prüft Alina mit einem Blick.

Alina nickt. »Okay.«

»Okay. Ich melde mich.«

Die Agentin des Lichts

Alina steckt den rechtwinklig gebogenen Spanner oben in den Schließkanal, dreht ihn vorsichtig im Uhrzeigersinn, sodass der Zylinder unter Spannung steht. Dann schiebt sie das Tool mit der kleinen Zacke hinein und sucht den festen Pin. Das ist bei jedem Schloss anders. Bei diesem ist es der zweite Pin. Alina fühlt und prokelt mit dem *hook* herum, im Film sieht das immer so leicht aus, da dauert das keine Sekunde, rein mit dem Dietrich, Tür auf. Aber im Film können sie auch nach drei wilden Küssen sofort losvögeln, weil im Film niemand Unterwäsche trägt und alles allzeit feucht und hart ist.

Jetzt hat sie den letzten Pin runtergedrückt, der Zylinder lässt sich mithilfe des Spanners drehen, als ob man eine alte Uhr am Zeiger vorstellt, *schnnock*, der Riegel schnappt zurück. Sie drückt die Klinke, die Tür lässt sich öffnen.

»Na bitte.« Kim tippt an die Stoppuhr auf ihrem Display. »Neuer Rekord.«

Sie schaut zu Alina. Die nickt und atmet lange aus.

Das ist doch kompletter Wahnsinn.

Sie soll bei dem Mann ins Arbeitszimmer einsteigen, der Mama und ihr Asyl geboten hat und bei dem sie immer noch wohnen darf (umsonst übrigens, Kühlschrank füllt sich von selbst), obwohl Mama ihn (und sie, nicht zu vergessen) hat sitzen lassen. Wenn sie erwischt wird und Urs unschuldig ist, kann sie eigentlich direkt auswandern. Dann dürfte sie bei Corvin und auch bei Nina verschissen haben. Na gut, dickste Freundinnen sind sie ohnehin nicht, aber den Traum, dass sie es noch werden könnten, will sie noch nicht aufgeben. Sogar Corvin ist ihr langsam ans Herz gewachsen. Statt sich 'ne WG zu suchen und das ganze DNApp-Geld für Miete und Essen auszugeben, könnte sie doch die letzten Monate bei den Cotzensens wohnen bleiben und was ansparen. Und direkt nach dem Abi dann endlich weg.

Aber wenn Urs wirklich hinter dem Deepfakeporno steckt? Dann ist der *richtig* sicko, wer weiß, vielleicht auch voll psychopathenmäßig: erwischt sie in seinem Zimmer, schlägt sie nieder, fesselt sie, sperrt sie in den Keller und filmt sie beim Verhungern … muss nun auch nicht sein.

Trotzdem: Wenn Urs für den Deepfakeporno verantwortlich ist – dann wären sie die Einzigen, die es beweisen können. Und dazu müssen sie leider in sein Zimmer.

Alina hätte gedacht, dass jemand wie Kim sich irgendwie von außen bei Urs in den Rechner hacken kann. Aber das scheint auch nicht so einfach zu sein wie im Film. Deshalb hat Kim einen anderen Plan ausgearbeitet. »Komm.«

Sie öffnet eines der Fotos, das sie in Urs' Arbeitszimmer gemacht hat. Es ist das Regal rechts neben dem Schreibtisch an der Wand. Kim zoomt in das Bild. Dann zeigt sie auf eine hellgrüne Kiste mit einer schwarzen Illustration darauf. Die kennt Alina nur zu gut.

»Hier. Diese *Herr der Ringe*-Trilogie in der Taschenbuchausgabe ist unser idealer Kandidat. Hat eine komfortable Breite, steht ziemlich genau an der richtigen Position – und du findest sie auf jedem Flohmarkt.«

Sie klopft auf einen identischen, vor ihr stehenden Pappschuber und dreht ihn um.

»Praktischerweise hat unser Freund Urs die Kassette mit der Rückseite zum Raum stehen. Und dieses schöne Auge neben der schrecklichen Klaue wird nun *unser* Auge sein.«

Jetzt sieht Alina, dass in der Mitte des Auges ein kleines Loch ist. Die Buchrücken auf der anderen Seite sind nur noch eine Fassade, die sich am Stück herauslösen lässt. In dem Buch hat Kim eine kleine Kamera angebracht, wie eine Actioncam, nur viel simpler. Eigentlich nur eine Linse, ein Knopf und eine Ladebuchse auf engstem Raum.

»Du machst das nicht zum ersten Mal, kann das sein?«, fragt Alina.

Kim schaut sie an, in ihrem Blick schwimmt wieder das, was Alina da schon mal gesehen hat. Sie räuspert sich. »Einmal allein mit dem Chef ohne Zeugen hat gereicht. Seitdem sichere ich mich ab, wann immer es mir ratsam erscheint.«

»Wo kriegt man denn so Detektivzeugs?«

»Habe ich bei Conrad gekauft.« Kim hebt mahnend den Zeigefinger. »Nie online bestellen, immer im Laden und bar zahlen.«

Sie drückt einen Knopf, ein rotes Lämpchen leuchtet.

»Einmal eingeschaltet, beginnt die Kamera aufzunehmen, sobald sich im Blickfeld etwas bewegt. Kurz bevor du einsteigst, aktivierst du sie und drückst den Deckel mit den fake Buchrücken wieder drauf. Dann musst du sie nur noch in Urs' Arbeitszimmer mit seiner *Herr der Ringe*-Box austauschen.«

»*Nur noch*, du bist lustig …«

»Der Blickwinkel ist nicht ganz optimal, aber da der Screen so wunderschön riiiiiiesengroß ist, werden wir hoffentlich genug sehen oder sogar mitlesen können. Die Cam filmt in 4K. Viel wichtiger ist, dass wir die Fingerchen beim Tippen seines Passworts mitschneiden. Erst dann wird es möglich, Zugriff auf seinen Rechner zu bekommen.«

Alina verschränkt die Hände hinterm Kopf. So viel wie man jetzt müsste, kann man gar nicht rauchen. Sie schließt die Augen. Will sie das wirklich? Haben sie sich da in etwas reingesteigert? Oder hat Kim sich da reingesteigert und sie mit reingezogen? Alina weiß nicht mehr, was sie glauben soll, und glaubt nicht mehr, was sie wissen müsste. Aber jetzt abzubrechen wäre auch Quatsch. Sie will es einfach nur noch hinter sich bringen. Um dann endlich Gewissheit zu haben.

»Oh Mann … was soll ich denn sagen, falls er mich erwischt?«

»Du weißt das alles aus dem Internet. Ich habe dir die Begriffe, nach denen du googeln musst, ausgedruckt. Und ein paar Links mit den betreffenden YouTube-Tutorials, die kuckst du dir alle schön an, mehrmals, am besten heute noch. Nur für den Fall, dass du erwischt wirst und die Polizei deinen Rechner untersucht. Bevor du die Kamera installierst, musst du ein paar Tage verstreichen lassen.«

»Bist du eigentlich eine Agentin oder so was? Sag mal ehrlich.«

Kim nickt. »Ja. Die Agentin des Lichts.«

Dove-Elbblick

In den Heist-Movies geht zum Schluss immer was schief, muss ja, wie öde wäre auch eine Story ohne Hindernisse? Entweder es wird jemand bei den Vorbereitungen ertappt und muss unnötige Mitwisser einweihen, die dann einen Teil vom Kuchen abhaben wollen, oder irgendwas wird beim Einbruch im Safe vergessen und man muss noch mal zurück in die Bank. Oder der ausgetauschte Diamant wird versehentlich ein weiteres Mal ausgetauscht, sodass am Ende wieder der echte im Museum ist. Aber das hier ist kein Heist-Movie, das ist Alinas Leben, und hier läuft ausnahmsweise alles wie geplant: Schloss knacken, die Box austauschen, Tür wieder abschließen, alles easy. Kein Corvin überrascht sie, als sie aus dem Arbeitszimmer kommt, kein Urs kommt früher vom Einkaufen zurück. Sie lässt die Box fünf Tage drin, ist eigentlich nur noch zum Pennen bei den Cotzensens, ansonsten ist sie die ganze Woche in der WG, Hanuta und sie trinken Tee und basteln Deko für die Party, er schenkt ihr nach, ohne dass sie fragen muss, seine schlanken Finger flechten und knoten emsig und geschickt und sehen aus, wie die Finger eines Sushi-Meisters in einer Netflix-Doku.

Kärl und Malte hängen alles auf und machen die ganze Etage idiotensicher und partyfein, die Getränke werden rangekarrt, und am Freitag knickt sie Schule, Urs geht da nämlich eine große Runde mit Rugby im Volkspark oder in den Elbhängen, heute regnet es nicht, da ist er locker zwei Stunden weg. Sie öffnet die Tür zu seinem Arbeitsraum ein letztes Mal, inzwischen fast so geschmeidig wie im Film, stellt die echte Tolkiens-Trilogie wieder an ihren angestammten Platz – und auch nicht mit den Buchrücken nach vorn, das wäre jetzt einer dieser dämlichen

Heist-Movie-Fehler, nein, schön mit Auge und Klaue zum Raum, alles tadellos.

Dann fährt sie zu Kim in die Firma, übergibt ihr die Kamera mit der SD-Card, und Kim will sich gleich am Wochenende an die Auswertung machen – Stunden an Material sichten, Standbilder machen, ranzoomen, die tippenden Finger analysieren, der ganze Detektivscheiß, für den Alina keine Zeit hat, denn morgen wird sie achtzehn, und jetzt wird zu Arschloch rausgefahren, zum Reinfeiern, Wintergrillen mit Dove-Elbblick.

Bitte

Mit der S-Bahn nach Allermöhe, dann noch ein paar Stationen Bus, und als Alina in die einbrechende Dezemberdämmerung hinaussteigt, schiebt ihr der Wind den Dove-Moder ins Gesicht, Schilf und Fischtod. Für immer Dad-ist-weg-Geruch. Es ist zwar kalt, aber zum Glück noch nicht minus. Sie zieht die Schultern hoch und vergräbt die Hände in den Jackentaschen, das DJ-Set vom Johanna-Abend auf den Ohren. Rechts von ihr der freie Blick aufs Wasser, auf der anderen Straßenseite eines dieser riesigen Bauernhäuser, mit drei Generationen unterm Reetdach. Der Garten, mit Fahnenmast und Obstbäumen, zum Verlaufen groß, man kann von der Straße direkt überall reinlatschen, Zäune findet man in Allermöhe uncool. Von hinten hupt sich plötzlich ein Trecker durch die Noise-Cancelling-Wand und schiebt sich auf der Straße ins Blickfeld, Alina macht einen Satz zurück. Als er vorbeigezogen ist, wird alles Umgebungsgeräusch wieder ausgesperrt, der Housesound satt zurück

in ihrem Kopf, Alinas Blick bleibt an der Bushaltestelle gegenüber hängen.

Die Frau, die dort ans Geländer gelehnt steht und mit gesenktem Kopf in ihr Handy blickt, was … ist das? Wie kann das?
Was … wie geht. Das. Was?!

HÄÄ?

Alina kriegt die zwei Welten nicht übereinander, meint blin-
zeln zu müssen – die Dove-Elbe-Kommune im Clownsuniver-
sum –, welcher bekiffte Gott hat hier an der Matrix rumgepfuscht?

Auf der anderen Straßenseite steht nämlich:

Die verrückte Ulli.

Ihre Scheißclownmutter.

Eingebettet in bumsende Bässe, mit dicker Bassdrum unten-
drunter, mit klatschender Snare mittendrin, ohne das Geschna-
bel der Gänse, ohne das Bootsmotorengeräusch in der Ferne,
ohne das dünne Hissseil, das am Fahnenmast im Wind klimpert,
ohne den HSV, der oben am Ende zweitklassig flattert.

Als Mama den Blick hebt und Alina entdeckt, zuckt sie zusammen. Aber strafft sich sofort, lächelt und löst sich vom Geländer, schaut nach links, nach rechts, kommt rüber.

»Alina!«, formen ihre Lippen schon auf halber Strecke.

Das mütterliche Überfallkommando läuft unaufhaltsam auf
sie zu.

Alina tippt auf den Stöpsel im rechten Ohr.

»Alina, Schatz.« Mama steht vor ihr. Lächelt sanft. »Wie schön
dich zu sehen, Lini.«

»Ich dachte, du bist auf dem Schiff?«

Mama leuchtet fast. Das Lächeln geht einfach nicht weg.

»Wir liegen ein paar Tage in Kiel, und die Gelegenheit wollte
ich nutzen.«

Sie schaut die Straße hinunter, dahin wo Bus und Trecker verschwunden sind.

»Ich hab mich mit Falk getroffen. Und seine Familie kennengelernt. Komm da grad her.«

Mama, in Allermöhe?

»Wir konnten einiges klären.«

Alina schweigt. Mama blickt sie an.

»Tolle Idee von Falk mit der Grillparty. Ist ja echt ein Traum da.«

Alina will sauer auf Mama sein, aber die Wut köchelt nur ganz
flach, unten, in ihren Docs, höher steigt sie nicht. Wie Sprechen
geht, hat sie auch vergessen. Sie kuckt sich einfach Mama an,
Mamas Blick, Mamas Haltung, Mamas Stimme, Mama, die jetzt
sagt: »Ich wollte mich eigentlich erst morgen bei dir melden.
Alina, es tut mir alles so leid. Ich hatte viel Zeit zum Nachdenken
auf dem Schiff.«

Sie nimmt Alinas Hand in beide Hände, ihre Hände sind
schön warm, Alinas schön kalt.

»Du hast allen Grund, sauer zu sein. Ich habe total unverant-
wortlich gehandelt.«

Klingt wie auswendig gelernt.

»Aber ich werde es wiedergutmachen. Oder ... habe es
schon ... aber ...«, sie grinst vorsichtig.

»Was hast du gutgemacht?«, will Alina wissen.

Mama presst die Lippen aufeinander und zieht albern die
Brauen hoch. »Mh-Mh«, macht sie mit versiegeltem Mund.

»Ey, Mama, ich habe keinen Bock mehr auf irgendwelche
Überraschungsaktionen von dir«, sagt Alina kraftlos.

»Lini. Schatz. Du musst mir vertrauen. Noch hast du nicht
Geburtstag.«

Mama führt den berühmten Augenbrauentanz auf, der auf
der ganzen Welt in Gesichtern von Menschen getanzt wird, die
auf diesem Weg mitteilen möchten, dass sie über einen Wissens-
vorsprung verfügen und dass das, was sie wissen, zwar nicht ausgesprochen werden darf, aber sehr, sehr schön ist.

»Glaub mir: Alles wird gut«, fährt Mama unbeirrt fort, sie spricht langsamer als sonst. »Wirklich. Schon bald – sehr bald!«

Etwas die Straße runter quält sich ein Bus um die Kurve und kommt langsam näher. Mama reißt die Augen auf und nimmt Alina in den Arm, kurz und heftig, Schmatzer auf die Wange, Alina kommt gar nicht dazu mitzumachen.

»Mach's gut, Lini – viel Spaß bei Falk. Ich meld mich morgen, ja?«

Dann flitzt sie rüber auf die andere Straßenseite, Alina bleibt im Moment festgefroren, in dem sich zwei Welten wie kompliziert gearbeitete Ringe in der richtigen Position aufeinanderlegen und sauber einrasten. Der Bus schiebt sich zwischen Alina und Mama, kommt quietschend zum Stehen und zischt die Türen auf.

Alina wacht auf.

»Mama, warte!«

Sie läuft rüber, ohne zu kucken, *Mama, nicht weggehen jetzt*, und als sie um die Schnauze des Busses rennt, schließen sich die Türen schon wieder. Durch die spiegelnde Scheibe sieht sie Mama, die ein Ticket kaufen will, Alina steht vor dem Bus im Scheinwerferlicht und wedelt mit den Armen.

»Mama!!«

Mama kuckt.

Alina bedeutet der Busfahrerin, stehen zu bleiben, zeigt auf ihre Mutter und auf sich, dann geht sie zur Tür. Die Türen fluppen mit einem dreckigen Huster auf, langsam geht ihnen die Puste aus. Mama kommt ihr eine Stufe entgegen und hält sich an dem glänzenden Plastiklauf fest.

»Mama. Komm doch mit. Zu Dad. Bitte.«

Himmel über Allermöhe

Sie folgen der sich schlängelnden Straßendorfstraße, vorbei an Hofläden, an Reetdächern und Gewächshäusern, immer entlang an der etwas zurückgebliebenen kleinen Schwester der berühmten Elbe. Eine Hundertschaft Gänse lungert im Dämmer der Ufernähe herum und füllt die Luft mit halbwegs engagiertem Schnabeltalk. Dann um die kleine Kirche herum, mit dem noch kleineren Friedhof im Vorgarten, sieht aus wie für Disneyland ausgedacht.

»Und das geht echt klar für dich ... mit Dad und ... Amber?«

Alina schaut zu ihrer Mutter, die neben ihr geht, die Hände hinter dem Rücken verschränkt wie ein Priester. Allmählich übertreibt sie es mit ihrer Entdeckung der Langsamkeit, denkt Alina, aber als Mama den Mund öffnet, klingt sie angemessen würdevoll und kann das Schreiten gut tragen.

»Lini, hier geht es nicht um mich. Ich bin deine Mutter. Es ist meine Aufgabe, für dich zu sorgen.«

Sie bleibt stehen. »Und das habe ich nicht gut hingekriegt in der Vergangenheit.«

Sie schauen sich an. Alina zuckt mit den Schultern.

»Aber auf dem Schiff zu sein, regelmäßig zu arbeiten, in dem, worin ich *richtig* gut bin, gewürdigt und auch noch angemessen bezahlt zu werden – Lini, das passiert mir zum ersten Mal im Leben. Und es ist traumhaft. Wenn ich diesen Job nicht angenommen hätte, wäre ich jetzt immer noch pleite, und das Kreuzfahrtschiff hätte trotzdem abgelegt, um die Welt zu verpesten. Mit einem anderen Clown an Bord.«

Alina will und kann die Diskussion jetzt nicht aufmachen, denn natürlich ist der Faschodampfer die Rettung gewesen, was soll sie dagegen schon sagen, außer vielleicht, dass ein Fascho-dampfer eben ein Faschodampfer ist.

Mama grinst, als wär ihr etwas eingefallen. Sie fasst Alina an den Arm. »Hast du das von Ray mitbekommen?«

Und jetzt wird Alina mit der Erinnerung an die letzten Mat-ratzennächte in der Gaußstraße geflutet, Ray, *diese Flachpfeife*, wie sie über den armen Sittich gelacht haben, und wie gut es tut, jetzt *eeendlich* mit Mama darüber reden zu können, *Ray oder was? Fürs Kino? Mit Rezo!*

»Alter, ist DAS unglaublich!?«, sie reißt Mund und Augen auf, Mama schaut ihr wie ein Buddha ins Gesicht und nickt lä-chelnd.

»Aber das Beste weißt du noch nicht.«

Alina bleibt stehen. Der Buddha in Mamas Gesicht macht langsam einer Grinsekatze Platz.

»Weißt du, wie der Film heißt?«, fragt ihre Mutter jetzt.

»Nein, in den Kino-News stand nur der Cast. Weißt du mehr?«

»Ja. Ich habe mit Ray gesprochen. Und ihm übrigens bereits einen Teil der Schulden zurückgezahlt.«

»Okay … wow, Mama.«

Alina kommt nicht so recht klar auf ihre neue Mutter. Die jetzt ihre Augen auf Maximalgröße zieht: »*Angriff der Gigant-sittiche.*«

Alina fällt die Lamalippe aufs Kinn.

»*Nicht ernsthaft?!?*«

Aber Mama nickt längst übertrieben lockenwackelnd, und so-fort explodieren allen beiden die Köpfe, und sie müssen so hart lachen wie, ohne Scheiß, *wie noch nie*, Alina kreischt vor Ver-gnügen, hält sich an Mama fest und fragt, nach Luft japsend: »AN-GRIFF-DER-GI-GANT-SITTICHE??!!«, und Mama ver-schluckt sich und lacht hustend »JA-HAAA!«, und dann hechelt

Mama noch etwas, und das erledigt Alina endgültig, ihr Lachen kippt in einen quietschenden, lang gezogenen Ton, ihre Unterlippe zieht sich unkontrolliert in die Breite und setzt das ganze Kinn zitternd unter Spannung, ein Kehlkrampf klopft an, weil, Mama, keuchend, nämlich sagt, und das auch noch ernst meint: »Und die *große Gisella* hat eine Hauptrolle!«, und dann Feierabend, *working day is done*, alle Muskeln geben auf und lassen Alina einfach fallen, in Mamas Arme, wie ein Sack hängt sie auf ihrer Mutter, die mit einem lachenden Quieker einen Schritt nach hinten macht, und dann brechen Mutter und Tochter original zusammen, *vor Lachen*, ist schon mal irgendjemand ernsthaft *vor Lachen zusammengebrochen*? Alina rollt sich von Mama runter, auf den Rücken, und während Mama gackernd neben ihr liegt, lacht Alina, und lacht und lacht und lacht weiße Atemwölkchen in den tiefblauen Himmel über Allermöhe.

schönes Geräusch

Als sie, immer noch mit breitgemeißelten Grinsefressen, bei den Swoons ankommen, ist es schon richtig dunkel. Und arschkalt, hier draußen am Wasser. Am Schotterweg stecken ein paar Fackeln, Chombo flitzt um die Ecke und läuft ihnen bellend entgegen.

Alina geht in die Hocke und lässt sich abschlecken von dem kleinen Wichser.

Dad kommt auch ums Haus, sie sind wohl schon hinten im Garten an der Feuerschale, man sieht die Baumschatten am Grundstücksrand flackern. Er breitet die Arme aus, und leichtgelacht wie sie ist, fliegt Alina in die beste aller Umarmungen, die heute auch gar nicht weh tut.

Dad brummt ihr noch einen dicken Knutscher auf die Stirn und lässt sie los. Er grinst Mama an.

»Du schon wieder? Wie schön.«

Sie lächelt besorgt.

»Ich hoffe, das ist okay?«

Dad drückt das Kinn in den Hals und sagt lispelnd, in extrabreitem Hamburgisch: *»Abär sichä.«*

Zu dritt. Wie lange ist das her? Alina will nicht daran denken, dass dieses *zu dritt* vorbei ist, sie will einfach nur im Jetzt dabei sein, und im Jetzt gehen sie zu dritt nach hinten in den Garten, wo das Feuer fackelt und der alte Kirschbaum voller Lampions steckt.

Am Feuer steht Simon, dessen Zigarette, während er Alina umarmt, einen eindeutigen Geruch verströmt. Er grinst Mama kurz an, als wär sie nur kurz Bier holen gewesen, die Zwillings prügeln sich um Marshmallows, schenken den Neuankömmlingen keinerlei Beachtung. Amber scheint im Haus zu sein, und auch von Deborah fehlt jede Spur, aber stört ja keinen.

»Ich hol mal die Würstchen«, sagt Dad und geht ins Haus.

»Was wollt ihr trinken?«, fragt Simon, »Whiskey-Cola, Bier, Crémant?«, und hält Alina völlig selbstverständlich den Joint hin.

Alina kuckt ihn fragend an. Sie hat noch nie in Gegenwart von Mama oder Dad oder anderen Erwachsenen gekifft, und MIT Erwachsenen schon gar nicht, aber was soll's, in ein paar Stunden ist sie offiziell auch erwachsen, also greift sie zu, inhaliert und sagt: *»Crémant, s'il vous plaît.«*

Simon verschwindet durch den Fliegenvorhang im Haus, Mama und sie setzen sich in die Korbstühle. Sie blicken sich an,

Mama grinst, Alina grinst, reden müssen sie jetzt nicht, sie teilen sich das Feuer und das Schweigen, eins von der guten Sorte. Chombo macht es sich halb auf Alinas Füßen gemütlich.

Sie betrachtet den bunt getupften Kirschbaum, von der Dove-Elbe kommen die allerbesten Vogellaute, das Feuer macht die Knie heiß. Mit so viel Familie hat sie noch nie gefeiert, Alina zählt durch: Simon, Amber, Dad und die drei Kids, also sechs Swoons, plus Mama und Alina – und Chombo nicht zu vergessen. Alle irgendwie Familie. Die sie eigentlich schon aufgegeben und abgehakt hatte. Mama, als sie an Bord des Horrorschiffs ging. Und Dad, als er ihr den Rucksack hinterhergetragen hat, vorm Haus. Was für ein holzgeschnitzter Honk. Aber wenn man ehrlich ist, war er schon immer so. Meine Fresse, Dad halt. Immer voll erstaunt und einsichtig, wenn man ihm dann erklärt, dass er einen gerade hart vor den Kopf gestoßen hat. Bisschen wenig Feeling einfach. Aber kein Arschloch. Na gut, Mama verlassen war schon richtig arschig. Aber verstehen kann sie das inzwischen auch ein bisschen.

Alina schaut rüber zu Mama, die mit geschlossenen Augen die Nacht belauscht, auf ihrem Gesicht tanzt Flammenlicht. Wie mega gechillt die vom Schiff gekommen ist. Und dann noch der Kinofilm. Kriegt die jetzt echt die Kurve? *Wähle einen Beruf, den du liebst, und du brauchst keinen Tag in deinem Leben mehr zu arbeiten.* Dieser scheiß Konfuziusspruch mit der Clownsfresse an Mamas Spiegel früher. Aber stimmt natürlich.

Alina blickt ins Feuer, der Joint ist nur noch ein Stummel, sie wirft ihn in die Flammen und streckt ihre Handflächen zum Feuer, um sie zu wärmen.

Amber kommt aus dem Haus, in der Hand einen zusätzlichen Teller und Besteck, sie geht zur Bierzeltgarnitur, rückt die anderen Teller ein bisschen näher zusammen. Mama hört das, öffnet die Augen und dreht sich um, da kommt Amber schon zu ihnen ans Feuer. Alina springt auf, sie umarmen sich, bei Amber fühlt sich das immer an wie Ganzkörper-Reiki. Und dazu dieses seltsam medizinische Parfum, von dem sie leider immer noch nicht weiß, wie es heißt.

»Alina, wie schön, dass du hier bist.« Sie lächelt.

»Ey, danke für die Einladung!«, gibt Alina erfreut zurück.

Amber dreht sich zu Mama und nickt auch ihr freundlich zu.

Alina sagt schnell: »Und … äh … ich hab Mama mitgebracht, hoffe, das ist okay?«

»Aber natürlich. Ist doch schön, dass wir endlich mal alle zusammenkommen, oder?«

»Total«, sagt Alina.

»Absolut«, meint auch Mama.

Dad kommt raus, mit Grillzange bewaffnet, Simon folgt ihm mit Getränken. Alle wollen Crémant, er verteilt die Gläser, lässt den Korken knallen, schenkt reihum ein und ruft laut: »Debby!«

Oben am Fenster im zweiten Stock ist kurz ihre Silhouette zu sehen. Die *Principessa* hat natürlich ein Zimmer mit Elbblick. Dann geht das Fenster auf, Musik fällt in den Garten. Deborah Swoon hört *Deborah Swoon,* sollte eigentlich niemanden wundern.

»Kommst du? Unser Geburtstagskind ist da!«, ruft Amber ihrer Tochter zu.

Alle schauen zum Fenster, die Sektflöten in den Händen.

»Jaja, bin gleich so weit!«

Das Fenster geht wieder zu, Dad kuckt fragend zu Amber, die nickt, er hebt sein Glas, alle machen mit.

»Auf dich, Alina!«

»Auf Alina!«, wiederholen die andern drei.

Simon nickt ihr zu, Amber lächelt, Dad und Mama wechseln einen Blick, und dann muss Alina an Hasen-Dad mit Schlacker-

Mama denken, und dann an Hasen-Dad mit Yoga-Amber, und dann an Yoga-Amber mit Kiffer-Simon, herabschauender Hund, und dann machen die Gläser ein schönes Geräusch.

zum Tisch

Es schnattert in der Ferne, es sternenhimmelt in der Höhe, zwei Wassergrundstücke weiter geht ein Wintergarten an, das Feuer hält den Dezember auf Abstand. Simon und Mama haben einen gemeinsamen Bekannten gefunden, labern kumpelmäßig, als wären sie zusammen zur Schule gegangen. Chombo erhebt sich, streckt sich gähnend im Schein der Flammen, ordnet Zärtlichkeiten an, indem er seine Dackelvorderpfoten auf Alinas Oberschenkel setzt und seinen Schäferhundkopf dazwischen ablegt.

Alina krault ihn am Hals und hinter den Ohren. Fell-, Feuer-, Vogel- und Wassergeruch tanzen ihr abwechselnd durch die Nase, und dann brutzeln von der Terrasse auch noch Seitan-Würstchen und Dads marinierter Halloumi herüber. Er steht am Grill, ein Windspiel spielt im Wind, von den Zwillings keine Spur. Glotzen irgendwas Dummes, drinnen.

Deborah schiebt sich durch die Terrassentür, inspiziert das Grillgut auf dem Rost und kommt langsam rüber zum Feuer geschlurft. Grüne Daunenjacke, Patagonia, der Afro steckt dick unter einer grauen Strickmütze mit Neonbommel. Nickt Alina kurz zu, kuckt skeptisch zu Ulli, die gerade mit Simon etwas zum Lachen gefunden hat. Dann gießt sie sich Cola in einen Becher und mit einem kleinen Maßbecher einen Whiskey-Shot dazu. Krass.

Mit sechzehn war sie noch nicht so hart drauf, schon gar nicht, wenn Mama dabei war. Alina dreht sich eine, raucht und beobachtet Amber beim Beobachten ihrer Tochter. Als Deborah ganz zum Schluss noch einen heftigen Schuss Bourbon oben draufkippt, zieht Ambers Gesicht die Samthandschuhe aus, der Mund öffnet sich bereits, doch Simon grätscht dazwischen.

»Und morgen dicke Party, oder was?«, blökt er quer durchs Feuer, gewissermaßen von Ost nach West, sie sitzen um die Feuerschale wie die Himmelsrichtungen um eine Windrose.

Ambers Lippen schließen sich wieder.

»Joa, bei Freunden von mir. In Hammerbrooklyn.«

Ohne hinsehen zu müssen nimmt sie im Südosten wahr, dass Deborah sich zu ihr dreht. Hellhörig wird.

Simon lacht. »In Hammerbrook? Da wohnen die?«

Er scheint lustig zu finden, dass man so weit ab vom Schuss wohnen kann, ganz ohne Bootsanleger hinter der Terrasse.

»Klar. Ist richtig nice, die sind in 'ne Fabriketage gezogen und weihen morgen ihre WG ein. Und weil zufällig mein Geburtstag ist, feiern wir alle zusammen.«

Deborah konzentriert sich ohne Genuss auf einen langen Schluck und hebt anschließend das Kinn ins Gespräch.

»Wie viele kommen denn?«

»Keine Ahnung …«, Alina zuckt mit den Schultern, »… achtzig, hundert, so was. Wird schon richtig abgehen, mit DJ aus dem *Südpol*, dicker Anlage und Licht und so.«

Ach, ist das nicht herrlich, wie Deborah da die Sommersprossen aus dem Gesicht fallen. Neben der bilingualen Junior-Swoon mit 20k Followerpower hat sich Alina sonst immer ganz klein und stumpf angefühlt, wie ein Nilpferdbaby auf Schlittschuhen, in der Mitte eines zugefrorenen Baggersees, und das Eis unter dem Nilpferdbaby fängt an zu knacken, mächtig und mit Echo, und einmal durch den gesamten Eispanzer treibt ein Riss nach beiden Ufern hin und vergrollt im schwarzen nassen Tod, der darunter auf alle wartet, die nicht fliegen können.

Was war DAS eigentlich für GRAS, Simon?

Als sie jetzt, mega lash und ganz nebenbei, erzählt, dass sie die *Gastgeberin der Party des Jahrhunderts* ist, fühlt sie deutlich, wie *achtzehn* sie ist und wie zwei Jahre jünger das Allermöhmäuschen zwischen ihren Eltern sitzt und sich augenklimpernd auf das Technofest in die Fabriketage betteln will,

Lad mich ein!

Lad mich ein!

morst sie mit den fake Wimpern, die einen halben Meter zu lang sind.

Alina tut, als ob sie kein Morsealphabet kann. Dabei kann sie jedes Wort lesen, das da geklimpert wird.

Amber kann ihre Tochter ebenfalls lesen, na gut, jeder kann das, in echt ist die ja auch bloß ein Kinderbuch mit Pappseiten voller Großbuchstaben, also sagt Amber streng zu ihrer Tochter: »Und auf solche Partys geht man mit achtzehn.«

Deborah stöhnt genervt in die rollenden Augen und nimmt einen langen Schluck aus ihrer Whiskey-Cola.

»Nam-Nam!«, ruft Dad jetzt vom Grill herüber, meint damit: »*Essen!*«, und trägt den Teller mit den heißen Köstlichkeiten rüber zum Tisch.

in 15 Minuten da

Nach dem Essen, als sie alle nebeneinander am langen Tisch zwischen Terrasse und Feuerschale auf den Bierbänken stecken, ist Alina einigermaßen abgefertigt, aber auf gut, von Dads *Halloumi Spezial* und Ambers Traum-Couscous, von Simons Killergras vorhin und vom Crémant, der ballert und schmeckt, und es wird konstant nachgeschenkt, da ist Simon Swoon äußerst gewissenhaft bei der Sache. Weil Amber Swoon schon mit den Zwillings am Feuer Marshmallows grillt, kann sich Deborah Swoon enthemmt ihre Fifty-fifty-Mischungen gönnen. Ihrem Vater ist das offenbar egal. Er erhebt sich, fängt an, Geschirr zusammenzusammeln.

Amber sieht vom Feuer rüber. »Deborah, kannst du bitte auch mithelfen?«

»Was?«, fragt sie, als hätte ihre Mutter Klingonisch gesprochen. Und bleibt sitzen.

Auch Simon wirft seiner Ex-Frau einen genervten Blick zu, sagt aber nichts.

»Hilfst du bitte mit abräumen?«, sagt Amber jetzt überdeutlich.

»Ich mach schon«, sagt Alina, auf Deborah-Stress hat sie heute keinen Bock, und will sich erheben, doch Buddha-Mama säuselt: »Quatsch, du hast Geburtstag«, drückt sie sanft zurück auf die Bierbank, steht selbst auf, stapelt flink die Teller und sammelt schmutziges Besteck zusammen, wie ein Dienstmädchen.

»Komm, Debby«, sagt der Hausbesitzer widerwillig. Sonst lässt er ihr immer alles durchgehen.

Deborah stöhnt noch genervter als zuvor, greift sich den Stapel Teller und schwankt in Richtung Haus. Simon hinterher,

Mama trägt eine leere Salatschüssel. Dann scheppert es. Alle kucken zur Terrasse, da liegt Deborah, sämtliche Teller in Scherben, sie mittendrin. Simon sofort bei ihr, Mama bleibt auf halber Strecke stehen, Amber hetzt an ihr vorbei und hockt sich zu ihrer Tochter.

»Sweetheart, alles in Ordnung, ist was passiert?«

Deborah steht auf und klatscht sich die Hände sauber. Kuckt sich den Scherbenhaufen an. »Na, wenigstens muss ich die Scheiße jetzt nicht mehr reintragen.«

Simon lacht, Amber ist nur noch genervt. Sie zischelt irgendwas zu Simon, der brummelt schulterzuckend zurück und holt seiner Prinzessin das Kehrblech.

Mama setzt sich wieder.

Während Deborah die Scherben zusammenschiebt und reinbringt, kommt Amber, mit einer angedeuteten Entschuldigung im Blick, ebenfalls an den Tisch, legt die Hand auf Falks Schulter und sagt: »Ich bringe mal die Kleinen ins Bett, die sind längst überfällig.«

»Schon?« Falk schaut auf die Uhr. »Ich dachte, wir wollten nach dem Essen Bescherung machen?« Und zu Alina: »Wir müssen ja nicht bis Mitternacht warten, oder?«

»Von mir aus nicht«, zuckt Alina mit den Schultern und kann sich ein fettes Grinsen nicht verkneifen.

In diesem Moment poltert es abermals, alle Köpfe drehen sich zur Terrasse, und Deborah schiebt mit Simon eine fette Box auf Rollen durch den Fliegenvorhang. Bückt sich dahinter, stöpselt ein Kabel ein, dreht an einem Regler, dann fiept es und piept kurz, aber laut.

Simon kommt an den Tisch. Amber sieht ihn fragend an, er macht ihr mit dem Gesicht klar, *dass sie sich echt mal ein bisschen entspannen soll, alles easy, weißt du, was ich mein*, und bevor Amber was sagen kann, erklingt schon sehr laut Deborah Swoons

Stimme, die »*Mic Check, Mic Che-he-heck*« trällert. Sie nimmt ihre Mütze ab, der blonde Afro fluppt sich in Position. Dann knipst sie noch eine bunte Lichterkette an und winkt, steht zwischen Kompaktverstärker und Grill, Mikro in der Hand, die Terrasse ist jetzt eine Bühne. Ihre Bühne.

»Hey, Alina! Kleine Geburtstagsüberraschung für dich!«

Karaoke? Ernsthaft?

Alina kuckt zu Mama, Mama kuckt zur Terrasse, dann zu Alina, die gequält lächelt. Aber Mama hat Spaß, wartet albtraumschiffgestählt auf das, was kommt.

»Meine neue Single … ist noch nicht erschienen …«, Deborah Swoon hebt die Stimme für ein imaginiertes Zehntausend-Leute-Publikum. »Also: Seid ihr bereit für eine exklusive Weltpremiere?«

Alle Eltern sind bereit, wollen jubelnd die etwas angespannte Stimmung wegfegen, auch Amber hat sich entschieden, nicht die Spielverderberin zu sein und ruft: »Wooo-Hooo!«, mit den Händen als Trichter.

Alina ist einfach nur froh, dass das Mikro nicht reihum geht.

»Hier ist: *Lieb mich so wie ich … dich nicht!*«

Deborah nimmt ihr Cola-Whiskey-Glas vom Geländer und prostet Alina zu, und dann klickt es so richtig in Alina: Wenn man hier groß geworden ist, in dieser Wattepackung von Kindheit, Haus und Hund und Ruderboot, dann ist die Party in Hammerbrooklyn von der großen Halbstiefschwester natürlich ein verlockend dreckig schimmernder Traum. Vor allem, wenn man erst sechzehn ist und nicht hindarf.

Die Teenagerin tippt auf ihr Telefon, startet das Playback, und der Track drückt ordentlich, das haben sie schon drauf, die beiden Herren Produzenten, die sich jetzt grinsend annicken, während Deborah einen Track mit zugegebenermaßen catchy Autotune-Hookline raushaut.

Mama beugt sich in ihr Ohr und sagt: »Das macht die aber echt nicht schlecht!«, und Alina ist fast ein bisschen stolz, schließlich ist das ja irgendwie ihre kleine Schwester, die da trotz Vollsuff erstaunlich tight performt.

Als Deborah fertig ist, klatschen und jubeln alle, Amber und Ulli drehen sich zurück zum Tisch, alle nicken sich an, loben die Produzenten, die Sängerin, den Text, da tönt es von der Terrassenbühne: »Und die zweite Single meines Albums ist für all die einsamen Herzen da draußen!«

Deborah zeigt mit dem Zeigefinger Richtung Dove-Elbe, während eine Ballade einsetzt, Piano- und Streicher-Intro.

Also noch ein Lied. Na gut.

Amber schaut zu Simon. Der nickt ihr mit dick vorgeschobenen Lippen zu und hebt dabei beschwichtigend die Hände. Sie beugt sich über den Tisch und flüstert ihm etwas ins Ohr.

Deborah kündigt »*Bei dir ... bleibst du für immer*« an, und schon setzt ein löchriger Beat ein, auf den sie mit zarter Stimme von der großen Liebe zu sich selbst singt. Auch das wieder mega einprägsam, cheesy zwar, aber am Ende wird sie genau mit dieser Nummer groß rauskommen. Das weiß Alina zwar noch nicht, kann sie sich aber vorstellen und wird auch tatsächlich so passieren, schönen Gruß aus der Zukunft.

Als die Ballade mit einem gehauchten »*für immer bei dir*« endet, gibt es noch mal Applaus, Amber erhebt sich und geht jubelnd und klatschend zur Terrasse, wo sich Deborah gerade Whiskey nachschenkt, Cola lässt sie inzwischen weg.

»Mein dritta ßongg ...«, und jetzt hört man auch deutlich, wie breit sie schon ist.

Amber lässt sie nicht weitersprechen, legt die Hand aufs Mikro und sagt: »Danke, Deborah, das war sehr schön.«

Aber die reißt das Mikro los und geht einen Schritt zurück.

Sie schwankt, hält sich am Griff des Grills fest, der sich kurz gefährlich schräg zu ihr neigt, dann scheppernd in seine angestammte Position zurückpoltert, vom Aufprall federt der Rost hoch und geht klirrend zu Boden, Funken steigen auf.

Amber greift energisch zum Mikro und nimmt es ihrer Tochter aus der Hand. »So, ich glaube, das reicht.«

Deborah stapft wütend zum Geländer, greift sich die Flasche, setzt direkt an.

»Debby …«, ruft Simon, steht auf und geht ebenfalls zur Terrasse.

Amber will ihr die Flasche abnehmen, doch Deborah umschlingt sie wie ein Footballspieler die Lederpille, Simon legt beiden eine Hand auf die Schulter.

»Debby. Gib mir die Flasche, und dann singst du noch einen Song. Aber dann ist Schluss – okay?«

Ambers Kopf wirbelt herum, entschieden gerissener Geduldsfaden jetzt, wischt Simons Hand von ihrer Schulter wie eine grotesk große Motte.

»*Nein*. Es reicht.«

Und noch schärfer zu Deborah: »Gib jetzt her, du bist ja vollkommen betrunken.«

Amber versucht, ihr die Flasche erneut zu entreißen, doch Deborah krallt sie an sich und kreischt: »Lass mich!«, Simon versucht, die beiden zu trennen, und Dad, Mama und Alina bestaunen mit offenen Mündern, wie jetzt auch noch die Zwillings zu der kleinen Familienrangelei stürmen, sich lachend auf Deborah stürzen, weil alles in ihrem Leben ein Spiel ist, und Chombo hechtet sich sofort ins Getümmel und macht das Chaos perfekt.

»AUS!«, brüllt Simon und tritt den armen Hund vor die Brust, nicht doll, aber doch doll genug, dass Amber »SIMON!« schreit, während sie die Zwillings von Deborah losmacht, die längst auf der Erde liegt und triumphierend aus der Whiskeyflasche trinkt.

Chombo kläfft und kläfft.

Dad sieht zu Mama und nickt betreten, die legt ihre Hand auf seinen Unterarm.

»*Welcome to my world* ...«, sagt er nur, und lacht einmal trocken, aber es klingt traurig. »So heißt die dritte Single.«

Mama unterdrückt ein Kichern, Alina sieht zu Dad, der sie beide hilfesuchend mit den Augen streift, und sie ist vielleicht ein bisschen betrunken, aber sie hat ihn so lieb, ihren Dad, und Mama auch, und sie sind ganz doll zu dritt, so zu dritt wie vielleicht noch nie, bis Simon brüllt: »DEBORAH!«

Die springt auf, will mit dem Whiskey wegrennen, doch Simon kriegt die Flasche zu packen und entreißt sie seiner Tochter, ein Schwall Whiskey fliegt in Zeitlupe durch die Luft, ein langer, halbrunder Strahl, durchleuchtet von den bunten Partylichtern der Terrasse, so ähnlich wie die Kotze auf dem Foto vom kotzenden Corvin Cotzensen, nur bleibt der Whiskeystrahl nicht als Meme in der Luft hängen, sondern landet – im Grill. Eine Stichflamme schießt empor, Deborah quiekt, stolpert und stützt sich ab, wieder auf dem Grill, nur diesmal greift sie zur Abwechslung direkt in die Glut. »AAAAAH!«, der Grill kippt um, wie angestochen schreit sie ihre Hand an, glühende Kohlen rollen über die Holzdielen, Amber schlägt die Hände an die Schläfen, Chombo bellt sich heiser, Simon brüllt, die ununterscheidbaren Zwillings kreischen wie einer, einhundert Prozent Panik, echte, nackte Panik, die beiden Eltern-Swoons bücken sich über ihre junge Swoon, alles in Zeitlupe jetzt, die kleinen Swoons weinen runtergepitcht, Falk Swoon springt auf wie unter Wasser, bis hier noch alles in Slomo, erst dann, mit einem gewaltigen Ruck, geht es in Echtzeit weiter, die Geräusche etwas später als das Bild. Simon rennt ums Haus zur Regentonne, kommt mit einem überschwappenden Eimer wieder, drückt die schreiende Deborah energisch nach unten und schiebt ihre Hand ins Wasser.

Amber hat etwas abseits die Zwillings umklammert, in der Hocke, die nun wieder normal quäkig in ihrem Arm weinen. Trauer, Sorge, Angst und Entsetzen, mit den Jammerblagen am Hals starrt sie zur Terrasse, wie sediert, als wär sie eigentlich nicht hier.

Deborah jault und jammert, Simon geht neben ihr auf die Knie, legt den Arm um die Schultern seiner Tochter und lässt seine andere Hand auf ihrem Unterarm, der immer wieder rauswill aus dem kalten Wasser.

»Falk!«, ruft Amber jetzt, wo auch immer sie war, jetzt ist sie zurück, sie nickt ihn zu sich, er übernimmt die Zwillings, Amber zückt ihr Handy – und bemerkt Alina, die in einigen Metern Entfernung ihr Smartphone ans Ohr hält.

Ihre Blicke treffen sich, während Alina auf ihr Telefon zeigt, nickend die Adresse wiederholt und dann fragt: »Wie lange brauchen Sie?«

Sie legt auf.

»Krankenwagen ist in fünfzehn Minuten da.«

rein

Der Krankenwagen rollt mit Deborah vom Grundstück, diesmal ohne Sirene, Amber packt schnell ein paar Sachen, dann springt sie zu Simon in den Mercedes-Bus, um mit ihm ins Krankenhaus zu fahren. Die Kleinen sind völlig durch den Wind, machen tierisch Alarm und wollen natürlich mit, was Dads Meinung nach völliger Wahnsinn ist, weil sie beim Autofahren immer einschlafen, und dann? Aber die Zwillings machen von ihrem Vetorecht Gebrauch, und Simon drängelt, also schnallt Amber sie in die Kindersitze, und dann sind sie weg.

Und Dad, Mama und Alina wieder: zu dritt.

Dad legt Holz nach, verschwindet kurz im Haus und kommt mit der letzten Pfütze Whiskey und drei Gläsern zurück.

Er lässt sich ächzend in seinen Stuhl fallen.

»So ein Wahnsinn.«

Verteilt den letzten Schluck auf drei Gläser, es ist bloß knapp ein Finger hoch für jeden, sie prosten sich zu.

Mama sagt: »Arme Deborah ... hat so schön gesungen!«

Dad schüttelt nur den Kopf und starrt ins Feuer. »Ja. Aber die kann einen echt fertigmachen.«

Mama nickt, auch ins Feuer, die Oberlippe am Glasrand. »Ich hab schon zu Lini gesagt: Ich könnt das nicht.«

Dad kuckt zu Mama. »Was?«

»Mit der Ex unter einem Dach«, sagt sie und nimmt einen Schluck.

Alina nippt auch am Whiskey. Viel zu scharf. Aber macht schön warm.

Dad wischt sich mit der Linken übers Gesicht.

Ein paar Vögel machen Stress, Chombo hebt den Kopf und knurrt, bleibt aber liegen.

»Lass uns über was anderes reden.«

Mama nippt am Bourbon.

Alina weiß, worüber sie reden will.

»Mama spielt in einem Film von Ray mit!«

Dad reißt die Augen auf und macht sein typisches belustigtes *Is nich wahr!*-Gesicht, *Raymond Wohlhagen*, denkt er, *was kann das schon sein, irgendein Low-Budget-Trash*.

»Für's Kino. Mit Palina Rojinski und Rezo«, schiebt Alina noch hinterher, und Mama sagt: »Und Heinz Hoenig.«

Jetzt macht Dad sein echtes Is-nich-wahr-Gesicht. Wartet noch, ob es vielleicht ein Witz war, aber rafft, dass es anscheinend stimmt, dann lacht er, nickt, hebt beeindruckt sein Glas und sagt: »Ulliulliulli«, und das hat Alina lange nicht mehr gehört, Dads *Ulliulliulli*, »das ist ja *grooooßartig*! Der bekloppte Ray? Hat es also doch noch geschafft.«

Und dann erzählt Mama noch mal ganz ausführlich vom *Angriff der Gigantsittiche*, Alina rückt den Stuhl näher ans Feuer und trinkt winzige Schlucke Whiskey und dreht sich eine, und Mama labert und labert, erzählt das halbe Drehbuch.

»Was ist denn mit der Filmmusik, hat Ray da schon jemanden?«, fragt Dad jetzt.

»Ich glaube, er hat sich gerade mit seinem Musiker überworfen. Mit Schüssler, kennst du den noch?«

»Na klar – der Werbe-Spacken sollte die Musik machen?«

Und so geht das weiter, und weiter, und na klar, Mama kann Ray ein Demo schicken, und Alina muss aufpassen, dass sie keine Sehnsucht mitnimmt aus dieser vertrauten Dreisamkeit, also beschließt sie ganz erwachsen, es einfach nur so mitzunehmen, als gute Zeit, die sie gerade haben, an Alinas achtzehntem Geburtstag, zu dritt, zu schön.

Dads Phone hustet. Das ist sein Nachrichten-Sound, ohne Scheiß. Der Anfang von diesem bekloppten Achtziger-Jahre-Disko-Song, den er als Single hatte und zu dem er immer mit ihr huckepack um den Wohnzimmertisch marschiert ist, damals in der Barner. Er kuckt aufs Display.

»Amber.« Und liest leise. »Deborah ist kurz ohnmächtig geworden – kein Grund zur Sorge, aber sie wollen sie lieber dabehalten die Nacht.« Er schaut hoch. »Die kommen also so schnell nicht wieder.«

Mama kuckt auch aufs Handy.

»Kurz vor Mitternacht.«

Sie und Dad blicken sich an, und Mama fragt: »Und jetzt?«, und tanzt den Wissensvorsprungstanz mit den Brauen.

Dad klopft mit beiden Händen auf die Armlehnen, der Korbstuhl knistert, als er sich vorbeugt. »Weiß nicht, wird hier irgendjemand gleich achtzehn?«

Und irgendjemand klatscht begeistert in die Hände und quietscht: »Iiiiiiiich!«

Dad steht auf. »Kommt, wir gehen rein.«

Mach auf

Sie schlüpfen durch den sanft klirrenden Perlenvorhang, Chombo trottet hinterher, Dad holt noch eine Flasche Crémant aus dem Kühlschrank, stellt sie mit drei frischen Sektkelchen auf ein Tablett und geht vor. Alina weiß nicht wohin, aber folgt ihm, Mama auch hinterher, die Treppe runter zum Studio. Doch er geht am Studio vorbei und bleibt eine Tür weiter stehen. Auf dem Schuhschrank im Gang stellt er das Tablett ab, öffnet die Flasche und gießt ein. Hier ist es schön warm, sogar der Keller hat Fußbodenheizung. Sie stehen vor der Instrumentenkammer. Die hat Alina erst einmal von innen gesehen, voll mit Schrottgitarren und alten Synthis, die nicht mehr zum Einsatz kommen. Jetzt kriegt sie ein Glas in die Hand gedrückt, dann Mama, Dad nimmt sich auch eins und hebt es in die Höhe.

»Ich will noch kurz was sagen. Das Geschenk hast du Mama zu verdanken.«

Mama winkt ab, »Falk …«, doch er unterbricht sie lachend.

»Doch, doch, du hast mich ganz schön auf den Pott gesetzt – weil ich es mal wieder nicht kapiert hab. Ihr kennt mich ja …«

Er zieht den Kopf ein, bisschen sweet.

Mama kuckt aufs Handy und fängt plötzlich an zu zählen, als wär Silvester: »Acht, sieben, sechs, fünf …«, Dad steigt ein, »vier, drei, zwei, eins … Happy Birthday!!«

Mama knutscht sie ab, dann Dad, *kung*, die Gläser, *schlonz*, das Zeug, perlt aber auch zu geil.

Sie trinken aus, Dad stellt die Gläser aufs Tablett und tritt zur Seite. Feierlich weist er mit der Linken auf die Tür und sagt zu Alina: »Bitte sehr. Mach auf.«

Sonntag

Als Alina die Tür öffnet, ist das Licht im Raum schon an. Die Instrumente sind weg. Es riecht nach frisch gestrichenem, sanftem Ocker, auf dem Fußboden liegt ein neuer Teppich, auf dem Teppich steht ein Bett. Ihr Bett, das sie hier im Bootsschuppen unterstellen durften.

Mit ihrer Bettwäsche bezogen.

Darauf ihr sorgfältig zusammengelegter Pyjama.

Alina glotzt.

Dann wirbelt sie herum und wirft sich Dad in die Arme.

»Dad!«

Er lacht und muss einen halben Schritt zurückmachen, fängt sich aber und lässt sich pressen und muss noch mehr lachen, weil Alina so heftig zudrückt, ihn fast zerquetscht. Sie will nichts sagen, sonst heult sie los, sagt nichts, und heult trotzdem.

»Also, du kannst hier wohnen … oder einfach absteigen, wann immer du willst. Ganz wie du magst. Das ist jetzt dein Zimmer.«

Sie hat ein Zimmer bei *ihrem* Dad.

Alina löst sich wieder, und plötzlich hält sie seine Hand in ihrer, so etwas passiert manchmal von ganz allein, und man kann hinterher gar nicht sagen, wer zuerst zugegriffen hat, und sie will die Hand und den Menschen gar nicht wieder loslassen, dreht sich zurück ins Zimmer, rückwärts Händchen haltend mit Dad, der jetzt sagt: »Ist zwar nur ein Kellerloch, aber tagsüber hast du hier richtig Licht.«

Er geht ans Ende des schmalen Raums und schiebt die Vorhänge beiseite. Vorher stand da ein mit staubigen Geräten vollgestopftes Regal, das ist jetzt weg, ein großes Fenster füllt die halbe Wand aus. Im Studioraum nebenan gehen die Fenster bis zum Boden, mit Schiebetür, da ist noch mal so eine tiefergelegte Terrasse zum Chillen, vor der im Sommer die Beete zum Garten hin sanft als Blütenhang ansteigen.

»Im Studio wird natürlich manchmal bis in die Nacht Musik gemacht. Aber mit dicken Bässen konntest du ja schon immer am besten schlafen …«

Sie dreht sich um und strahlt Dad an: Das hat sie tatsächlich immer geliebt, als er seine Tracks noch am Rechner im Arbeitszimmer gebastelt hat, damals in der Barner, und sie im Zimmer daneben im Bett lag und die ewig im Kreis laufenden Loops sich durch die Wand drückten. Wenn Dad leiser gemacht oder mit Kopfhörern gearbeitet hat, konnte sie viel schlechter einschlafen. Noch heute macht es ihr ein warmes Gefühl, wenn irgendwo Musik durch die Wand kommt.

Alina schaut von Dad zu Mama, von Mama zu Dad.

»Danke.«

Sie geht zum Bett, setzt sich drauf und lässt den Blick durchs

Zimmer wandern. Und dann fällt ihr das große Zimmer von Nina ein, und dass ihr dieser schmale Kellerschlauch hier soo viel lieber ist als das Riesenzimmer bei den Cotzensens, und überhaupt kein Haufen Scheiße, und das erste Mal, seit sie von Kim aufgebrochen ist, denkt sie an Urs, und dass der vielleicht ein kranker Psycho ist und sie da jetzt nie wieder hinmuss.

Sollte sie das nicht eigentlich auch Mama erzählen?

Ja.

Später.

Wenn sie Beweise haben.

Mama schaut auf die Uhr.

»Ihr Lieben, ich werd dann mal. Feiert ihr schön weiter – ich muss zu Tatjana, solange die noch wach ist.«

Sie gehen zu dritt nach oben.

Mama und Dad verabschieden sich an der Tür mit einer langen Umarmung, Dad tritt einen Schritt zurück. Nickt ihr noch mal zu.

»Ulli, ich bin richtig froh, dass wir wieder miteinander reden. Und dass es dir gut geht.«

Mama nickt und blickt zurück und atmet viel Luft ein und wieder aus, bevor sie lächelnd antwortet: »Ich auch, Falk. Danke für die tolle Feier. Und die Unterstützung.«

Alina begleitet Mama noch ein Stück. Das Fliegengitter schlägt klappernd hinter ihnen zu, sie gehen den Schotterweg entlang zur Gartenpforte.

»Ey, Mama …«, fängt Alina an und will wieder so weise, druckreife Sätze sagen wie neulich, aber als sie zu Mama blickt, die den Zen-Mönch macht, weiß sie, dass *Alina die Weise* gar nicht gebraucht wird. Und sagt: »Voll cool. Echt mal.«

»Bedank dich bei Falk. Mir kannst du danken, wenn ich eine neue Wohnung gefunden habe. Denn egal, wo und wie du in Zukunft wohnen wirst: Ich werde immer ein Bett für dich frei haben.«

Später, in ihrem neuen Allermöher Zimmer, Alina hat schon Zähne geputzt und den Schlafanzug angezogen, will gerade hochgehen, um Gute Nacht zu sagen, da klopft Dad an die Tür und steckt den Kopf ins Zimmer.

»French Toast zum Frühstück?«

Er grinst.

Alina grinst zurück und nickt.

Und jetzt tut es doch ein bisschen weh.

French Toast zum Frühstück.

Das gab es früher jeden Sonntag.

fun

Als sie sich nach dem späten Frühstück auf den Weg machen will, die Kindheit aus Zimt und Zucker liegt noch in der Luft und auf den Lippen, hat Dad zum Abschied eine seiner Feierweisheiten parat, *nie auf nüchternen Magen saufen, nach jedem Schnaps ein großes Glas Wasser, vor dem Schlafengehen ein Honigbrot mit Salz,* solche Sachen.

»Also, Alimaus: stets mit einer halben Pille anfangen. Wenn du dich gut fühlst, kannst du immer noch nachlegen. Eine von euch muss nüchtern bleiben und auf die anderen aufpassen. Und mehr trinken, als du Durst hast – aber keinen Alk!«

Das erste Mal hat er das Alina quasi wortgleich an ihrem fünfzehnten Geburtstag erzählt, da hatte sie erst ein einziges Mal von Sekt gekotzt, zweimal an einer Zigarette gezogen und noch nie gekifft. Mama und er waren schon ein paar Jahre getrennt, und als Mama von Dads Ratschlägen erfuhr, war sie richtig sauer. Er hat Alina trotzdem immer von all seinen Drogenerfahrungen erzählt, die meisten hatten mit Musik zu tun: auf Haschkeksen beim Flaming-Lips-Konzert, Ecstasy auf der Fusion, er war sogar mal auf MDMA bei Yung Hurn, als Alina den noch gar nicht kannte, dann der Horrortrip mit den Meuter-Brüdern, von dem Kalle Meuter bis heute nicht wieder runtergekommen ist, und auch das Debakel mit seiner Grunge-Band in den Neunzigern, als die A&Rs von der Majorfirma im Publikum waren und sie eigentlich unter Vertrag nehmen wollten, die Band es aber für eine gute Idee hielt, vor dem Gig Pilze zu naschen. Er hat das alles ausprobiert, und klar, kann man machen, aber muss auch nicht sein auf Dauer, und auf alle Fälle muss man die Finger von allem lassen, was durch die Nase reinwill.

Mama ist klar anti-alles, für die gibt es Wein, Bier und Prosecco, alles andere ist Gift und gegen das Gesetz.

Alina steigt in die S21, muss leider noch mal zu den Cotzensens, sich für die Party aufrüschen, heute darf's ein bisschen mehr sein, beziehungsweise weniger: Die Brille ist nicht eingeladen und muss zu Hause bleiben. Hoffentlich läuft ihr bei den Cotzensens nicht Urs über den Weg, könnte sie jetzt gar nicht drauf. Sie hat vergessen, Mama zu fragen, ob die beiden überhaupt noch Kontakt haben.

Als die Bahn sich in Bewegung setzt, hat sie richtig Bock auf Dad-Musik, will was Altes hören, aus der Kindheit, sucht und findet »Perfect Day« auf Spotify, das Klavier tropft die alten Töne auf die flachen Hallen und Industriegebäude, die an ihr vorüberziehen, dazu die zurückgenommenen Pappschachteldrums, sie ist wieder sechs und Lou Reed trifft immer noch nicht ganz hundertprozentig die Töne, aber genau das macht es so schön, seine schlingernde Stimme, der ist auch schon tot, oder? Und als der perfekte Tag im Refrain dann voller Geigen hängt, sieht sie Dad, wie er mit geschlossenen Augen in der Küche der Barner Straße das Orchester dirigiert. Sie stellt den Song auf Repeat und wird auf einer Gänsehautsänfte in Richtung Innenstadt getragen.

Was für weirde Wochen hinter ihr liegen. Komplett Achterbahn, aber im Dunkeln, man weiß nie, wann der nächste Looping kommt oder ob es gleich senkrecht in die Tiefe geht. In der neuen Schule. Bei den Cotzensens. Mit *MUSC*. Mit Mama. Die auf keinen Fall eine Scheißclownmutter ist! Hat sie einfach mal Dad den Arsch aufgerissen, und jetzt kann Alina da bei ihm neben den Bässen einziehen.

Ehrenfrau.

Vor achtzehn Jahren hat sie Alina in die Welt gepresst, und der nichts ahnende Samenspender in Hannover-Ricklingen schläft heute mit der Hand in der Hose beim *Aktuellen Sportstudio* ein, gerade so, als ob nichts wär.

Sogar an Deborah denkt Alina in diesem Moment in einer anderen Farbe. An ihr Geburtstagskonzert. Klar, einerseits wollte Deborah wieder im Allermöher Mittelpunkt stehen, aber andererseits: Voll sweet, oder? Man stelle sich vor, Deborah Swoon geht voll ab mit ihrem Album, und dann war das ihr erster Auftritt, auf Alina Beinerts Gartenparty. Sie denkt an Deborahs Hand. *Aua.* Muss unwillkürlich die Finger spreizen. Wie das nach Grillfleisch gerochen hat. Alina holt das Handy raus. Hat sie Deborahs Nummer? Nein. Aber auf Insta folgen sie sich. Sie öffnet die App, tippt bei Deborah Swoon auf *Nachricht senden*, ihr Profilbild hat einen grünen Punkt. *Jetzt aktiv.*

Alina
hey Deborah
hoffe es geht dir
und deiner Hand gut
danke für das kleine Konzert!
wird heftig abgehen dein Album
bin mir sicher
bis bald
A

Die Nachricht wird sofort gelesen.
Und beantwortet.

Deborah schreibt …

Deborah
danke!
tut mir leid
hab echt voll den Filmriss
und noch original in den
Krankenwagen gekotzt
🙈 peinlich – cu

Alina schaut hinaus in den *perfect day*, sie rollen über die Lombardsbrücke, und als die samstägliche Sonne jetzt auch noch ein paar Strahlen durch die Wolkendecke steckt und die bescheuerte Postkarten-Alster aufschimmern lässt, würde sie am liebsten aufstehen und applaudieren, oder wenigstens die Geigen im Himmel dirigieren.

Just a perfect day
Problems all left alone
Weekenders on our own
It's such fun

TEIL 4

Die Party des Milleniums

heute nicht

Die WG-Küche ist ein Dschungel, mit Neonstalaktiten aus Ökobauschaum, überall Papierpflanzen mit bunten Tieren aus Pfeifenreinigern und Federn und Bommeln, geknüpft von sehr zarten schönen Fingern. Die Daddelecke hat sich in ein psychedelisches Lampion-LED-Lichtermeer verwandelt, alles, was blinkt und leuchtet, hängt in Tarnnetzen an den Wänden.

Als sie reinkommt, steht Hanuta in der Küche, strahlt sie an und gratuliert, nimmt sie vorsichtig in den Arm, so vorsichtig wie möglich, nur an Hals und Schultern berühren sie sich. Kärls Dota-2-Clan ist schon da, die haben sich gegen Mittag was eingeworfen und an einem Entenschubsen-Kinderspiel festgebissen, die sind längst GANZ woanders. Vor Maltes Raum ist der Tresen, in seinem Zimmer Garderobe und Bierkästen. In das Zimmer darf nachher keiner, weil es dort den Zugang zum Dach gibt. Flugversuche von irgendwelchen Verstrahlten brauchen sie heute nicht.

gewünscht

Die Bassdrum pumpt, die Küche bebt, die ersten Leute kommen, Johanna hat für die Jungs Brot und Salz mitgebracht, das Brot selbst gebacken, Hasch-Brioche, und das »Salz« kommt in einer kleinen, weißen Tüte, mehr muss man nicht sagen. Für Alina hat sie auch ein kleines Geschenk, ein silbernes, schickes Döschen mit bunten Steinchen im Deckel. Randvoll mit Gras. So hardcore hinter ihrem Blütenweiß, die Sommersprossen-Johanna mit der Stupsnase und den gehörlosen Eltern aus der Othmarscher Villa mit Reh im Privatpark.

Noch mehr Leute kommen, Kumpels von Malte und Hanuta, auch Bitzer, dazu der bereits volldichte Semmel, die machen heute die erste Tresenschicht. Dann die Punklesben, natürlich Ganja, Metal-Huri, sogar Nele. Ob Corvin kommt? Eingeladen hat sie ihn. Aber nicht, dass er hier und heute seinen Vollbreit-Schalter umlegt. Grund genug hätte er, nach dem ganzen Stress mit dem Pornofake.

Als Benni und Jonas aus der alten Klasse die Küche betreten, Jonas sie ignoriert und Benni ihr nur unmerklich zunickt, weiß sie sofort, was los ist. Eigentlich hat sie es sich sogar gewünscht.

Schön

Wyndi kommt hinter den beiden rein, umrahmt von zwei Kim-Kardashian-Lookalikes, beide überragen sie um einen Kopf. Ihre Scheißlocken hat sie eightiesmäßig auftoupiert und volllackiert, die langen Fake-Nägel leuchten orange, mit Strasssteinchen drauf. Ihr Blick wandert über die Menge, sie kuckt durch Alina durch und bleibt schließlich neben ihr an Malte hängen. Wyndi lächelt, kommt rüber, Alina daneben, Luft.

»Hi, Malte!«

»Wyndi.«

Sie stellt die anderen Tussen vor, die wie Modelgespenster an unsichtbaren Ketten hinter ihr hergeschwebt sind. Dann setzt sie einen irritierten Blick auf, zeigt, ohne den Kopf zu drehen, mit dem Daumen nach links und nickt zur Seite. In Richtung Alina.

»Was macht die denn hier?«, fragt sie so, dass Alina es hören kann, und Wyndis Pfannkuchenface kommt ein Stück näher an Malte heran, mit einem bescheuerten Lächeln, wie Elaine von *Seinfeld* – so 'ne Neunziger-Jahre-Sitcom, die Dad immer gekuckt hat –, belustigt die Zähne zeigen und die Situation anzweifelnd die Augenbrauen nach oben.

Malte kuckt, ebenfalls irritiert, bei ihm aber echt, zu Alina und zurück zu Wyndi. Er macht einen Schritt zur Seite, steht ganz nah bei Alina und legt ihr seinen Arm um die Schulter. »Wusstest du gar nicht? Wir heiraten heute.«

Unbezahlbar, wie die drei kucken, bekiffte Lamas, richtig mit Unterlippe am Hängen, da kommt Hanuta aus seinem Zimmer, mit einer selbst gebastelten Krone aus Pappe, darauf eine »18«, setzt sie Alina auf und geht weiter.

Malte prustet los. »Mann, Alina ist heute die Gastgeberin. Wir feiern ihren Achtzehnten?« Er kuckt die drei entgeistert an und zeigt auf die Krone.

Alina, ganz sanftmütige Herrscherin, schließt die Augen und begnadigt das Trio mit einem royalen Lächeln.

Wyndi schluckt, versucht, cool zu tun, geht richtig schief, alles soo geil, kann das bitte nie aufhören, das schönste Geschenk überhaupt, in so einen Moment will man einziehen und 'ne Zeit-lang wohnen. Wyndi muss jetzt langsam was sagen, aber Wyndi windet sich. Alina lässt ihren Blick weiterhin feensanft auf Wyn-dis Gesicht ruhen. Jetzt ballert auch noch PONNY los, so dumm der Track, alle Jungs schreien *Ich hab Money, so wie Jonny,* aber dummerweise auch so geil der Track, eigentlich nicht mal ein Track, weniger Musik kann man in einem Stück nicht unterbrin-gen, die Kim-Klone taxieren den bereits übelst vollen Dance-floor und fangen an, sich sparsam zu bewegen.

»Nee, äh, ich dachte WG-Party … also, Karl hat uns Bescheid gesagt«, stammelt Wyndi endlich, »Also, Mirja und Selma eigentlich … aber ich bin ihr *plus eins.*« Sie lächelt verlegen.

Wie geil. Malte hat die Bitch nicht mal eingeladen.

Ist. Das. Schön.

Zuckerschnute

Als die drei in Richtung Tresen verschwunden sind, stellt Alina sich auf Zehenspitzen zu Malte ans Ohr und fragt: »Hast du sie wirklich nicht eingeladen?«

»Die Königin der Assis? Zu unserer Familienfeier? Ich bitte dich!«, und dann muss sie ihm einfach um den Hals fallen, und die Umarmung fühlt sich an wie warmer Apfelkuchen, Sonntag bei Oma mit Schlagsahne, später *Tatort,* und noch später auf der Autobahn nach Hamburg mit den *Drei Fragezeichen* einschlummern. Wie geil muss es sein, denkt sie, als sie sich loslassen, mit so einem großen Bruder aufzuwachsen.

Johanna kommt aus Hanutas Zimmer. Aus der Chillout-Area, wo die Bong durchglüht, ihre Augen erzählen davon. Sie schmiegt sich an Malte, und dann küssen sie sich, nebensächlich, eingespielt, Geige und Cello, und Alina denkt: Sieht gut aus. Und tut gar nicht mehr weh. Stehen bleiben und zukucken muss sie dann aber auch nicht, also schiebt sie sich die Krone in den Nacken, holt sich eine Club Mate und macht sich auf den Weg in die Kifferhöhle. Mal sehen, wo Hanuta ist, die alte Zuckerschnute.

Weirdo

Alina lässt den Blick über die eingenebelten Gestalten schweifen, kein Hanuta, aber in der Ecke wird gerade ein Sessel frei. Sie setzt sich, dreht sich eine und raucht. Trinkt Mate. Da betritt der Kärl den Raum, rotiert langsam tanzend auf der Stelle, entdeckt Alina und kommt rüber. Er geht vor ihr in die Knie, umarmt sie, schweißnass, heute trägt er bayrische Lederhosen zum kleinkarierten Hemd, warum auch immer. In seinen Ohrtunneln stecken blinkende LED-Lämpchen.

»Der Kärl hat doch noch ein Geschenk für dich!«

Er zückt eine kleine Kapsel mit Schlüsselring, wie manche Hunde das mit der Telefonnummer drin am Halsband tragen. Diese Kapsel ist allerdings etwas größer, Alina schraubt auf und schüttet den Inhalt in ihre Handfläche. Eine rechteckige Pille, dunkelgelb, in Goldbarrenform, mit dem Wort »GOLD« eingeprägt. Und ein kleines Stück Pappe mit 'nem neon SpongeBob drauf.

»Oh, wow. Äh, Danke.«

»Hast du schon mal was eingeworfen?«

»Nein.«

»Fang besser mit 'ner halben Portion an. Mach ich auch immer so.«

»Haha, genau das sagt mein Dad auch.«

Der Kärl glotzt wie ein Opossum.

»Ehrlich? Cooler Dad.«

Wie recht er hat. Sie nimmt den Kärl in den Arm, der Kärl erhebt sich, zeigt auf Alina, nickt, und tanzt raus.

Alina drückt die Zigarette aus, nuckelt den letzten, sämigen Schluck Mate aus der Flasche und denkt wie mit Helium im Gehirn an ihr neues Zimmer mit Bootsanleger, und dass sie jetzt bei den Cotzensens ausziehen kann, nie wieder da schlafen muss, bei dem Psycho und dem Weirdo.

auf den Mund

Passenderweise kommt Corvin jetzt ins Zimmer, und mit ihm das schlechte Gewissen, wie ein Tritt in die Magenkuhle. Der kann da nicht einfach so ausziehen. Aber muss er das nicht? Wenn sein Vater wirklich diesen Deepfake gemacht hat? Es schmerzt zu sehen, wie er versucht hat, sich schick zu machen, als wäre heute Abiball, trägt Anzug und Hemd und gegeltes Haar und umklammert ein riesiges Geschenk mit beiden Armen. Steht da und kuckt sich um, Alina winkt, er tappst zu ihr rüber.

»Alina, hier bist du! Alles Gute!«

Alina steht auf, sie haben sich vorhin bei den Cotzensens nicht gesehen.

Corvin hält ihr das Paket entgegen.

Alina stellt es auf den Sessel, reißt das Papier ab, öffnet den Karton – und muss fast heulen.

Schnaubi!

Am Hals eine dicke Naht und ein wenig praller und heller als früher. Corvin muss ihn aus dem Müll gefischt haben.

»Ich hab die Füllung mal ausgetauscht, das war schon ein kleines Biotop …«

»Corvin, du SCHATZ! Du hast Schnaubi gerettet!«

Sie drückt Schnaubi an sich und Corvin mit, Schnaubi weichspülerweich, dick und reingewaschen zwischen ihnen. Sie kann nicht an sich halten und schmatzt Corvin einen dicken Kuss auf den Mund.

wieso ist ihr das noch nie aufgefallen?

Alina bringt Schnaubi in Sicherheit, geht zu ihrem Rucksack in Maltes Zimmer. Die Jacken hängen ordentlich auf einer Garderobenstange, alles mit Zahlenschildchen, wie in der Oper. Malte wieder, der Ordnungsspießer.

Und wer kommt da die Leiter heruntergekraxelt, vom Dach, in der Hand einen Akkuschrauber?

»Alina, wollt dich gerade suchen.«

»Hanuta! Ich dich auch! Oh Mann, danke noch mal für die Krönung vorhin. Das kam im richtigen Moment.«

Er ist so groß, dass sie sich auf die Zehenspitzen stellen und ihn nach unten ziehen muss. Heute gibt es Küsschen für alle, am besten Tag ihres Lebens, sie ist schließlich Königin, sie darf küssen, wen sie will, und gleich nimmt sie eine halbe Pille und die Nacht gehört ihr und der Morgen sowieso. Aus dem Küsschen wird ein Kuss, ganz zart, nicht gleich übertreiben, sind sie sich anscheinend einig. Aber ein Versprechen ist er trotzdem, dieser Kuss. Ein vielversprechendes Versprechen – der kann küssen, hui! Mit Kopf im Nacken segelt ihr die Krone runter, Hanuta bückt sich und setzt sie ihr wieder auf, und das Club-Mate-Koffein ist nicht allein schuld daran, dass Alinas Herz bollert wie ein Kochtopf auf zwölf.

»Was hast du auf dem Dach gemacht?«

Hanuta grinst, die Augenlider hängen so tief, dass er unmöglich noch was sehen kann.

»Hab da was vorbereitet. Für später. Kleine Überraschung für dich.«

»Auf dem Dach?«

»Ich sag dir Bescheid, aber später irgendwann – du musst dann selbst hochklettern, okay?«

Hanuta im Redefluss, unglaublich.

»Und da wartest du dann in einer Badewanne voller Rosenblätter?«

Hanuta grinst verlegen und nimmt eine Kordel ab, die um seinen Hals hängt. »Nein, ich werde nicht da sein. Aber hier, den brauchst du.« Er hält ihr die Kordel hin. Daran baumelt: ein Schlüssel. Ein kleiner.

»Hab vorsichtshalber einen Riegel an die Dachluke geschraubt. Mit Vorhängeschloss. Sicher ist sicher, bei den Leuten hier … Kriegst du mit, wenn ich dir texte?«

Alina winkt mit dem Handy, das an der Umhängeschnur an ihrer Seite baumelt, checkt den Akkustand, alles gut.

»Bin gespannt!«

Er legt ihr die Kordel um den Hals.

»Na, erwarte nicht so viel. Nur 'n kleiner Gag.«

Hanuta hebt die Augenlider. Alina kommt es vor, als könnte sie ihm zum ersten Mal in die Augen sehen, sie fällt fast rein. Und wie süß der lächelt. Der war doch die ganze Zeit da, wieso ist ihr das noch nie aufgefallen?

rein ins Getümmel

Hanuta ist weg, Alina ist allein. Sie schnuppert noch mal am frisch formatierten Schnaubi, der bereit ist, neue Gerüche und Erinnerungen zu speichern. Sie verstaut ihn im Rucksack. Dann schraubt sie die Kapsel auf, schüttet die Pille in die Handinnenfläche, der Trip kommt gar nicht erst mit raus. Der Ecstasy-Goldbarren hat in der Mitte eine Vertiefung und lässt sich easy durchknacken. Sie zögert. Irgendwie hat sie doch auch ein bisschen Schiss. Sie steckt die eine Hälfte zurück in die Kapsel, umschließt die andere mit der Faust und googelt »Ecstasy Pillen Liste«. Heftig, gibt eine Datenbank, Hunderte bunte Pillenbilder mit Infos zum MDMA-Gehalt und Warnungen, falls irgendein Scheiß mit reingemischt wurde. Man kann sogar nach Farbe filtern. Ihr Goldbarren ist auch dabei.

Vorsicht, hochdosierte XTC-Pille mit 144 mg MDMA. Beachte die Safer Use Hinweise!

Sie scrollt runter, die Hinweise klingen, als hätte Dad sie geschrieben. Also rein mit der halben Pille und raus aus dem Zimmer, Krone richten und rein ins Getümmel.

im Gesicht

Inzwischen ist richtig Alarm, mehr Leute passen definitiv nicht rein, wie viele sind das? Hundert? Hundertfünfzig? Einigen wir uns auf *zu viele*. Sie wühlt sich auf die Tanzfläche und lässt sich mit geschlossenen Augen treiben, Bässe im Unterleib, Deoschweiß in der Nase, hin und wieder jubeln die Leute, wenn sich ein Track hervorschält, den sie scheinbar alle kennen. Alina kennt nix, aber das ist vollkommen egal, das ist irgendwie was anderes als Musik, was Größeres, Universelles, sie sind Neandertaler und tanzen sich zum Getrommel in Ekstase. Und dann checkt sie irgendwann, dass die Pille einkickt und sie deshalb alles so hart fühlt, und die Welt ist wahnsinnig gut und rund, und sie weiß nicht, ob das jetzt schon eine Stunde war oder erst zehn Minuten, aber das ist auch vollkommen egal, Hauptsache, diese Nacht hört nie auf, heute will sie die Letzte sein, die ins Bett geht. Und das wird sie auch, so viel darf man schon mal verraten.

Am Ende des Raums, vor dem DJ-Pult, wo sonst der Kicker steht, hat sich ein Kreis gebildet, die Leute johlen und lachen, Alina drängelt sich durch, alle feucht und heiß, und da ist der Kärl in der Mitte des Kreises, in Lederhosen und aufgeknöpftem Karohemd, und er liefert sich ein Dance-Battle mit, na, mit wem wohl: Corvin Cotzensen. Der ist längst komplett am Start, alles andere wäre jetzt aber auch echt schlecht für die Geschichte, die diese Nacht noch geschrieben wird, er schlenkert sein Hemd über dem Kopf, nackter Oberkörper, der Kärl macht mit vorgeschobener Unterlippe zackige Bademeistermoves, die Ohrtunnel blinken, die Ringe in seinen Nippeln wippen im Takt, und er und Corvin springen immer wieder hoch und klatschen mit der nackten Brust aneinander – alle sind komplett am Durchdrehen. Der DJ filtert den Beat langsam weg, der Kärl dreht sich um zu den Leuten, macht das »In die Hocke gehen«-Zeichen mit beiden Armen, nach und nach machen alle mit, bis der ganze Raum auf Zwergenhöhe zum Bassgemurmel wippt, es wird dunkler. Dann filtert sich der Beat in einem immer kürzer werdenden Loop wieder hoch bis zum Break, schlagartig komplette Dunkelheit – und dann der erlösende Drop, Licht und Bassdrum ballern wieder los, alle schnellen schreiend in die Höhe, Corvin erstaunlicherweise auf den Schultern vom Kärl, der natürlich sofort das Gleichgewicht verliert, sodass Corvin rückwärts auf die tanzenden Leute kippt, gerade noch gefangen wird und halb nackt wie er ist von den vielen Händen durch den Raum getragen wird, das reinste Glück im Gesicht.

durch die Wand kommt

Alina ist durchgeschwitzt und spürt ihre Kiefer arbeiten, ihre Speicheldrüsen, die Droge.

Und mehr trinken, als du Durst hast!

Als sie beim Tresen ankommt und einen ganzen Becher Wasser in sich hineingeleert hat, dreht sie sich um und sieht wieder die bescheuerte Wyndi mit den schönen Klonen, sie sind ganz aufgeregt und stecken die Köpfe zusammen und blicken zur Tür. Alina kuckt, wer da gekommen ist, und ihr Herz verhoppelt sich ein bisschen, denn da steht, im blauen Ivy-Park-Trainingsanzug, Gender Neutral Regular Fit, ganz allein um sich blickend wie ein Vöglein im Nest vor dem ersten Flug: Nina.

Was macht die denn hier?!

Alina winkt, aber Nina bemerkt sie nicht, sie beobachtet mit Sorgenblick den kleinen Bruder, der immer noch mit nacktem Oberkörper und ausgebreiteten Armen über die Menge getragen wird. Hat sie ihre Einladung also doch noch rechtzeitig gelesen. Alina sieht, dass Wyndi und die Kims mit gezückten Smartphones schon unterwegs zu Nina sind, die sie natürlich nur als JeanX kennen und jetzt sofort anlabern und fragend das Handy in die Luft halten. Gerade als Wyndi sich neben JeanX die Haare fürs Foto zurechtwuschelt, ihr Fuckface macht und Mirja-Selma das Handy hebt, tritt Alina zu der kleinen Gruppe. Wyndi glotzt genervt, doch Alina ist heute die Gastgeberin, das hier ist IHRE Party, die größte Party der Menschheitsgeschichte, und somit muss sie sich um IHRE Gäste kümmern. *Gäst*innen.* Sie drückt das Kim-Telefon sanft runter und sagt: »Hey, lasst mal bitte, Jeanny ist privat hier – heute keine Fotos, okay?«, und Nina-JeanX kreischt: »Da bist du ja, Schätzeken! Alles Gute!«, und Alina kreischt zurück: »Was machst du denn hier!?«, und drückt Nina einen nassen, heißen Kuss auf die Lippen und zieht sie an der Hand in Richtung Tresen, lässt die drei Deppinnen erneut mit offenen Mündern stehen, und genießt den Moment, der auf E noch viele Millionen Male göttlicher ist, und sie verschwinden hinter dem Tresen im dunklen Garderobenzimmer von Malte, wo es angenehm kühl ist und die Musik durch die Wand kommt.

Dach

Sie stehen voreinander und grinsen breit, Oma hätte gesagt: wie Honigkuchenpferde. Nina hat sich ein Bier mit reingenommen, Alina bleibt bei Club Mate, Nina schaut ihr in die Augen und kommt näher.

Noch ein Kuss? Nein.

»Mademoiselle!«, sagt sie gespielt vorwurfsvoll. »Haben wir etwa was eingeworfen?«

Nina hat ihre Pupillen bemerkt, Alina kennt das auch von anderen, riesig und schwarz sind die immer, wenn Leute auf Pille sind, müssen ihre jetzt wohl auch sein, das ganze Licht läuft ja auch in sie rein wie eine Mustangherde ins offene Gatter.

Alina holt ihre Kapsel raus, öffnet sie und präsentiert SpongeBob und den halben Goldbarren.

»Ui! SpongeBob! ... Darf ich?«

Alina nickt, Nina reißt den Trip an der Perforation in der Mitte durch, legt sich die eine Hälfte auf die Zunge und hält Alina den ausgestreckten Zeigefinger mit der anderen Hälfte hin. Alina schüttelt den Kopf.

»Nee, ich hab schon E geschmissen.«

»Aber LSD ist die ungefährlichste Droge der Welt. Es ist noch nie jemand daran gestorben.«

»Außer die, die dachten, dass sie fliegen können.«

»Ach, dass Besoffene sich im Suff überschätzen und hopsgehen passiert täglich.«

Alina kuckt auf den Zeigefinger, den Nina verführerisch vor ihr hin- und herbewegt.

Wer könnte da widerstehen? Sie nimmt Ninas Hand und lutscht ihr die Pappe vom Finger, und es ist kurz ein bisschen hot, auf E erst recht, und aus kurz wird ein bisschen länger, bis Nina den Finger lachend wegzieht.

Sie nimmt ihren Rucksack ab und greift hinein.

In dem Moment stöhnt oben jemand, sie blicken hoch zu Maltes Hochbett, der Vorhang ist zugezogen, aber jetzt hört man Gekicher und Geschmatze und dann wieder ein Stöhnen. Und es quietscht auch. Das Stöhnen, zweistimmig, wird rhythmisch, und lauter, ebenso das Quietschen, und Stöhnen und Quietschen wickeln sich umeinander wie Geige und Cello.

Die beiden kucken nach oben und sich dann wie Emojis an, Nina macht den mit den Händen an den Backen, Alina den, dem das Gehirn rausfliegt.

Nina flüstert: »Ich hab noch ein Geschenk für dich. Gibt es irgendwo einen Raum, wo nicht gebumst wird?«

Alina überlegt, sie checkt ihr Handy, ob Hanuta sich mal gemeldet hat. Hat er nicht. Dann greift sie sich an den Hals und holt den kleinen Schlüssel vor. Sie nickt zur Leiter.

»Komm mit. Ich hab Zugang zum Dach.«

cool

Hier war Alina noch nie. Sie gehen ein paar Schritte, und auf dem Haus ist noch ein Haus, also ein ganz kleines, *Karlsson vom Dach*, und eine Mauer, sie gehen durch eine Art Gang, und als sie um die Ecke biegen, ist dahinter so was wie eine improvisierte Dachterrasse, wackelige Holzkacheln auf der Teerpappe, Stellwände, sieht auch eigentlich mehr aus wie ein Hinterhof, so eingezäunt. Da steht eine richtig ghettomäßige Tonne, und in der brennt ebenso ghettomäßig ein Feuer, und eine kleine Bank ist da auch mit einem Tischchen. Hoffentlich ist Hanuta nicht enttäuscht, wegen seiner Überraschung, wenn sie jetzt hier mit Nina sitzt. Sie kuckt auf ihr Handy, aber noch keine Nachricht von ihm.

»Sorry, Nina, ich muss mal eben wem Bescheid sagen, dass ich hier oben bin.«

»Klar.«

Alina
hey Han
habe überraschend Besuch von ner
Freundin aus Berlin bekommen
haben uns ewig nich gesehen
sind jetzt beide aufs Dach
hoffe ist ok?

Hanuta
klar passt schon
timing is perfekt
ca. 10 Minuten

Alina
cool

ICH LIEBE ES!

»Alina.«

Nina lächelt sie an.

Aus ihr springen wieder die Tropfen. *Fuck.* Sie kennt den Namen *Alina* … das heißt … sie hat ihren Blog gelesen. Wo sie allen die anderen Namen gegeben hat, sich *Alina*, und ihr …

Nina.

Nina lächelt. Das Feuer lässt ihr Gesicht flackern. »*Jeeeaan Ecks?*«, sagt sie gedehnt und lacht wie über einen richtig miesen Dad-Joke. »Dein Ernst?!«

»Was ist falsch mit *JeanX*?«, empört sich Alina gespielt.

»Ey, das klingt voll nach Porno«, sie müssen beide lachen.

»Für mich *bist* du Porno!«, sagt Alina, und sie lachen weiter, schauen sich in die Augen, bis Nina lächelt und wieder im Rucksack kramt.

»Du hast also … meinen Blog gelesen?«, fragt Alina.

Nina nickt. Alina schluckt. »Wie viel denn?«

»Alles«, sagt Nina. »Richtig cool. Allein, wie du die Situation bei uns zu Hause beschrieben hast, mit dir und mir und deiner Mama und Ellas Bildern – ich hab voll geflennt! Ich versuche ja gerade, selbst zu schreiben, aber bei mir klingt alles wie *Mein schönstes Ferienerlebnis* aus der vierten Klasse. Oder eher *Mein schlimmstes Ferienerlebnis.*«

Sie lachen wieder.

»Also. Mein Geschenk ist eigentlich … nur eine *Idee.*«

Sie holt ein Päckchen raus und legt es auf den Tisch.

»Ich wollte ja die Geschichte meiner Eltern aufschreiben.«

»*So wie es wirklich war*«, Alina nickt und denkt #sweww.

Nina trinkt und nickt ebenfalls. »Und … ich dachte, vielleicht könnten wir unsere Geschichte zu einer verbinden. Weißt du, du lebst in meinem Zimmer. Und die Sache mit deiner Mutter, die da nichts ahnend in Ellas Zimmer einzieht ... und Papa und sie sind voll verliebt ... das ist alles so traurig, aber auch so mitfühlend geschrieben. Und deshalb habe ich mir deinen Text vom Blog gezogen und, äh ... also ...«

JeanX richtig verlegen, was ist denn hier los?

»Ja?«

»Also, ich hab ausprobiert, wie es wäre, wenn man deine Ich-Perspektive gegen einen personalen Erzähler austauscht und alles ins Präsens holt. Und das, was gesagt wird, wirklich wie Dialog schreibt. Ich hab natürlich einige Lücken einfach gefüllt ... und das Ende fehlt ja auch noch, aber ... hier!«

Sie nimmt das Paket vom Tisch und gibt es Alina, die reißt das Papier auf, und zum Vorschein kommt ein Buch. Ein richtiges gedrucktes Buch. Vorn steht DA WO SONST DAS GEHIRN IST, in wabernder Typo, Knallorange auf Schwarz, und sie blättert die erste Seite auf, und da steht *Erste Fassung – für Alina zum 18. Geburtstag*, darunter ein Herz und ein *Nina*. Dann schlägt sie das erste Kapitel auf, es ist gesetzt und hat Seitenzahlen, und es sieht nicht nur aus und fühlt sich nicht nur an wie ein Buch, es *ist* ein Buch. Sie beginnt zu lesen, wie sie mit Mama vorm Spiegel steht, vor dem Klassenabend, wie ein richtiger Roman, und ihr Herz, ihr Körper, schlägt und vibriert wie eine Kirchturmglocke. Alina kuckt Nina mit feuchten Augen an. Sie umarmen sich noch mal. Die sehnige Nina, überall harte, flache Muskeln.

»Ich weiß gar nicht ... das ist so ... Danke, Nina.«

»Ich danke *dir*.«

Nina schaut sie erwartungsvoll, aber auch ein bisschen unsicher an.

»Also ... wenn du lieber allein weiterschreiben willst – vollkommen okay, *no hard feelings*.«

Unsere Hauptfigur blättert wahllos Stellen auf und liest Passagen aus ihrem Leben, das jetzt ein Roman ist, in dem die Hauptfigur Alina heißt, kann sich kaum losreißen, schafft es dann aber doch und erwidert Ninas Blick: »ICH LIEBE ES!«

an Krebs gestorben

»Fehlt nur noch das Ende«, sagt Nina.

Alina überlegt. Sie schnippt ihre Kippe in die Feuertonne. »Wir hören einfach genau hier auf!«, ruft sie, »hier auf dem Dach, wo du mir davon erzählst!«

»Hm. Ist vielleicht ein bisschen wenig Action. Es ist schließlich ein *Roman*. Und wir können machen, was wir wollen!«

Alina dreht die nächste Zigarette, steckt sie an, atmet ein, atmet aus. Hilfe, macht das Spaß. Sie kuckt zu Nina.

»Wollen wir, dass es richtig crazy wird am Ende?«

»Mit Aliens und Magie?«, Ninas Augen werden ganz groß vor Begeisterung.

»Jetzt wo du's gesagt hast, wären unsere Leser*innen sicherlich enttäuscht, wenn es nicht so enden würde.«

Alina spricht das Gendersternchen mit, ganz selbstverständlich kommt es ihr über die Lippen. An ihrer Hüfte blitz-brummt es.

Kim
such dir bitte ein ruhiges Plätzchen
wir müssen DRINGEND telefonieren
rufe dich in 5 Min an

Fuck, das kann eigentlich nur eins bedeuten.

Urs ist der Psychopath. Ninas Vater. Die vor ihr sitzt. Sie muss es ihr sagen. Doch Nina spricht weiter, sehr ernst jetzt.

»Also, wenn ich dir die ganze Geschichte meiner Eltern erzähle, musst du mir sehr hoch und noch heiliger versprechen, dass du es erst mal für dich behältst. Du weißt ja, Corvin kennt die Geschichte noch nicht.«

Und du kennst die Geschichte von Psycho-Urs noch nicht.

»Ich rede sowieso mit niemandem.«

Na ja, stimmt nicht mehr so ganz. Aber klingt cool.

Nina lächelt zaghaft und nickt und sammelt sich, denn sie wird jetzt etwas sagen, ein großes Geheimnis, das sie seit neun Jahren mit sich herumschleppt, und das ist einer dieser Momente, in denen sich die Welt für die, die dabei sind, auf einmal ganz anders dreht, man hat ein neues Rauschen in den Ohren, fühlt ein ungekanntes Drücken, und während sie es sagt, das Geheimnis, klingt ihre Stimme seltsam blechern, und ein Nachtvogel, der in Hammerbrook nun wirklich nichts verloren hat, macht sein unheimliches, unheimlich kitschiges Geräusch.

»Unsere Mutter ist … nicht an Krebs gestorben.«

der Moment

Alina reißt die Augen auf.

»Sie lebt?!«

»Nein, nein, das nicht. Sie ist nur auf andere Weise gestorben.«

»Wie denn?«

»Sie hat sich umgebracht. Erhängt.«

Nina kuckt über die Dächer von Hammerbrook, wo geräuschmäßig jetzt alles wieder seine Richtigkeit hat: Die S3 rauscht unten vorbei, in der Ferne zieht eine Polizeisirene durch die Straßen. Alina starrt sie von der Seite an.

»Aber …«

»Mein Vater war ein richtiges Riesenarschloch.«

Oh Shit.

»Er hatte nicht nur *eine* Affäre. Er hat rumgevögelt wie wild, und sie wusste von nichts. Sie dachte, sie wären das Traumpaar, die Seelenverwandten.«

»Aber woher weißt du das? Du warst doch noch ein Kind?«

»Meine Mutter hat ihr Tagebuch bei einem Notar hinterlegt, und an meinem achtzehnten Geburtstag habe ich die Wahrheit erfahren.«

»Herzlichen Glückwunsch.«

»Ja. Ella hatte einen gewissen Sinn für Theatralik. Als sie damals herausfand, was mein Vater trieb, ging es ihr eh schon schlecht. Ich vermute, sie war depressiv, auch wenn sie es in ihren Aufzeichnungen nicht so nennt.«

Sie spricht nicht weiter und sieht zu Boden, Alina legt ihr die Hand aufs Knie.

»Spätestens mit der Geburt von Corvin war es eigentlich vorbei zwischen den beiden. Während mein Vater sich von Buchmesse zu Buchmesse bumste, saß sie mit uns Kindern zu Hause und starrte die Wände an.«

Nina schluckt hart.

Alina atmet ein Geräusch aus, *puuuuh* macht sie mit dicken Backen. Der Mann ist richtig kaputt. Allermöhe, my love.

»Und warum die Geschichte mit dem Krebs? Du hast doch wahrscheinlich mitgekriegt, wie sie gestorben ist, und wusstest, dass das … Quatsch ist, was dein Vater erzählt?«

»Er hat mir eingebläut, dass es für Corvin besser wäre, wenn es für ihn diese Version der Geschichte gibt. Mit dem Krebs. Und ich habe ihm natürlich geglaubt und mitgemacht, ich war ein Kind. Als ich in Mamas Tagebüchern die Wahrheit über meinen Vater erfuhr, war ich bereits ausgezogen. Ich hätte Corvin natürlich am liebsten da rausgeholt – aber wie?«

»Und er weiß gar nichts?«

»Weder von Ellas Suizid, noch, dass unser Vater sie mit seinen Affären ins Dunkle getrieben hat. Und selbst ich habe das jahrelang alles verdrängt, bin im Grunde bis in die hintersten Winkel der Welt davor geflohen. Erst in Nepal habe ich die Gedanken an das alles wieder zugelassen. Ich habe monatelang an nichts anderes gedacht. Und dann erst verstanden, dass die Wahrheit, der Suizid seiner Ehefrau, nicht in seine Erzählung von der großen Liebe gepasst hätte.«

»Hilfe. Das ist krass.«

Nina nickt stumm vor sich hin. Sie sieht Alina an. »Inzwischen macht er mir richtig Angst.«

Alina muss es ihr sagen. Jetzt ist der Moment.

aus Stein

Sie nimmt innerlich noch mal Schwung, und dann: »Nina, ich hab was rausgefunden. Über deinen Vater.«

Das Vogelköpfchen schnellt herum, ihre Augen weiten sich, sie hat richtig Schiss jetzt.

»Wir haben ihn … überwacht.«

»WAS? Wer ist ›wir‹?«

»Kim und ich. Die Software-Consultant-Frau aus Teil eins.«

Nina schüttelt irritiert den Kopf.

»Okay, schön und gut, aber – wieso?«

»Bei *MUSC* ist es irgendwann so mobbingmäßig abgegangen. Und irgendwann habe ich festgestellt, dass wir einen User zu viel in der Gruppe hatten.«

»Wie … und das war … Papa?!«

Schon wieder brummt das Telefon, und hört nicht auf – ein Anruf. Alina hebt es hoch, beide sehen aufs Display: Kim.

Sie blicken sich an.

»Da muss ich leider rangehen.«

Alina steht auf und nimmt das Gespräch an. Kim legt ohne Begrüßung los.

»Wir haben Fakten.«

»Warte kurz, Kim. Ich sitze hier gerade mit Corvins Schwester Nina. Sie muss das auch hören.«

»Kannst du ihr vertrauen?«

Alina sieht rüber zu Nina und sagt: »Ja. Wir sprechen sowieso gerade über Urs. Ich mach dich auf laut.«

Sie tippt aufs Lautsprecher-Icon, Kims Stimme schallt blechern übers Dach.

»Hallo, Nina!«

»Hallo, Kim.«

»Also, ich habe gerade das Filmmaterial gesichtet, und …«

»*FILMMATERIAL?!*«, fragt Nina ungläubig.

»Wir haben heimlich seinen Screen gefilmt«, erläutert Alina.

Nina öffnet ihren Mund, sagt aber nichts.

Kims Stimme fährt ungerührt fort: »Es ist mir gelungen, seine Fingerbewegungen auf der Tastatur auszuwerten, und ich habe dabei Passwort und Usernamen zu seinem Cloudspeicher erfahren. Ich konnte mich einloggen und alles herunterladen.«

Sie macht eine Pause, am Ausatmen wenig später hört man, dass sie an einer Zigarette gezogen hat.

»Und was hast du gefunden?«, fragt Nina.

»Nina, dein Vater ist ein Troll. Und was für einer. Er pflegt unzählige Fake-Identitäten, mit denen er ins Netz geht und überall Hass verbreitet. Bei Facebook, Twitter, Instagram, auf YouTube. Und das schon seit Jahren. Als Nazi, als Feministin, als Islamist, alleinerziehende Mutter oder auch als schwuler Rap-Fan. Er hetzt und zettelt Streit an und dokumentiert das alles. Scheint das für Kunst zu halten.«

Nina betrachtet die Dächer von Hammerbrook bei Nacht.

Kim spricht ruhig weiter.

»Er macht auch Memes und ziemlich kranke Photoshop-Collagen.«

»Was ... das ist total spooky ...«

Nina kuckt vollkommen leer durch die Welt.

Alina fragt: »Und ... der Deepfakeporno?«

Kim antwortet: »Ist auch von ihm.«

Nina fragt: »Welcher Deepfakeporno?«

Rechts von ihnen raschelt was im Dunkel. Und schluchzt.

Alina macht zwei Schritte nach vorn, kuckt um die Ecke, jemand läuft geduckt weg, nicht ganz geradeaus, sondern vollbreit in Schlangenlinien.

»CORVIN!!??«

Nina ist aufgesprungen, und sie sehen gerade noch, wie Corvin in der Dachluke verschwindet, Nina sprintet los, die Dachluke knallt zu, Alina steht da wie aus Stein.

für sie

»FUCK!«, schreit Nina, rüttelt an der Luke, kriegt sie nicht auf. »Der hat da irgendwas reingesteckt!«

Stein-Alina bewegt sich immer noch nicht, murmelt nur »Ey, sorry, Kim«, ins Telefon, legt auf, Nina hat Panik in den Augen.

»Was für ein Deepfakeporno?!«, fragt sie, und ihre Stimme überschlägt sich.

»Dein Vater hat auf einen Schwulenporno per Deepfake die Gesichter von Corvin und unserem Klassenlehrer gemappt und das in *MUSC* gepostet.«

»FUUUUCKK! WAS?!«, schreit Nina. »War Corvin die ganze Zeit da? Hat er das alles gehört?«

»Ich glaube schon!«

»RUF IRGENDWEN AN! Wir müssen ihn sofort stoppen, der war doch schon vollbreit!«

Nina trommelt mit beiden Fäusten an das gewölbte Milchplexiglas der Dachluke und schreit »HALLOOOO!« und »HILFEEEEEE!!!«, und dreht den Kopf zu Alina: »Die zwei, die da vorhin gebumst haben!?«

Malte und Johanna.

Nina hetzt zurück zu Alina, die tippt in ihrer neuerdings ziemlich langen Favoritenliste auf Malte, wartet, sie kucken sich für einen Moment in ihre nur noch aus Pupillen bestehenden Augen, dann sprintet Nina zum Rand des Dachs und beugt sich über die hüfthohe Balustrade. Maltes Mailbox geht ran, sie legt sofort auf und versucht es bei Johanna, das Gleiche. Fuck. Zu Nina: »Geht keiner ran!«

»Du musst doch tausend Leute da unten kennen!«, schreit

Nina, kuckt nach unten und inspiziert weiter die Hauswand, geht dabei die Balustrade entlang.

Bitzer und Semmel, die stehen unten direkt vor der Tür am Tresen. Sie versucht es bei Bitzer, der war noch nicht ganz so hacke wie Semmel, und ein Glück, er geht ran. »Ali? Was los?«, brüllt er gegen den Partylärm.

»Du musst uns helfen, wir haben einen Notfall! Hast du Corvin gesehen?«

»Was? Ich versteh kein Wort!«

»Kannst du schnell in Maltes Zimmer kommen, wir sind auf dem Dach, und er hat uns ausgesperrt. ES IST WICHTIG, KOMM SCHNELL!«, jetzt kreischt sie richtig, damit der Typ rafft, dass es wichtig ist. Es tutet. Sie starrt ungläubig auf ihr Display. Der Wichser hat aufgelegt. Und wo ist Hanuta? Sie will gerade auf seine Nummer tippen, da schiebt sich von oben eine Nachricht rein – von Hanuta.

Hanuta
kuck mal zum Dach gegenüber

Fuck.

Hanuta
siehst du das?

Auf dem Dach gegenüber schwenkt ein winziger Hanuta ein pinkes Bengalo für sie.

die Beste

»Hier steht ein Fenster offen!«, ruft Nina aus einigen Metern Entfernung. Sie beugt sich über die kniehohe Balustrade und schaut am Haus hinunter.

»Bist du verrückt?«, schreit Alina und läuft hin. Am Rand des Dachs weht ein eisiger Wind.

»Das ist easy. Ich muss nur auf das Fenstersims kommen.«

Alina linst ebenfalls vorsichtig nach unten, *fuck ist das hoch*, unten die gelb beleuchtete Straße vor dem Haus. Nina hat sich bereits umgedreht, kniet auf der breiten Minimauer, ihre Fußspitzen hängen in der Luft über dem Abgrund. Alinas Handy an der Umhängeschnur blitzt erneut, schon wieder Hanuta, das kann sie jetzt nicht lesen, gleich darauf knattert es über ihr, und sie muss hochschauen. Der Himmel hängt voller Goldregen. Als sie wieder nach unten kuckt, ist Freeclimbing-Nina schon zur Hälfte verschwunden, hält sich mit beiden Händen an dem Mäuerchen fest, gute Idee, bis zur Straße sind es ja nur vier Stockwerke. Ihre Fußspitzen baumeln vor dem offenen Fenster, jetzt knallt es über ihnen, Nina hebt den Kopf, kuckt nur kurz mit bunt funkelndem Gesicht an Alina vorbei – eine ganz Batterie Feuerwerk wird da in den Himmel gejagt, aber Alina kann den Kopf jetzt nicht heben, Nina, auf deren Gesicht sich der ganze schöne Glimmer verschwendet, blickt sie an.

»Du musst mich ein bisschen weiter runterlassen.«

Alina kniet sich hin, oben explodiert jetzt was Rotes, das Knattern kommt leicht verschlafen hinterher, sie streckt ihre rechte Hand aus und Nina greift zu, Ninas sehnige, warme, fest zupackende Hand, sehr viele Feuerwerke in Ninas Schweißperlen auf der Stirn, dann die andere Hand, das Gewicht, mit dem Alina nun auf die Balustrade gerissen wird, zerdrückt ihr den Busen, der sehnige Muskelpiepmatz baumelt nur noch von ihr gehalten über dem Nichts und ist mindestens ein Gigantsittich, und wenn sie jetzt loslässt, ist der Sittich Matsch. Passenderweise taucht Hanutas Himmel das alles in Stroboskoplicht, Nina schaut nach unten – und dann lässt sie einfach los, landet auf dem Fenstersims und greift mit einer Hand oben und mit der anderen rechts in den Rahmen und schreit auf.

»Fuck!«, sie lässt mit der Rechten wieder los und biegt den Körper gefährlich Richtung Drogentod, macht einen Hampelmann auf einem Bein, hält sich nur noch mit einer Hand im Fensterrahmen fest, der andere Arm, das andere Bein hängen in der Luft. Der Himmel pfeift und jammert, und mit einem Schwung ist Nina plötzlich im Haus verschwunden. Das Köpfchen und ein blutiger Thumbs-up schnellen noch mal heraus, das Gesicht leuchtet ein letztes Mal grün auf, und dann ist sie weg, aber das Leuchten bleibt noch kurz da, bis es wie ein Echo von Ninas Bewegung an glühenden Schlieren nach innen gerissen wird. Und jetzt erst rafft Alina: Das ist der Trip, der schon mal Guten Tag sagt, bevor er dann gleich richtig loslegt. Sie stemmt sich hoch, muss jetzt zur Luke, hält sich die schmerzende Brust und nimmt dabei eine Sprachnachricht für Hanuta auf.

»Hanni danke echt supersweet, aber wir haben hier 'n Notfall. Corvin ist sauer und traurig und voll besoffen abgehauen, wir müssen ihn stoppen! Kannst du bitte schnell kommen? Bye!«

Erst jetzt kuckt sie, was Hanuta ihr vorhin eigentlich geschrieben hat.

Hanuta
alles Gute, liebe Alina
🌰
du bist die Beste

Taxi-App

Da rappelt es, und die Luke wird von unten aufgestemmt, Nina schreit »KOMM!«, und Alina kommt, Nina rutscht die Leiter runter wie eine Feuerwehrfrau, ihre Hand hinterlässt eine rote Spur auf dem Holz, und Alina klettert so schnell sie kann hinterher.

Bitzer hat gesehen, dass Corvin durch die Haustür verschwunden ist, Nina und Alina stürmen das Treppenhaus runter.

»Wo ist der denn jetzt hin? Was macht der denn jetzt?«, ruft Alina mit treppenstufengeschüttelter Stimme.

»Der hat den Schalter umgelegt, da kann alles passieren!«, antwortet Nina und stößt die Eingangstür auf.

Völlig außer Atem stehen sie auf der Straße und blicken von links nach rechts. Nina betrachtet ihre Handinnenfläche, Blut läuft ihr den Unterarm runter und in den blauen Ärmel. Ein paar Meter weiter stehen drei Gestalten unter der Straßenlaterne. Nina zückt ihr Handy, versucht, Corvin zu erreichen, natürlich zwecklos, Alina läuft zu den anderen. Oh nee, ausgerechnet Wyndi und die Kims.

»Hey«, ruft sie atemlos, »habt ihr Corvin gesehen? So ein Typ im Anzug mit gegelten Haaren?«

Nina kommt dazu.

»Der vorhin über die Crowd gesurft ist?«, fragt Selma oder Mirja, und die andere fügt hinzu: »Der ist da runtergerannt«, und zeigt nach links die Straße runter.

Wyndi kuckt die ganze Zeit weg.

Sie wollen gerade losrennen, da meldet sich Wyndi.

»Wartet. Der Pisser hat sich unser Taxi geschnappt.«

Ninas Kopf fährt herum, diesmal mit Geräusch, und tötet die Kims mit einem Blick, den diese geschickt abwehren und verdoppelt in Richtung Wyndi weiterlenken. Die Kardashians hätten sie jetzt tatsächlich in die falsche Richtung geschickt? Was für *Bitches*.

»Danke«, sagt Nina zu Wyndi und legt ihr die blutige Hand auf die Schulter, aber nur kurz, denn schon öffnet sie die Taxi-App.

nüchtern bleibt

In diesem Moment kommt ein weißer Kleinbus vom Parkplatz fünfzig Meter weiter links und hält nicht ganz filmmäßig, aber mit bisschen quietschenden Reifen vor ihnen. Die Seitentür fährt elektrisch auf, ein Gestell kommt raus, für einen Rollstuhl, aber leer. Hanuta sitzt am Steuer und ruft: »Er hat ein Taxi genommen!«

Alina reißt die Beifahrertür auf, Nina hechtet hinten rein, Hanuta gibt Gas, während die Tür noch zufährt.

»Was ist denn eigentlich los? Wo soll ich hinfahren?«, fragt er.

Alina dreht sich zu Nina um. »Was glaubst du? Was macht er jetzt?«

»Ich hoffe, er fährt nach Hause.«

Nina nennt die Adresse, Hanuta nickt und fährt über eine gelbe Ampel, das Licht zieht eine lange Schliere nach. Nina fasst für ihn grob zusammen, dass Corvin sie belauscht und ein krasses Familiengeheimnis erfahren und den Vollbreitschalter umgelegt hat und jetzt alles passieren kann.

Hanuta stellt keine Fragen und tritt das Pedal durch.

Alina kuckt sich hinten um. Spezialausstattung, direkt neben der Tür fehlt ein Sitz, da ist jetzt die Halterung für den Rollstuhl. Nina hat einen Verbandskasten gefunden und legt sich routiniert einen Mullverband an. Dann versucht sie weiter, Corvin zu erreichen, vergeblich, quatscht Urs auf die Mailbox.

Alina widmet sich ein wenig den orange-gelb vorbeirauschenden, kleinen Sonnen, dann dreht sie sich zu Hanuta.

»Was ist denn das eigentlich für 'ne Karre?«

»Haben wir für meine Mutter angeschafft.«

Sie ist so *drauf*, nimmt alles hoch zehn mit. In Wellen schwappen die Gefühle und Lichter durch sie durch, und jede kann sie surfen.

»Deine Mutter ist querschnittsgelähmt?«

»Nee, MS. Endstadium.«

Alina legt ihre Hand auf seinen Unterarm, Hanuta zieht kurz und leise hoch, sie schalten gemeinsam in den Fünften. Die Straßenlaternen bleiben zappelnd auf der Windschutzscheibe liegen, schießen ihr das Gelb lang gezogen in den Schädel, Licht, flüssiges Dicklicht.

»Digga ... wieso kannst du überhaupt noch fahren?«

Er dreht kurz den Kopf und schenkt ihr sein süßestes Muttersöhnchenlächeln.

»Ich bin morgen früh bei Mama. Bin für meine Schwester eingesprungen, die muss auf eine Beerdigung. Da kann ich heute nicht saufen.«

Der lässt sich nicht die Wäsche waschen.

Der wäscht seiner Mama die Wäsche.

Oh Hilfe, ist das jetzt aus dem Labor oder ist sie nun so verliebt wie noch nie, in Feuerwerks-Hanuta, der eine rote Ampel nimmt und sich um seine sterbende Mutter kümmert und deshalb auf der größten Party des Universums nüchtern bleibt?

das Ende des Romans

Als Hanuta den Wagen in der Einfahrt der Cotzensens parkt und sie alle rausspringen, wabert der Boden wie Seegras und die Lampen am Rand der Einfahrt versprühen Glitternebel, und Alina denkt, *scheiße, ist das jetzt das Ende des Romans?*

TEIL 5

Das Ende des Romans

Juden

Wie sehr er sich nun für alles hasste.

Verknallt wie ein hirnloser Teenager und blind vor Lust hatte er sich in das Abenteuer mit dem Scheißtittenclown geworfen, der jetzt auf hoher See Holzperlen furzend das Deck eines Zirkusschiffs schrubbte – und das nicht mal als Strafe empfand.

Und er?

Musste mit der in seinem Haus wie Abfall zurückgelassenen Narrenbrut und seinem eigenen, vollkommen wertlosen Kind die Tage überstehen.

Als Ulli an Bord ging, wurde Urs zum deutschen Houellebecq.

Wenn er gegen Mittag erwachte, waren die Kinder noch in der Schule, und er konnte den Tag mit Weißwein begrüßen, später gönnte er sich ein Gläschen Gin als Sundowner, nachts peitschte er sein mit Rotwein und Kokain aufgegeiltes Trollvolk durchs Netz, bis nach und nach fast alle seine liebevoll erschaffenen Schergen ausgelöscht waren.

Prince Gay One ging als Erster.

Nachdem er sich in die Deepfake-Technologie eingearbeitet hatte, erschuf er gleich zu Beginn ein kleines Meisterwerk: Es gelang ihm, die Visagen von Kollegah und Fler glaubhaft auf die Akteure eines Schwulenpornos zu zaubern. Dafür nahm er einen ganz speziellen Porno als Vorlage. Einen, in dem es zwei kleinwüchsige Männer miteinander trieben. Zwergenporno hatte er erst vor Kurzem entdeckt, es hatte ihn lange nichts mehr so glücklich gemacht. Kleine Männchen, die sich in den Arsch fickten und ihre winzigen Pimmel lutschten. Er sah es sich immer und immer wieder an. Und als er Kollegah und Fler nach wochenlangem Rendering das erste Mal als Zwerge ficken sah, weinte er vor Dankbarkeit. Wenn er sich je tätowieren lassen würde, dann die Worte DEEP FAKE auf dem Herzen.

Der Film ging viral wie keine seiner Kreationen zuvor. Nur *Prince Gay One* war danach leider Geschichte.

Dann musste *Brigitte Vollmer* dran glauben, und bald fielen sie wie die Fliegen. Seine Schöpfungskraft war am Ende, er war es müde, neue Figuren zu erschaffen. Irgendwann war nur noch *Aluhut-Akbar-*الله am Leben.

War es das nun?

Er hatte gehofft, mit einem noch größeren Coup aus dem Spiel aussteigen zu können, etwas viel Spektakuläreres als der Zwergenporno. Irgendeine letzte, große Aktion ... das Angela-Merkel-Sextape? Viel zu sehr Comedy. Den Twitter-Account von Margarete Stokowski hacken und gegen Transmänner ätzen – *Schwanzlose Machos* ... oder, nein, viel besser: irgendwas mit Juden.

Gott

Und dann sein Scheißsohn.

Dieser grenzdebile Verlierer hatte ihn wieder mal um Hilfe gebeten, weil er grundsätzliche Dinge, die mit dem Internet zu tun hatten, nach wie vor nicht verstand: zum Beispiel, dass bei Passwörtern die Groß- und Kleinschreibung relevant war. Als er am Anfang des Schuljahres mit dem Zugangscode für dieses App-Projekt angekommen war und behauptet hatte, dass dieser nicht funktionierte, hatte Urs schnell geschaltet. Er machte ihm weis, dass es da wohl einen Bug gebe und er sich ein neues Passwort besorgen müsse. Für *MUSC*. Was für ein Geschenk. Erst wollte er nur mitlesen, doch irgendwann packte ihn die Leidenschaft, und er ließ sich gehen in der Anonymität des Klassenchats – es bereitete ihm eine Freude, die ihn selbst überraschte.

Und dann war ihm, bei der Recherche nach Vorlagen für seinen nächsten Deepfakestreich, dieses Video untergekommen. Ein schnurrbärtiger, brustbehaarter Kerl, der ihn entfernt an Corvins Klassenlehrer erinnerte, nahm einen schmächtigen Jüngling kraftvoll von hinten. Der ihn entfernt an seinen Sohn erinnerte. Und er dachte an den Elternabend und wie dieser Homo von Klassenlehrer vor allen Leuten mit seinem Sohn herumgeturtelt hatte, und mit einem unvermittelt einsetzenden Brennen in der Brustgegend wurde er des riesigen blinden Flecks gewahr, der ihn das Offensichtliche die ganzen Jahre nicht hatte sehen lassen: Auch Corvin war schwul. Schon bald würde seine lesbische Tochter ihren Bruder überreden, sich zu outen, und dann war er der Mann mit den zwei homosexuellen Kindern. Er starrte den Pornofilm an. Und je länger er starrte, desto klarer wurde ihm: Er musste es einfach tun. Er war schließlich Gott.

masturbierte

Und heute wurde das dumme Clownblag achtzehn. Nächsten Monat auch sein Sohn. Dann konnte er sie beide vor die Tür setzen, um endlich das Leben zu leben, das er verdient hatte: Hochpreisige Eskortdamen würden ebenso ein und aus gehen wie Massage-Thailänderinnen. Kokain zum Frühstück, Kokain auf der Eichel.

Steaks, Steaks, Steaks.

Als Corvin endlich, als Mann verkleidet, das Haus in Richtung Geburtstagsparty verlassen hatte, beschloss er, dass dies die Nacht sein sollte, in welcher *Aluhut-Akbar-*الله als Märtyrer abtreten würde. Sein letzter, stolzer Soldat.

Er rief in mehreren Tweets und Insta-Posts zur Vergasung – mit Furzgas, dadurch war es doch Satire, oder? – von zahlreichen jüdischen Schriftstellern auf, Maxim Biller, Max Czollek und Dana von Suffrin. Jedem Einzelnen heftete er mit Photoshop einen Judenstern ans Revers, daneben sein freigestellter nackter Arsch, dann postete er die Bilder mit dem hashtag *#insfurzgas* und loggte sich aus.

Er trank.

Er schnupfte.

Und dann, endlich, erklang das Geräusch: das erlösende *krlüinnngsch!* Das Rendering war abgeschlossen, und nach tagelangem Durchglühen des Rechners war er nun fertig.

Der Eleanor-Porno.

Er trank.

Er schnupfte.

Er klickte auf Play.

Er masturbierte.

Er weinte.

Und masturbierte.

Und masturbierte.

Sohn

Im Flur rumpelte es. Und klirrte. Urs erhob sich, zu schnell, er schwankte, musste sich auf dem Schreibtisch abstützen. Als er meinte, es müsste gehen, richtete er sich wieder auf, doch das war ein Fehler: Ohne Vorwarnung explodierte mit Rotwein angerührter Steakbrei aus ihm heraus, auf den Screen und die Tastatur, die Kommandozentrale seines Trollparks. Unten schepperte es gewaltig. Er wankte hinaus, schaffte es unbeschadet die Treppe hinunter und sah Corvin, der tobte und Bilder von den Wänden riss und sie zertrampelte. Die Kommode war umgestoßen, ihre Rückwand eingetreten, jetzt versuchte Corvin mit dem Staubsaugerrohr die antike Deckenlampe aus den Zwanzigerjahren zu zerschlagen.

»WAS MACHST DU?!«, schrie Urs und stolperte auf seinen Sohn zu, er packte ihn, sie fielen zu Boden, Corvin schlug hart mit dem Kopf gegen die Kommode, Holz oder Genick oder beides knackte.

Urs lag für einen Moment auf dem reglosen Corvin, dann stützte er sich auf dessen Oberarme und drückte sich hoch. Corvin flennte lautlos, mit breit gezogenem Mund durchzitterte ihn seine ganze Jämmerlichkeit, währenddessen breitete sich langsam ein kleiner Blutsee unter dem Kopf aus.

Auf seinem Sohn sitzend betrachtete Urs das ganze Elend, spürte nach Mitleid oder Zuneigung – doch empfand nichts als Abscheu. Wie konnte aus seiner und Eleanors Premium-DNA diese *Scheiße* hervorgegangen sein?

Corvin öffnete die Augen. Er wollte die Arme heben, doch Urs drückte weiter die schmächtigen Bizeps seines Sohnes zu Boden, sodass Corvin nur hilflos mit den Unterarmen herumrudern konnte. Der Junge gab sofort auf. Als Urs den Druck jedoch nur ein klein wenig verringerte, bäumte Corvin sich mit einem Ruck auf, und stieß seinen Vater mit unvermuteter Kraft von sich. Urs kippte zur Seite, musste sich abstützen.

»DU SCHEISSTROLL!«, Corvins Stimme überschlug sich – kam der Junge doch noch in den Stimmbruch? Urs spürte einen erneuten Würgereiz. Da war immer noch Steak in ihm. Er hockte auf seinen Knien, neben Corvin, der sich jetzt aufstützte und etwas von seinem Vater abrückte. An seiner Wange lief Blut herunter und tropfte vom Kinn. Corvin lehnte sich an die eingetretene Kommode und atmete schwer, halb liegend, halb sitzend.

»*Cotzvin* …«, sagte er mit schwacher Stimme zu seinem Vater. »Ich weiß alles. Was … warum … machst du so was?«

Er begann zu weinen und gab dabei ein lächerliches Quieken von sich.

Urs betrachtete das Kind.

Und nun machte sich eine große Ruhe in ihm breit.

Denn jetzt war es geschehen.

Wie auch immer sein Sohn das herausgefunden hatte – jetzt gab es kein Zurück mehr.

Das Band war zerschnitten. Endgültig.

Als sich in seinem Mund wieder Speichel zu sammeln begann, kämpfte er nicht dagegen an, streckte sich etwas in die Höhe, hielt keine Hand vor den Mund, sondern ließ es kommen, ganz tief aus sich heraus, und als es kam, beugte er sich nach vorn und erbrach irisches, am Knochen gereiftes Rindfleisch und Galle – er kotzte die ganzen verschenkten Jahre auf seinen erbärmlichen schwulen Sohn.

Sterben

Corvin drehte sich weg, wälzte sich zur Seite und sprang auf. Er wischte sich mit dem Oberarm über das Gesicht, spuckte zur Seite aus. Urs, der kraftlos auf allen vieren vor ihm hockte, hob den Kopf, sie starrten sich an. Corvin wollte noch einmal auf seinen Vater spucken, doch viel mehr als ein kleiner Sprühregen kam nicht zustande. Nicht mal richtig rotzen konnte dieser Loser.

Urs wollte nur noch schlafen, schlafen, in der Hütte, über den Wolken, nur für sich, wollte diesen Sohn nie gezeugt haben, der sich jetzt langsam bückte und das Rohr des Staubsaugers vom Boden aufklaubte. Er hielt es mit beiden Händen, wie einen Baseballschläger, und gerade, als Urs sich erheben wollte, holte Corvin aus und schlug zu. Urs riss die Arme vors Gesicht, ein abgedämpftes, hohles Klatschen erklang, als das Rohr mit Wucht in seiner linken Hand landete. Trotz Schmerz gelang es Urs, zuzupacken, doch Corvin riss das Rohr an sich und holte sofort wieder aus, diesmal wehrte Urs mit der anderen Hand ab, wieder erklang das für den Schmerz viel zu klein geratene Geräusch,

Metall auf Haut, *dumck!*, jetzt von einem kleinen Knacken begleitet. Das Stechen zog bis in den Ellbogen, und da beide Hände sich, derart getroffen, nichts anderem als ihrem Schmerz widmen mochten, landete der dritte Schlag ohne Gegenwehr auf seinem Schädel. Dieses Geräusch war wesentlich lauter, vor allem für Urs, dessen Kopf als Resonanzkörper diente. Urs sackte auf die Seite. Die Schädeldecke pulsierte heftig, er tastete nach, fühlte Blut. Als er in die Augen seines Sohnes blickte, empfand er etwas Neues. Etwas, das er noch nie in seinem Leben gefühlt hatte: Todessehnsucht.

Nur halbherzig hob er die schmerzenden Hände, das Metallrohr schlug hart auf seine Finger, Urs stieß einen spitzen Schrei aus, Corvin schlug weiter zu, auf die Arme, auf den Schädel, in die Rippen, Urs hatte die Gegenwehr längst aufgegeben. Ein letzter Schlag landete auf seinem Brustkorb und nahm ihm die Luft. Er lag auf dem Rücken, Corvin stand über ihm, Blut, Erbrochenes und Tränen liefen an ihm herunter.

Urs grinste.

»Was ist los, Corvin? Nicht aufhören.«

Corvin wischte sich mit dem Unterarm übers Gesicht.

»Du willst doch in den Knast. Dich richtig schön durchficken lassen.«

Sein Sohn nickte. Er griff um, umfasste das Rohr langsam mit beiden Händen, wie ein Gondoliere – und mit einem Ruck riss er es in die Höhe und rammte seinem Vater das offene Ende ins Gesicht. Einmal, zweimal, und noch mal, die Visage musste längst Hackfleisch sein, Urs sah nichts mehr, alles in seinem Gesicht war Wunde, sein Mund voller zersplitterter Zähne, dann hörte er noch einen surrenden Schlag von der Seite direkt auf sein Ohr zukommen, und der anschließende Schmerz raubte ihm fast das Bewusstsein, ein heller Pfeifton erfüllte seinen Schädel. In weiter Ferne hörte er das Rohr zu Boden fallen, hörte dumpfe Schritte, und als er den Kopf zur Seite drehte und durch seine mit Blut gefüllten Augen blinzelte, sah er noch, wie Corvins Silhouette durch den Flur torkelte, das Geländer erreichte und sich daran die Treppe hinaufzog.

Und dann wollte er tatsächlich nur noch eins: Sterben.

TEIL 6

Bisons und Tausendfüßler

eindeutig

Der Flur sieht aus, als wäre eine Horde Bisons durchgetrampelt. Die Kommode umgekippt, kaputte Bilder und Rahmen auf der Erde, der Staubsauger liegt auf dem Rücken. Hinter der Kommode, leise stöhnend, blutige Fresse: der Urs.

Nina ist sofort bei ihm, aber er antwortet nicht, ihm fehlen Zähne, sein Gesicht ist völlig matsch, er bewegt den Kopf langsam hin und her, hebt kraftlos die Hände. Ein paar seiner Finger stehen komisch ab, als er nach oben zeigt.

Nina zückt ihr Handy und hetzt die Treppe hoch, im Laufen spricht sie mit der Notrufzentrale, gibt Adresse und ihren Namen durch.

Es stinkt nach Kotze.

Alina ist noch bei Urs, starrt auf sein Gesicht. Rotes Gewusel, wie Würmer. Aus dem Brei heraus fixieren sie die Augen von Urs, da setzt sich irgendetwas auf ihre Schulter. Der Nachtvogel? Sie wendet den Kopf. Es ist eine Hand. Hanutas Hand. Er zieht Alina sanft zurück, sie schafft es, sich neu zu kalibrieren. Nach oben. Sie müssen nach oben. Hanuta nimmt ihre Hand, es fließt von ihm zu ihr, warm, weich, hell, und schon sind sie oben bei Nina.

»MACH AUF! CORVEY!«

Nina hämmert gegen die Tür.

»Hau ab!«, kommt es dumpf und verschluchzt von innen.

Der Kampfvogel Nina wirft sich gegen die Tür, natürlich passiert nichts, nicht mal ein Geräusch.

Alina riecht etwas. Hanuta auch: »Feuer!«

Nina fährt entsetzt herum und schnuppert hektisch.

»CORVEEYY!«, sie hämmert verzweifelt an die Tür.

»Habt ihr einen Feuerlöscher?«, fragt Hanuta, ergebnisorientiert *as fuck.*

»Ja, unten im Flur neben der Eingangstür!«, Nina wirft sich ein weiteres Mal gegen das weiße Türblatt.

»Hol du den Feuerlöscher«, sagt Hanuta, tritt einen Schritt zurück und rammt sich seitlich in die Tür. Auch bei ihm passiert nichts. Nina kuckt kurz und rennt dann los nach unten. Ist die denn gar nicht drauf? Alinas Welt flimmert und zerrt wie bescheuert, und die gleitet mit Leichtigkeit die Treppe runter wie auf Schienen.

Hanuta versucht es mit Treten. Immer wieder tritt er gegen die Tür, nimmt schließlich Anlauf und rammt beide Füße neben die Klinke, fällt auf den Arsch, stöhnt – aber die Tür springt auf. Nina kommt hochgejagt, Feuerlöscher im Anschlag, es kommt Qualm aus der Tür, nicht viel, aber da brennt's eindeutig.

an den Knien

Im Zimmer Riesenchaos. Alina war noch nie hier drin, wegen dem ganzen Viechzeuch, und hier ist wirklich ein ganz abartiger Zoo am Start. Terrarien an allen Wänden, sie will gar nicht wissen, was da überall drin ist. Und schon gar nicht, was in dem Glaskasten war, der umgekippt vor ihnen liegt, Sand und Pflanzen auf dem Fußboden. Bitte nicht die Vogelspinne.

»Haut ab!«

Corvin steht auf einem blauen IKEA-Drehstuhl unter seinem Hochbett, das Jackett über dem nackten Oberkörper, der voll mit Kotze und Blut ist. An einem Balken hat er ein Seil befestigt, das in einem hochprofessionell geknüpften Galgenknoten endet, fuck, hatte er den fertig in der Schublade liegen? Die Schlinge liegt um seinen Hals, sein Schreibtisch steht in Flammen. Das Feuer leckt in diesem Moment zu einer daneben stehenden Staffelei rüber, das Ölbild darauf zeigt einen Riesentausendfüßler, fotorealistisch in Schwarz-Weiß.

Nina rennt und sprüht los und brüllt: »MACH KEINEN SCHEISS, CORVY!«, und es zischt und faucht, und das Zimmer ist voller Nebel. Corvin rudert mit den Armen, während der Drehstuhl unter seinen Füßen wegrutscht, in Alinas Richtung geschossen kommt und sie hart trifft, an den Knien.

Kotze stinkt

Super-Hanuta umklammert Corvins Beine. Nina ist auch bei ihm, Hanuta klopft zweimal schnell an seine Seite auf den Gürtel, da ist so eine kleine Ledertasche, und umschlingt sofort wieder Corvins Oberschenkel. Nina nestelt daran herum, holt einen Leatherman heraus und klettert aufs Hochbett, sägt am Seil, und endlich fällt das Tau auf Hanutas Schultern, und er lässt Corvin Cotzensen sanft an sich herunterrutschen, bis der wieder Boden unter den Füßen hat, und hält ihn fest im Arm, und da stehen sie, der lange Hanuta und der kleine Corvin, eng umschlungen, einer zitternd, einer Rücken streichelnd. Nina lässt sich stöhnend rückwärts auf die Matratze fallen.

Alina hört ein leichtes Knistern. Hinter sich. Ihr Kopf fährt herum. Da sitzt er. Vielleicht einen Meter von ihr entfernt, auf dem Boden. Otto. Corvins Riesentausendfüßler. Sie bewegt sich langsam auf ihn zu und geht in die Hocke. Er ist riesig. Und ... wunderschön. Die vielen perfekt ineinandergreifenden Rückenpanzer, die Füßchen, der putzige Kopf. Alina streckt langsam den Arm aus. Otto kommt näher. Und nimmt die Einladung an, krabbelt auf ihre Hand und wickelt sich um ihren Unterarm. Es kitzelt ein bisschen, sie muss kichern. Alina und Otto werden eins. Und Otto verrät ihr ein Geheimnis: dass die Riesentausendfüßler vor vielen Millionen Jahren aus dem All auf die Erde gekommen sind. Er überträgt dieses Wissen auf sie, ohne Worte zu benutzen. Sie weiß es einfach. Es ist magisch. Sie dreht sich um und hält stolz ihren Arm in die Höhe. Nina übernimmt jetzt Corvin, Hanuta kommt rüber, schaufelt die Erde und Steine und Pflanzen zurück, so gut es geht, und stemmt den Glaskasten, der einen fetten Sprung hat, in die Höhe. Alina hält den Arm ins Terrarium und setzt Otto ab. Der macht ein paar Tausendfüßlerschritte, hält inne und dreht sich noch einmal um. Alina nickt. Dann verschwindet er hinter einem Stein.

»Corvey«, sagt Nina mit sanfter Stimme.

Sein Kopf liegt auf ihrer Schulter, sie krault ihm das blutverkrustete Nackenhaar. Draußen hört man Alarmsirenen in der Ferne.

»Du wirst hier noch gebraucht«, flüstert sie.

Corvin schluchzt und nickt sich zitternd an den schlanken Hals seiner kleinen großen Schwester.

Hanuta nimmt Alinas Hand, und als wäre das schon immer so gewesen, gehen sie Haut auf Haut rüber zu Corvin und Nina, und dann gibt es einen Group Hug, den längsten und schönsten aller Zeiten, auch wenn er ein bisschen nach Kotze stinkt.

EPILOG

Was aus allen geworden ist

das beste Jahr ihres Lebens

Über Silvester in Afrika mit den Group Hugs war todesgeil. Otto, wohlgenährt in Gefangenschaft aufgewachsen, war zwar riesig im Gegensatz zu seinen Kollegen, wurde aber mit großem Hallo begrüßt und verschwand sofort mit seiner neuen Crew im Mutterboden. Und dann, wie in einem Disney-Tierfilm, tauchte er noch mal auf und hielt einen Moment seinen Kopf in die Höhe. Über Corvins Gesicht huschte zum ersten Mal seit Langem so etwas wie ein Lächeln.

Zu Hause ist alles neu. Ninas Agentin hat einen Verlag für das Buch gefunden, und sie sind so gut wie fertig. Es fehlt nur noch der Epilog, wo erzählt wird, was aus allen geworden ist. Das lieben sie beide, wenn das bei Filmen am Ende mit so Standbildern kommt.

Deborah Swoon hat einen Majordeal, ihre erste Single »*Lieb mich so wie ich dich nicht*« ist richtig abgegangen. Simon und Dad arbeiten jetzt an Ambers Comeback-Album, natürlich mit Tochter-Feature.

Wyndi hat sich auf Insta per DM gemeldet, ob sie mal wieder chillen wollen. Kurz nachdem JeanX das Polaroid mit Alina gepostet hat – so ein Zufall aber auch. Auf Insta beantwortet Alina grundsätzlich keine DMs.

Johanna und Malte sind ein Paar und ficken und feiern sich durch die Tage. Ganz ehrlich? Bisschen übertrieben.

Kärls Dota-2-Clan hat bei einem Turnier 100 000 Euro Preisgeld geholt. Und alles in Bitcoins und Apple-Aktien angelegt.

Corvin malt wieder. Schwarzweiße Afrika-Motive, und immer wieder Otto.

Hanutas Mutter ist gestorben.

Alina hat ihm beim Ausräumen der Wohnung geholfen. Ihrem Freund, Alina hat einen *FREUND!* Richtig mit *Netflix and Chill* und zusammen Erdbeerkondome kaufen. Als die Wohnung leer war, hat Mama alles geputzt, und am Ende hat Hanuta gefragt, ob Alina und ihre Mama die Wohnung übernehmen wollen.

Wollten sie.

Mama kommt von den Dreharbeiten und erzählt krasseste Insider vom Dreh. Und es gibt einen Gastauftritt von der großen Gisella auf Rezos YouTube-Channel, und klar, ihre Followerzahlen explodieren.

Und jetzt ist 2020, bald kommt der Frühling, sie ist verliebt, sie hat ein frisches Ada-Lovelace-Tattoo, und im Sommer hat sie Abi und das mit dem Stipendium hat natürlich nicht geklappt. Aber eigentlich auch besser so, denn Afrika war so ein Flash, sie will viel lieber reisen gehen, diesmal Asien, nach Japan und Südkorea, mit Hanuta, vielleicht mit Nina, vielleicht auch die ganze Group-Hug-Gang zusammen.

Und bevor sie aufbrechen, erscheint erstmal ihr Buch: DA WO SONST DAS GEHIRN IST. Mit kleiner Premierenfeier in Altona, im *Kapitel III*, und dann im Herbst geht es mit Nina auf Lesereise.

Alles also ganz schön geil so weit.

2020 wird dann wohl offiziell das beste Jahr ihres Lebens.

Papa

Von: urs.carstensen@mail.de
Betreff: Mein Nachlass, deine Zukunft
An: benderellax@gmail.com

Meine liebe Nina,
im Anhang findest Du ein Dokument mit den Zugangsdaten zu meinem Cloudserver: Dort liegt mein digitales Tagebuch, das ich seit Eleanors Tod geführt habe.
Vielleicht hilft es Dir, Deinen Vater ein wenig besser zu verstehen. Du kannst es sicherlich auch für Dein Buch nutzen – »So wie es wirklich war«. Wenn Du die ganze Wahrheit erzählen willst, dann solltest Du meine Seite mitberücksichtigen.
Für mich waren es dunkle Jahre. Ich hätte Eleanor schon viel eher folgen sollen.

Auf dem Server habe ich außerdem das vollständige Manuskript meines Opus magnum abgelegt: ICH BIN DER HASS.
Mir ist gelungen, wovon wohl viele Schriftsteller träumen – ich habe eine neue Form von Fiktion erschaffen, etwas, das es so noch nicht gab. Die von mir ersonnenen Figuren haben durch mich

einen Weg in unsere Welt gefunden und ihr einen Spiegel vor die hässliche Fratze gehalten: Kunst-Figuren im Dialog mit der Wirklichkeit.

Den wichtigsten Verlagshäusern habe ich bereits eine Kostprobe per Mail zukommen lassen und Dich als meine Nachlass-verwalterin genannt. Deine Agentin habe ich ebenfalls kontaktiert, sie wird sich dieses Geschäft nicht entgehen lassen wollen. Wenn sie den Stoff versteigert, wirst Du eine Zeitlang ein sorgloses Leben führen können.

Ich kann nicht länger in dieser trostlosen, kaputten Welt bleiben. Meine Zeit ist vorüber. Wie Du es immer prophezeit hast: Wir alten weißen Männer sterben aus.

Aber ich gehe in der glücklichen Gewissheit, für Dich gesorgt zu haben. Du musst Dich lediglich darum kümmern, dass mein Lebenswerk postum veröffentlicht wird – und ich darf in den Olymp der Künstler aufsteigen, denen der Weltruhm zu Lebzeiten nicht vergönnt war. Kafka, Schubert, van Gogh ... nicht der schlechteste Club.
Danke, dass Du immer für mich da warst – und mir diesen letzten Wunsch erfüllen wirst.

Mach es gut, meine liebe Ninja.
Ich muss das jetzt beenden.

Dein Papa

GLOSSAR

Backend
Der unsichtbare, »hintere« Teil einer Website oder App.

Chaos Communication Congress
Seit der Gründung des Chaos Computer Club (CCC) findet in Deutschland jedes Jahr der *Chaos Communication Congress* statt. Es handelt sich um ein Treffen der internationalen Hackerszene. Vorträge, Podiumsdiskussionen, Workshops und künstlerische Performances widmen sich gesellschaftspolitischen und technischen Themen.

Code Week
Die *Code Week Hamburg* findet jedes Jahr in den Herbstferien statt. In Workshops wird Kindern und Jugendlichen der Spaß am Tüfteln und Programmieren vermittelt.

Dota 2
Dota 2 ist eine *Multiplayer Online Battle Arena*. Beim jährlichen Dota-2-Turnier »The International« geht das fünfköpfige Siegerteam mit einem Preisgeld im zweistelligen Millionenbereich nach Hause.

Deepfake
Deepfakes sind realistisch wirkende Fälschungen von Videos und Fotos, die mit Hilfe von künstlicher Intelligenz erstellt wer-

den. Hierbei werden Methoden des maschinellen Lernens (Deep Learning) genutzt, sodass die Manipulationen weitestgehend autonom erzeugt werden.

Haecksen
Haeckse (zusammengesetzt aus »Hacker« und »Hexe«) ist eine Bezeichnung für Hackerinnen und steht auch für einen Zusammenschluss von weiblichen Mitgliedern des Chaos Computer Club.

HDGDL
Chatkürzel für *hab dich ganz doll lieb*

k
Chatkürzel für *okay*

lash
bekifft, stoned

Lockpicking
Das zerstörungsfreie Öffnen eines Schlosses ohne Schlüssel wird als eine Art Sport betrieben. Lockpicking ist unter Hacker:innen beliebt, da es quasi das analoge Pendant zum Knacken von Passwörtern darstellt. Ein selbst auferlegter Codex stellt klar, dass die Fähigkeiten nicht für kriminelle Zwecke missbraucht werden dürfen.

Pair Programming
Pair Programming nennt man eine Arbeitstechnik in der Softwareentwicklung, bei der zwei Programmierer:innen gleichzeitig an einem Arbeitsplatz arbeiten. Während eine:r den Code schreibt, kann die oder der andere den Code sofort kontrollieren

und Probleme direkt ansprechen. Diese werden dann im Gespräch gelöst. Die beiden programmierenden Personen sollten die beiden Rollen regelmäßig tauschen.

Diese Arbeitsweise führt zu ca. 15 Prozent weniger Fehlern als bei herkömmlicher Programmierung, außerdem ist der Code im Durchschnitt 20 Prozent schlanker. Hinzu kommt, dass Pair Programming für die Entwickler:innen interessanter ist und zu einem größeren Wissensaustausch innerhalb des Teams beiträgt.

Stilbruch
Ein Kaufhaus der Stadtreinigung Hamburg. Hier gibt es Second-Hand-Möbel, die vom Sperrmüll oder aus Haushaltsauflösungen stammen.

TTYL
Chatkürzel für *talk to you later*

Wake and Bake
Als *Wake and Bake* bezeichnet man ein unter Marihuanakonsument:innen verbreitetes Ritual: Hier wird direkt nach dem Aufwachen ein – meist zu diesem Zwecke bereits am Abend zuvor gedrehter – Joint direkt nach dem Erwachen noch im Bett geraucht.

wattpad.com
Wattpad ist eine Plattform, bei der User:innen selbst geschriebene Geschichten hochladen können, die dann von anderen gelesen, kommentiert und bewertet werden. Der Großteil dieser Geschichten ist kostenfrei. Wattpad wird weltweit von über 70 Millionen Menschen in über fünfzig Sprachen genutzt und hat mehr als 2 Millionen Autor:innen.

ZITATE

S. 41 »Girls just want to have fun«
Text: Robert Hazard, Cyndi Lauper, Ellie Greenwich, Jeffrey B. Kent

S. 108 »Werners Wahltipp« aus *WERNER – Alles klar?* von Brösel
Semmel Verlach 1982

S. 183 »Narcos«
Text: Migos

S. 204 *Der Herr der Ringe* von J.R.R. Tolkien
Gedichtübertragung von E.-M. von Freymann
Ernst Klett Verlage GmbH u. Co. KG, Stuttgart.

S. 217 »Gott ist das Licht des Himmels und der Erde« aus dem
Koran, 24. Sure, Vers 43
Übersetzung: Friedrich Rückert

S. 282 »Perfect Day«
Text: Lou Reed

S. 288 »Ponny«
Text: Yung Hurn

DANK

Ein großer Dank gilt meinen Erstleser:innen Anne-Carine Breinbauer, Dr. Christiane Collorio, Anselm Neft, Elisabeth Ruge, Frank Schliedermann, Dr. Dana von Suffrin, Matthias Teiting, Tara Wolff und Mimi Wulz für kluge, erbauliche und lustige Rückmeldungen zur gar nicht mal so guten ersten Fassung.

Und ein mindestens genauso großer Dank gilt meinen Zweitleser:innen Leo Brand, Alma Breinbauer, Finn Kleyboldt, Len Wolff und Selin Öztürk für das kompetente Juniorlektorat und den Slang-Check.

Danke, Matthias Teiting. Mein lieber Freund und strenger Lektor, der aus meinen hastigen Notizen schon wieder ein Buch gemacht hat.

Danke, Finn und Thimo Kleyboldt und Sofia Wegner. Für Gebärdensprache und -flüche sowie Infos zum Leben als Kind mit gehörlosen Eltern.

Danke, Dr. Nicole Seifert und Dr. Dana von Suffrin. Für das Vorablesen und die zauberhaften Blurbs.

Danke, Nina Siessegger. Für die Beratung in Sachen Programmierung und Computersicherheit sowie für das Prüfen der entsprechenden Passagen. 🖥️🔐

Danke, Frank Schliedermann. Für das App-Namestorming, das zu *MUSC* führte. 🤓

Danke, Semper Smile. Für die gelungene Zusammenarbeit am Cover. 🎨🖼️

Danke, LIEB SEIN. Für die Sticker. 😃

Danke, Beat Brogle. Der nichts mit *Beat Brendel* gemein hat, außer die Schweizer Herkunft und den schönen Vornamen, den ich mir mitsamt dem halben Nachnamen mopsen durfte. 🇨🇭🐿️

Danke, Laura Wohnlich. Für die Übersetzung einer Passage ins Schwiizerdütsch. 🇨🇭💬

Danke, Jasmin Schreiber. Für Informationen über das Leben mit Riesentausendfüßlern. Es gibt kein Tausendfüßler-Emoji, ich hoffe Schnecke geht auch: 🐌

Danke, liebe ERA-Igel-Gang. Für viele Stunden bei Zoom und den Austausch in unserer Autor:innen-Gruppe. Ich freue mich sehr auf die erste Vollversammlung im echten Leben. 🦔🦔🦔
🦔🦔🦔🦔🦔🦔🦔🦔🦔🦔🦔🦔🦔🦔🦔🦔🦔🦔🦔🦔

Danke, Hamburger Behörde für Kultur und Medien. Für die Unterstützung und Förderung. 🤪💞

Ein großes Dankeschön geht raus an alle Mitglieder der Ensembles, die jede Lesung als Alina, Mama, Dad und Urs zu einer kleinen Party gemacht haben: Ana Kohler, Anselm Neft, Ansgar Freyberg, Claudia Schumacher, Cornelia Aschenbach, Daniel E. Palu, Eckhard von Knorre, Ela Meyer, Elisabeth R. Hager, Ella Carina Werner, Frank Schliedermann, Hannes Köhler, Hatice Açıkgöz, Heike Riemenschneider, Johanna Sebauer, Julia Kemp, Julia Malik, Karin Wolpert-Kock, Karla Paul, Kim Maaß, Leona Wittkugel, Leonie Landa, Maria Adelmann, Mimi Wulz, Nefeli Kavouras, Nicole Seifert, Olivia Kuderewski, Sarah Raich, Susana Moreira Marques, Ucheoma Onwutuebe – und an alle Schüler:innen- und Lehrer:innen-Ensembles auf den Schullesungen! 🫶🫶🫶

Danke, Dr. Antje Flemming. Unsere Literaturreferentin, die immer für uns da ist. 🖤😇

Danke, Elisabeth Ruge – meine *Agentin des Lichts (und der Hundebilder)* – für die frühe Arbeit am Text mit Mimi Wulz, danke für das wertvolle Feedback und den Zuspruch. Und selbstverständlich möchte ich auch Annina Boettcher und Katharina Vogel von der Elisabeth Ruge Agentur danken. 🐺🐶

Danke, Markus Naegele, Regina Kammerer und Christof Bultmann von btb – die in schwierigen Zeiten an dieses Buch geglaubt haben. 😍

Der größte Dank gilt meiner Frau Tara. Für so vieles, aber vor allem fürs Mutmachen im richtigen Moment – ich hätte sonst wohl nie ernst gemacht mit dem Schreiben. 🦭

Danke, Hamburg. ⚓

Nachwort

Alkohol- und Drogenkonsum in unserer Gesellschaft

Alkohol wird mit großer Selbstverständlichkeit in allen Gesellschaftsschichten konsumiert. Biermarken sponsern Sportereignisse, im Familienkreis darf man nicht selten bereits im Alter von vierzehn oder fünfzehn Jahren »ein Gläschen« mittrinken, der gemeinsame Genuss von berauschenden Getränken ist ein essenzieller Bestandteil unserer Kultur: Auf jedem Jubiläum, jeder Vernissage und jedem Richtfest wird angestoßen. Auch Politiker:innen gelten als besonders volksnah, wenn sie sich von Zeit zu Zeit öffentlich betrinken, nicht wenige pflegen einen als problematisch einzustufenden Konsum. Und nicht zuletzt ist Alkohol ein Teil vieler christlicher Rituale: Er gehört zu Beerdigungen, Hochzeiten, Taufen und zum Abendmahl – der Sohn Gottes konnte Wasser in eine Droge verwandeln, die sonntags in der Kirche vom Geistlichen verabreicht und gemeinsam konsumiert wird.

Ein paar Zahlen

In Deutschland sterben pro Jahr etwa 74 000 Personen an der Folge von legalem Drogenkonsum – also an Krankheiten, die durch den Konsum von Alkohol und Tabak bedingt sind. Sexualverbrechen und Verkehrsunfälle mit Todesfolge sowie andere Tötungsdelikte, die unter Einfluss von Alkohol geschehen, sind hierbei noch nicht mit eingerechnet.

Zum Vergleich: In Deutschland sind im Jahr 2022 knapp 2000 Menschen an illegalen Drogen gestorben. Das sind immer noch 2000 zu viel. Doch sind hierbei selten die Substanzen selbst das Problem, sondern deren unkontrollierte Herstellung und Verunreinigung sowie mangelnde Aufklärung der Konsument:innen, die oft keine Ahnung haben, was sie da eigentlich von wem kaufen. Und die im Ernstfall nicht wissen, wo sie sich Hilfe holen können. Drugchecking auf Technopartys ist hierzulande immer noch nicht flächendeckend eingeführt, auch wenn einige Bundesländer Pilotprojekte gestartet haben.

Weniger als zwanzig Menschen sterben hierzulande jährlich an bzw. auf Ecstasy. Man kann annehmen, dass die meisten noch am Leben wären, wenn sie ihre Drogen vorher an Ort und Stelle hätten testen können. Oder – wie Alina – die Online-Datenbank gecheckt hätten. Noch sicherer wäre es gewesen, wenn die Party-Pillen unter kontrollierten Bedingungen in einem sauberen Labor hergestellt und in einer Apotheke verkauft worden wären.

Todesfälle durch Cannabis sind weltweit keine bekannt. Im Gegenteil: Hierzulande ist Cannabis nach einer fast hundertjährigen Prohibition nicht nur (endlich) legal, sondern wird sogar häufig als Heilmittel verschrieben, da es schmerzlindernd, krampflösend und entzündungshemmend wirkt.

Das heißt nicht, dass der Konsum von Cannabis, Ecstasy und LSD unproblematisch oder ungefährlich ist. Die THC-Konzentration im Gras hat sich in den letzten Jahrzehnten durch Zucht mehr als verdoppelt. Regelmäßiger Cannabis- oder Ecstasykonsum, speziell in jungen Jahren, führt nicht selten zu Entwicklungsstörungen, Psychosen, Depressionen und anderen psychischen Erkrankungen und sollte nicht verharmlost werden.

Recht auf Rausch

Die meisten Jugendlichen kommen früher oder später mit Marihuana oder Partydrogen in Kontakt. Das gemeinsame Erleben eines Rauschzustands ist für viele ein wichtiger Bestandteil des Erwachsenwerdens, quer durch nahezu alle Gesellschaften und Kulturen der Menschheitsgeschichte. Die meisten von uns haben bereits im Elternhaus, im Sportverein oder in der Kirche gelernt, dass es zum Erwachsensein dazugehört, sich von Zeit zu Zeit kollektiv »abzuschießen«. Geschichten von besonders heftigen Trinkgelagen und Kontrollverlust gehören zum Kanon nahezu jeder Familienchronik und werden gerne in familiärer Runde zur allgemeinen Erheiterung wiedergegeben. Besonders unter Männern verschafft sich Respekt, wer »viel verträgt«.

Dass für das gemeinschaftliche Rauschritual nur die Droge erlaubt sein soll, auf die ihre Erziehungsberechtigten zurückgreifen, ist nicht nur aus der Sicht vieler Teenager schwer nachvollziehbar. Drogen werden durch Verbote oder Verteufelung nicht verschwinden. Im Gegenteil: Das Verbot erhöht den Reiz und sorgt dafür, dass Minderjährige sich in kriminelle Milieus begeben (müssen), um von fremden Menschen eine Substanz unbekannter Herkunft zu kaufen.

Betroffenenverbände, Drogenkonsument:innen sowie Wissenschaftler:innen fordern daher schon lange ein Umdenken. Die aktuelle Drogenpolitik belastet das Gesundheitssystem, bindet unnötig Polizeikräfte und ist der Grund für den Beginn vieler krimineller Karrieren, die später häufig im Gefängnis enden. Das alles verursacht volkswirtschaftliche Kosten in Milliardenhöhe.

Alkohol- und Drogenkonsum unter Jugendlichen

Mit der vorliegenden Geschichte möchte ich illegale Drogen nicht verharmlosen. Mir geht es darum, ein realistisches Bild vom Konsumverhalten unter Jugendlichen zu zeichnen, dabei das Bewusstsein für Safer Use zu schärfen und auf die gefährliche Unterscheidung zwischen legalen und illegalen Drogen hinzuweisen. Viele Erwachsene in Deutschland haben reichhaltige Erfahrungen mit der Droge Alkohol gemacht. Bei rund zehn Prozent der Bevölkerung liegt ein problematischer Konsum vor, und nur drei Prozent verzichten komplett darauf. Gleichzeitig ist unter vielen Eltern der Glaube verbreitet, dass jede andere Art von Drogenkonsum als Beginn einer Junkiekarriere am Bahnhof endet. Das ist Blödsinn. Wenn vor einer Droge gewarnt werden muss, dann vor allem vor Alkohol. Es handelt sich um die mit Abstand gefährlichste aller Drogen mit dem höchsten Schadenspotenzial und den meisten Todesopfern.

Dass sich der Alkoholkonsum unter Teenagern in den letzten fünfzehn Jahren nahezu halbiert hat, ist ein gutes Zeichen. Vermutlich lässt sich dieser Umstand auch darauf zurückführen, dass die jungen Leute heute lieber weiche Drogen konsumieren.